默许浮生

MOXU FUSHENG

乌云冉冉 著

青岛出版社
QINGDAO PUBLISHING HOUSE

图书在版编目（CIP）数据

默许浮生 / 乌云冉冉著.--青岛：青岛出版社，2018.6

ISBN 978-7-5552-6890-1

Ⅰ. ①默… Ⅱ. ①乌… Ⅲ. ①长篇小说－中国－当代 Ⅳ. ①I247.5

中国版本图书馆CIP数据核字(2018)第064945号

书　　名 默许浮生
著　　者 乌云冉冉
出版发行 青岛出版社
社　　址 青岛市海尔路182号（266061）
本社网址 http://www.qdpub.com
邮购电话 010-85787680-8015　13335059110
0532-85814750（传真）　0532-68068026
责任编辑 郭林祥
责任校对 赵一诺
特约编辑 李文峰　时　瑜
装帧设计 46
照　　排 梁　霞
印　　刷 三河市航远印刷有限公司
出版日期 2018年6月第1版　2018年6月第1次印刷
开　　本 32开（880mm×1230mm）
印　　张 8
字　　数 220千
书　　号 ISBN 978-7-5552-6890-1
定　　价 38.00元

编校印装质量、盗版监督服务电话　4006532017　0532-68068638

建议陈列类别:畅销·青春文学

目　录

第一章　所谓爱情

01

十年前竣工的铭泰大厦对如今的S市来说依旧是重要的地标之一，在寸土寸金的CBD商圈里，占据着东南一角。

早上天才刚刚亮，大厦就像一个刚刚苏醒的巨人一样挺立在天地之间。而大厦内部也开始躁动起来——铭泰的员工们比以往任何一次都要早到公司，开始了坐立难安的等待。

这一天算不上什么大日子，但是对有着几万员工的铭泰来说，却算得上历史性的一天。

在位三十六年的老董事长莫景铭要“禅位”给女婿傅逸生了，原因是一个月前的一场心脏病，虽然这病没要了老人家的命，但至此他也自觉无力再掌管公司，而女婿傅逸生是目前为止他唯一信任又有能力接管铭泰的人。

“傅总的车进了停车场。”对讲机里传来保安的声音。

谭晶晶整了整裙摆，略带焦躁地注视着公司大门。她在前一天接到了人事部的安排，将她从行政部调离，升任总经理助理，而她的老板也换成了那个沉默寡言心思难测的男人。

不一会儿，男人挺拔的身影出现在公司大门前。谭晶晶走上前去，做了简短的自我介绍。傅逸生只淡淡地看了她一眼，说："我记得你。"

其实在此之前傅逸生已在铭泰工作五年有余，可他与铭泰的员工，上至经理、总监，下至秘书、小职员，在工作以外的接触几乎为零，而工作上的接触也只是公事公办。之前谭晶晶的确和他有过一次工作交集，时间过去很久了，她以为他早就忘了，没想到他还记得。

她愣了一下，脸上很快绽放出职业性的笑容，边引着傅逸生上电梯，边汇报他这周的行程。

为了迁就她的身高，傅逸生始终微微低着头，虽然没有任何回应，但那专注的神情告诉她，他在听。

到达顶楼总经理办公室，谭晶晶将几份要他过目的合同放在桌上，等着他看完之后问话，傅逸生却只是挥了挥手，说："你先出去吧。"

谭晶晶顿了一下，说："我的办公室就在隔壁……有事叫我。"

"好，谢谢。"

从傅逸生的办公室出来，谭晶晶发现衬衫的后背处竟然不知不觉中浸出汗来。

她长长地吁了口气。是怕他吗？好像不是。

谭晶晶走后，傅逸生疲惫地靠在椅背上捏了捏眉心。突然间接管这么大一家公司，如果是一般人应该会很高兴吧，但是他没有。虽然他早就在这里学习、历练了五年有余，但是突然间接管所有的事务，要说一点压力都没有，那是不可能的。

不一刻桌上的电话响了起来，傅逸生看了一眼……知道这间办公室电话的人并不多。

他接起电话，听筒里立刻传来女人娇滴滴的声音，那说话的口气像是调笑，又好像不是："逸生……哦不对，傅总，早啊……"

他抬手看了眼时间，确实，对她来说算很早了。

他低声轻笑："早。怎么没多睡一会儿？"

莫语涵平时不睡到日上三竿不会起床。她大学一毕业就成了家庭主妇——说是家庭主妇，其实还跟过去一样，是十指不沾阳春水的娇小姐，家务有阿姨，出门有司机，大事上有爸爸，小事上有老公……她的确不需要像普通人那样披星戴月起早贪黑。都说这世界是公平的，可实际上，每个人一出生就已经处于不一样的起点。

而幸运如莫语涵，也不是真的一点忧虑都没有，过去她的忧、她的虑就是他傅逸生，而如今……

莫语涵对着穿衣镜整了整略微蓬松的长鬈发："睡不着就起了。"

她歪着头看了看镜中的自己，巴掌大的脸因为近日的失眠变得毫无光泽，且越发消瘦，露出尖尖的下巴来，一双黑漆漆的眼睛更显得大而突兀。这样的五官比例像极了过去看的少女漫画中的角色，可是她没觉出一点美来。

围巾的颜色不太合适，她略显烦躁地扯了下来，又拉开衣柜，漫无目的地扫视着，脑中却在盘算另外一件事。顿了半晌，她才再次开口："爸爸办公室的视野不错吧，能看到半个S市呢。"

傅逸生瞥了眼身后的窗外，心不在焉地嗯了一声。他隐约觉得说这话时她并不开心，她却偏偏笑得那么没有心机。

"你喜欢就好。"莫语涵的笑容定格在了镜子中，她深吸一口气，又接着说，"我现在要去趟医院，中午要不要一起吃饭？"

傅逸生拿起谭晶晶整理给他的日程表看了一眼："下午很早有个会议，如果你不怕赶时间的话，可以。"

或许他真是在为她考虑，可是这话听上去极像一种恩赐，莫语涵回想着过往的每一次，最后悲哀地发现，一直以来似乎都是如此。

从家里出来，莫语涵去医院看了莫景铭，陪着父亲聊了一会儿就被"赶"了出来。从医院出来后虽然时间还早，但她也懒得再折腾，直接去了铭泰。

公司上至高层领导下至门卫保安，没有不认识莫董事长的掌上明珠的。但是以前莫景铭在位的时候她很少来，倒是傅逸生在公司上班后她来得勤了许多。

谭晶晶见到她来并不讶异，起身笑着问好，要引她往里间走。莫语涵朝她笑了笑："不打扰你工作了，我自己进去就好了。"

谭晶晶怔了一瞬，继而点了点头。看着莫语涵的背影，她心底竟闪过一丝似有若无的失望——以前常听说莫总的女儿被宠得骄纵任性，可接触过才觉得传言未必可信。

傅逸生办公室的门是开着的，莫语涵看到里面傅逸生正伏案工作，她便倚在门框上看着他，过了好一会儿他依旧没有注意到她来了，她笑着说："进入状态挺快呀。"

傅逸生抬头见是她，有点意外："什么时候来的？"

"刚来。"

莫语涵走进办公室，随手关上了门。

这还是莫景铭生病以后她第一次来这间办公室。她上一次来好像是半年以前，当时是为什么事儿来着？求莫景铭不要给傅逸生安排那么多工作好让他有时间陪她？

她注视着办公桌上那个小小的笔筒，也是她上一次带来的，为了讨好莫景铭随便买的小礼物。明明一看就知道不是什么上档次的东西，可是莫景铭还是将它视为珍宝。想到此，莫语涵一阵心酸。她终于明白，不管什么样的爱，只要是爱，都会成为一个久经沙场的勇士致命的软肋。而她就是莫景铭的软肋。

傅逸生也不说话，只是默默地注视着她的神情。她出神地寻找着她在这里的记忆，他只是专注地望着情绪不明的她。

好一会儿，莫语涵的视线停在了他身上。

"这里什么都没变，唯独……"她抬起手臂，手指正指向他。

他无所谓地笑了，闲适自若地仰靠在椅背上，眯着眼睛打量眼前的女人，仿佛在欣赏一段极其有趣的表演。

莫语涵也笑了，笑着走到他身前，拿起他身后书架上的一个古董花瓶：“我记得原来不是这个。”

“你说这个……”傅逸生扫了眼那个花瓶，“上次爸就是在这里发病的，不小心碰掉了之前那个花瓶。”

莫语涵了然地点了点头，黑白分明的眼中有着惆怅：“好可惜啊，我好喜欢以前那个花瓶，之前跟爸爸要他都不舍得给我。”

莫家这对父女的感情向来不错，人人都知道莫景铭最宝贝的就是这个女儿，父女俩几乎没有红过脸，可那一次，想必这二十几年来也只有过那么一次，当傅逸生站在这里说要娶莫语涵时，老人家是真的动了气，不舍得打女儿却当即甩了他一巴掌。

不过这世上哪有拗得过儿女的父母？僵持了好一阵老爷子最终还是妥协了。

决定接受他以后，心里也不会再别别扭扭，莫景铭是真把他当成自己的半个儿子来栽培。

莫景铭生病后，莫语涵每每提及父亲都旁若无人地哭得稀里哗啦。然而最近她倒是长进了，提起莫景铭也不哭不闹，这回说起莫景铭发病时的情形，她竟然只说心疼那花瓶。

傅逸生不动声色地微微挑眉，拉着她坐在自己腿上：“一个花瓶而已，爸没事才是最重要的。”

莫语涵笑了，笑容中却尽是凉意：“嗯，你说得对。”

傅逸生轻轻亲吻她的嘴角，可也分明感觉到，怀里的人像被烫了一下般微微一颤。不过那双冰凉的小手还是环住了他的脖子，把一个原本可以一触即分的吻不断加深。

傅逸生顺势回应着她，脑子里闪过一个困惑了他许久的疑虑——她究竟是怎么了？

02

傅逸生胃口一般，比做什么事都磨磨蹭蹭的莫语涵先放下筷子。

不过这一次莫语涵好像也没什么胃口。

傅逸生挑眉看了眼她盘中形状完好的牛排："怎么吃这么少？"

"早饭吃得晚，不觉得饿。"说着她抬手看了眼时间，"你该去开会了吧？不用管我，我自己回去。"

他看了她一眼，没什么异议，招手叫来了服务员，埋了单便一刻不停留地离开了。

这家餐厅离公司很近，一个月里他们会来数次，上一次来的时候还不是今天这样的光景，莫语涵也不是现下的心境。

傅逸生这人平日里对谁都冷冷清清的，也很少主动给她温存，但她始终认为，他是爱她的。

上一次也是在这里，她知道傅逸生不喜欢吃咖喱，故意撒娇让他吃。

她舀了一勺咖喱蟹送到他面前："尝尝呗，可好吃呢！"

那时候他的眼神中流露出掩饰不住的排斥，连说"不必"都省了，低下头继续吃饭。

莫语涵举在半空中的手突然有些不知所措，几个女服务员还有大堂经理似有若无瞥向他们的目光让她犹如芒刺在背。可就在这时，傅逸生却一抬头，将一整勺咖喱蟹一粒不落地吞入口中。

当时她是那样意外，却还是不忘小心翼翼地观察他的表情。他眉心微微皱着，那种慎重小心绝不像是在吃饭。

"怎么样？"她小心翼翼地问。

他大口吞咽，然后端起水杯大大地灌了一口。抬头对上她期待的眼神，他微微点着头说了句"还行"。

这事儿让她觉得自己有点过分，但是他愿意这样迁就她难道不是爱吗？

莫语涵最擅长也最喜欢的就是从生活中的小细节寻找关于傅逸生爱她的蛛丝马迹，经年累月孜孜不倦……

骤然响起的电话铃声打断了她的思绪。顾琴琴的语气神秘又兴奋：

"重磅消息！"

她能有什么重磅消息？莫语涵无所谓地说："有什么你快说吧。"

"那我可说了啊。"顾琴琴清了清嗓子，"你要挺住啊！"

莫语涵不由得轻笑，还有什么更坏的消息会让她挺不住吗？

"周恒回来了！"

话音一落，两人不约而同地安静了数秒。

周恒这个名字听起来有些久远，其实他离开的时间并不久，只有五年而已。莫语涵觉得久，是因为这个人在她的心中并没有留下太深刻的痕迹，也正因如此，她已很久没有想起过他了。

她很理解顾琴琴为什么这么兴奋地跑来告诉她这件事，八卦这种东西很少有女人不爱的，看戏的心态人人都有，哪怕她是你多年的闺中密友。

莫语涵拿起包包出了饭店："关我什么事？"

"喂喂喂，你这个人可太没良心了，人家小师弟喜欢你那么多年，即便你没想着嫁给人家，但也不能无视人家的感情啊！"

"就是因为不能给他什么回应，所以才这样。"

"人生路还长着呢，谁知道以后怎么样……"

原本只是顾琴琴无心的一句话，却让莫语涵不禁一怔。以前她是想着要和傅逸生过一辈子的，可是现在看来一辈子太长了，就像顾琴琴说的那样，谁知道以后怎么样。

"你猜这回我是怎么见到他的？"电话那头顾琴琴又卖起关子。

莫语涵嗯了一声，并没有兴趣去猜。

顾琴琴继续说："他和几个校友一起开了家咨询公司，刚好和我们公司有些业务往来。巧吧？"

莫语涵招手拦了一辆的士，嘴上敷衍地应了句："哦，回国创业了。"

"说起创业有些人就是瞎混，不过周恒可不一样。他当年在学院里名气可不亚于傅逸生，论能力和才干，除了你家面瘫估计没人敢和他比，后来人家又去国外交流学习了几年，以他现在的实力要干出点名堂是早晚的事……哎，你说要不要大家约出来坐坐啊？你们当初可也算一段佳话呢！”

莫语涵还没答话，就听到电话另一端的顾琴琴已经不怀好意地笑了起来。

大学时莫语涵喜欢同级的傅逸生，而小师弟周恒不知道什么时候喜欢上了她，这些纷纷扰扰的过去一度成了D大学子们茶余饭后的谈资。当时傅逸生不在意，莫语涵和周恒也不在意，以至于关于他们三人的传闻越来越脱离实际。

莫语涵也想笑，没想到这事过了这么久还有人记得。

“当初赌你会选小师弟的人还不少呢！”顾琴琴说。

莫语涵冷笑了一声。从始至终她都是被选择的那个人，哪里轮得到她选别人。不过那个高高瘦瘦的白净男生却并不惹她讨厌。如若说他有什么地方让她不喜欢，那大约就是他小她两岁却总表现得比她要成熟许多，每每想到这些，她多少有些不屑。

那时她总说：“你知不知道你故作老成的样子有时候挺让人讨厌的？”

听了这话的周恒也不恼，只是笑着问：“我这样是故作老成，那傅逸生呢？”

在莫语涵心中傅逸生是不同的，所有与他有关的都是恰如其分的。她不喜欢拿任何人跟他相比较，所以即便她和这位学弟还算聊得来，也欣赏他在很多时候表现出的过人的能力，但是每当他提起傅逸生，她就不会再接话。

那时的莫语涵不知道，爱得太偏执，双眼也会被蒙蔽。

许久等不到莫语涵的回应，顾琴琴有些着急：“嘿，你到底去不去啊？都过去这么久了，你不会还想躲着人家吧？”

莫语涵这才回过神来：“躲？我有必要躲他吗？”

“好！那就明天，地点我跟他定好再通知你。”顾琴琴像是很怕她会反悔，迫不及待地敲定一切。

午后的冬阳看上去很明媚，却徒有其表没什么热度。卷带着沙石的冷风在地表蓄势待发地盘旋着。莫语涵紧了紧衣领，脑中忽然闪现出一个疑问：在她最孤立无援的时候，怎么会是他出现了？

傅逸生进门的时候客厅内没有开灯，唯有电视机发出的微弱光芒照亮了墙壁前的方寸之地。沙发上没有人，她或许正在洗澡，或许已经睡了。

五年来，无论傅逸生多晚到家，莫语涵都会等着他一起休息。他也说过让她不要等，她却总是不以为意地说是自己喜欢的电视剧刚好在这个时间段播放。其实傅逸生又怎会不知道她的心思，他每每到家的时候，电视里都播着午夜后的电视购物，哪还有什么电视剧？而此时莫语涵也早已歪斜在沙发上，沉沉地睡着了。

他关掉电视，屋内一片昏暗，更显得月光清冷。这时他才注意到落地窗下蜷缩着一抹娇小的身影。他压低声音叫了声她的名字，没有回应。他走过去，发现她果然睡着了。

莫语涵正环抱着双膝，额头抵着身旁的落地窗，眉头微拧。月光浅浅地洒在她的脸上，使她眼窝处和两颊上的凹陷更加分明。傅逸生这才注意到她比五年前瘦了许多，原本粉嫩圆润的脸蛋现在已经消瘦得棱角分明，美则美矣，却多了几分病态。

整个房子被地暖烘得热乎乎的，可即便如此，窗子前也透着些寒意。看着莫语涵细微的气息已在如镜的窗上哈出了一小片氤氲，傅逸生的眉头不由得微微蹙起。轻轻推了推她，仍是没有回应，他这才弯腰横抱起她向卧室走去。

他将她轻轻地放在床上就转身去了浴室。莫语涵背对着浴室门侧卧着，其实早在他关掉电视的一刹那她就已经醒了。如若是往常，见到他回家她一定雀跃地跟在他身后，小尾巴一样嘘寒问暖。而此刻，听到他的声音时她却不愿意睁开眼。

过了一会儿，浴室内的水声停了下来，伴随着浴室门被拉开的瞬间，一股湿热也被释放出来。莫语涵敛起思绪，紧闭起双眼，却感到头顶上的光线越来越暗，男人温热的气息轻轻拂着她的脸。

傅逸生饶有兴致地欣赏着莫语涵的表情，随着他一点一点地靠近，她的两簇小刷子状的睫毛抖动得越发厉害。

他还记得他们结婚那一晚，她也是这样，一躺到床上就开始装睡，微拧的眉头、颤抖的睫毛无一不泄露她紧张的情绪，然而那时候他的心并不会被那一幕所牵动。可现在呢？他突然不想去琢磨，或许……仍旧如此。只是这个场景似曾相识，让他觉得久违。

“什么时候醒的？”他的话语里隐隐带着笑意。

已经被发现了，莫语涵舒出一口气，平静地睁开眼：“你推拉浴室门的声音有点大。”

傅逸生抱歉地点了点头，拿起挂在脖子上的毛巾胡乱擦拭着头发。

莫语涵看着眼前的傅逸生，不禁有点恍惚。他赤裸着上身，下身只裹着一条白色的浴巾，昏黄的灯光打在他光润紧实的肌肤上，几乎看不出一丝纹理。

傅逸生转过头，正对上她灼灼的眼神，他勾起嘴角微微一笑，她心里一阵惊慌，却没有移开目光。

她的人生已经走过二十几年，在遇到他之前，她从未那么渴望得到什么，直到遇到他，她的人生似乎才有了目标。如此一个充实着她的生命多年的人，要她怎样割舍？

傅逸生擦干身上的水珠，关了灯上床，伸手去捞她，她却翻了个身，没有给他机会。

傅逸生以为她是累了、困了，然而这天夜里，莫语涵几乎没怎么睡。

她满脑子都是她与傅逸生这些年的琐碎。过去是她的一厢情愿和近乎疯狂的痴迷蒙蔽了眼睛，她竟误以为他对她也是有爱的。

清醒以后，她突然觉得很挫败，不管从哪个角度看，躺在身边的这个男人似乎都不爱她。做了五年夫妻，难道就没有一点真情吗？这个问题让她苦苦纠结了一个晚上，还是无果。

直到天边泛起了鱼肚白，她仍睁着双眼呆滞地望着空洞的天花板，毫无睡意。傅逸生的作息很规律，几乎不用闹钟，到了时间就会自然醒来。

听到身旁人的动作，莫语涵闭上眼继续装睡，待他进了卫生间，她紧绷的面部神经才放松下来。想了许久，她还是不甘心就这么放弃他。或许应该再给彼此一个机会……

傅逸生从卫生间出来时就看到莫语涵有些呆愣地坐在床上，额顶的发丝很凌乱，睡眼蒙眬，显然是没有睡好。

“怎么这么早就起来了？”他一边系着衬衫袖口的扣子一边无波无澜地问。

她不作声，下床去拉开玻璃柜下的抽屉，从摆放得整整齐齐的各式领带中挑出一款深色带有暗纹的。

傅逸生个子很高，比赤着脚站在他面前的莫语涵高出一头。见她拿着领带站在面前，他会意地低下头，脸上还挂着讶异又玩味的表情。

说起来这还是她第一次替他打领带，但她的手艺并没有像傅逸生想的那么不堪，她像模像样地绾着结，没有一点玩笑的意思，他不由得低下头细细看她的手法。

打好了领带，她又替他整了整衣领，手指恋恋不舍地流连在他身上。

斟酌了许久，她还是忍不住问：“你……爱我吗？”

傅逸生不禁一怔。莫语涵是个偶尔会矫情一下的女人，可在她喜欢他的这些年里，也只问过他愿不愿意做她的男朋友，喜不喜欢、爱不爱这样的问题她从未问过。好像她只看重一个结果而已。

傅逸生一贯看不出喜怒的脸上终于露出一处破绽，他忍不住问：“今天是怎么了？”

哪怕是骗她也好，可他还是选择了逃避。莫语涵低着头深深地将傅逸生身上的气息吸入肺腑，再次仰起头时已是一脸天真烂漫毫无心机的笑容。

她伸手拉着自己刚刚打好的领带，让他的脸慢慢靠近自己：“我想听你说你爱我，快说你爱我！”

傅逸生笑了，温热的大手扶上她娇小的肩膀，绵软微凉的嘴唇与她的鼻尖一触即分。他轻轻拍了拍她的肩膀，像是安抚："要迟到了。"

莫语涵清楚地感觉到他与她擦肩而过时周身流动的气息。她呆愣在原地良久，直到身后的关门声将他与她的世界彻底隔断。

03

当天晚上，莫语涵在顾琴琴的安排下见到了周恒。

眼前的周恒不再是当初的大男孩了，还是那副讨人喜欢的眉眼，只是头发比大学时要长一些，下巴泛着微微的青色，眉宇间多了点沧桑的味道。

他比她们晚到，一进门他就像有感应一样望向莫语涵，于是那目光便再也没有移开过。

"好久不见，语涵。"

他的语气轻柔温和，表情认真，饱含深情。她不由得愣怔了一瞬，感觉又回到了五年前，他也是这般神情、语调，问她是不是真的要嫁给傅逸生。

她当初是怎么回答的？她说她爱傅逸生，嫁给他是她唯一的愿望，也将是她一生的幸福。可是如今，她的一生才走过一点，她的幸福就离她越来越远了。

"好久不见。"莫语涵说。

"哎呀，师弟比以前更帅了！"顾琴琴夸张地说。

周恒笑了："听说顾师姐还单身呢，正好我也是。"

"我说你能不能不要哪壶不开提哪壶？"顾琴琴白了周恒一眼说，"再说了，你什么心思我不知道吗？拿你师姐我开涮，不想活了是不是？"

顾琴琴泼辣惯了，大家早已习以为常。她说这些话时，莫语涵和周恒都只是笑盈盈地听着，唯独那句"你什么心思我不知道吗"说完时被莫语涵狠狠地踩了一脚。

顾琴琴也不在意，一边张罗着服务员上菜，一边盘问周恒的近况，回国适不适应、新公司怎么样等。

莫语涵在一旁听着，突然很惭愧，毕业这么久了，顾琴琴已经升任部门主管，师弟也回国创业了，而她坐在他们当中，发现他们聊的话题她竟然有点听不懂。

这时候，顾琴琴的手机响了，她看了眼来电显示，一脸无奈地说了句“我老板”，然后接通电话，换了个人似的边讲着电话边走出了包间。

包间里只剩下莫语涵和周恒两个人时，周恒放下筷子，问出了他一进门就想问的话：“你们还是老样子吗？”

莫语涵知道，他说的“你们”是指她和傅逸生，可是他说的“老样子”是指什么样子？

那段被她温习过无数次的往事又一次出现在她的脑海中。

她记得第一次见到傅逸生是在大学的图书馆里。

那时是大学二年级刚开学不久，正好是秋季运动会，图书馆里的人比往日少很多。她当时正在学法语，就想去借一本字典。

当她从高大老旧的书架上抽出一本墨绿色封皮的精装法语字典时，午后的阳光一下子从书架的缝隙间倾泻过来，炫目刺眼。她习惯性地去挡眼睛，当她适应了那光线再睁开眼时，她清楚地记得，一个男生光洁的颈项便隔着书架呈现在她的眼前。在那抹阳光的照射下，他的轮廓模糊却柔和，白皙的皮肤在阳光下几近透明。

那时候书架后面的傅逸生应该不知道有人在偷窥他，他专注地捧着手里的书看了足有一刻钟，或许更久。

而就是这个画面，连脸都没有出现的画面，却让莫语涵的少女心扉敞开了一个狭小的缝隙。

年少初见时的喜欢总是那么肤浅，却因为有了经年累月的蹉跎，让那肤浅的喜欢变成了刻骨铭心的爱。

然而那一天，当莫语涵回过神来时，书架另一边已经没有人了。他突然出现在她的世界，却又瞬间消失，这让她一阵恍惚，几乎以为刚才那一幕只是她的一个幻觉而已。

她不无失望地走到他方才停留过的地方，书架上的书一本挨一本紧紧贴靠着，唯有一处有些许缝隙，那缝隙旁的书架边缘上还留有一枚指印。是两本司汤达的《红与黑》构建了这个狭小的缝隙。

他借走了那本书吗？这个突然冒出的猜测让她心中又燃起了希望，可只是那么一瞬，微弱的火苗就毫不留情地熄灭了。是又怎样？学校这么大，人海茫茫，上哪去找？

她有些沮丧地收拾书包往外走，不经意间却与来人撞了个满怀，暗红色封皮的书从那人的手臂中滑出，掉在了地上，她的脚边。

她弯腰拾起来，是那本刚刚被借走的书。在经历了一瞬的怅然若失后，她感受到了失而复得的喜悦。

她将书递给他，接过书的是一只手指修长且骨节分明的手。

“谢谢。”

她这才抬起头来看他，而映入眼帘的却只是他转身时的一个侧影。

但即便是这个侧影，也足以让她在人群中辨认出他来。

她再见到傅逸生是在概率课上。

莫语涵最不喜欢的就是数学，考前复习课之前她从没去上过课，必要的时候也是翻翻书自学。

“今天要交作业，你知道吧？”顾琴琴问。

“还有作业？你怎么不早说？！”

距离上课还有一段时间，她拿过顾琴琴的作业本翻开看了看：“你这是抄谁的？”

“放心，标准答案。”

“哪来的标准答案？”

顾琴琴嘿嘿笑，暧昧地仰了下下巴。莫语涵顺着她的目光看去，竟然是他。

“抄的他的？”

顾琴琴纳闷：“对啊，怎么了？我费好半天劲儿才从课代表那借到的。”

“他是我们班的？”

“隔壁班的啦！”

“你认识他？他叫什么？”

“傅逸生你都不知道啊？姐妹儿你太out了！”顾琴琴推了推她，“先别花痴了，赶紧抄吧，一会儿‘灭绝师太’要来收作业了。”

莫语涵低头看了两题，题目有点难度，好在傅逸生的答案条理很清晰，只是顾琴琴这个马大哈抄错了几处，如果是不理解题目的人应该很难看懂。

莫语涵指着一处笔误问顾琴琴：“这是什么意思？”

“嘿，你抄个作业管他什么意思呢！”

“你不懂的话我只能去问问懂的人喽。”

不知道是哪里来的勇气，让她站起来走向他。她一步步地向他走近，暗自感慨“冲动是魔鬼”，万一他不理她怎么办？那该有多丢脸！

好在这个“万一”并没有出现。不过他侧过脸半眯着眼睛打量她时的表情却让她有种不祥的预感。在那以后莫语涵常常能回忆起傅逸生当时的表情，或许在那个时候，他就已经知道她根本就会做那道题，而去问他无非像别的女生那样找个借口接近他罢了。

那天傅逸生随意地扯过她手中的本子，拿起铅笔在上面流利地写着一排排冗长的公式。他的声音低沉悦耳，听在她的耳中却有些缥缈……

那之后莫语涵就很少逃课，她希冀着再次见到他。而只要他在教室里出现，她总是能第一眼看到他。她想，她大约是真的心动了。

她将自己第一次的怦然心动与好友顾琴琴分享，没想到顾琴琴却用一副惊异的目光看着她：“不是吧你，咱们学院第一帅哥的魅力你今天才见识到？”

再后来莫语涵从顾琴琴那了解到傅逸生加入了学生会，于是她也动了加入学生会的念头。然而她会想到这样接近傅逸生，其他盯上他的女生也会想到。一时间学生会体育部部长思忖着部里已经为数不少的只会吃干饭犯花痴的女生，有些犯难。

“听说下个月体育部要举办学院篮球赛，需要赞助吧？我可以帮部里拉到赞助。”

莫语涵是什么来头已经不算秘密了，她说这话自然不会有人不相信。因此她顺利地加入了学生会，与傅逸生有了更多的接触机会。也就是那个时候，她也认识了比她小一届的学弟周恒。

莫语涵一直不明白周恒为什么会对她产生感情，难道是出于同情吗?

那是一次大学间的篮球比赛，傅逸生不仅头脑好，球打得也好，刚入学时就成了校队的主力。那次莫语涵很幸运，是学生会唯一带出来陪赛的女生。

她站在场边，眼睛从未离开过那个身影，喜欢看他快攻灌篮的样子，又担心他受伤。提着一颗心等到中场休息，她兴冲冲地给下场的他递毛巾。他却看都没看她一眼就从她身边走过去了。

那时她尴尬得要命，只求没人看到那一幕，可就在她颓然地转过身时，就见刚入学生会不久的小师弟站在不远处看着她，表情不明。她郁闷他怎么就出现在那里，还好在那之后周恒从未提及那件事，也让莫语涵一度自欺欺人地想，她那么丢脸的一幕或许没有被人看到。

可是周恒虽然没有提起过那件事，却在那场比赛之后对莫语涵的态度有了微妙的变化。究竟是什么样的变化莫语涵说不清楚，只是不再那么客气疏离了。

他一直没有表明对她的感情，直到她下定决心向傅逸生表白。

对于周恒的感情，莫语涵或多或少看得出，只是她心有所属，再顾不得傅逸生以外的人的感受。她以为自己足够婉转地拒绝了他，也觉得这个聪明的男孩不会固执太久，可是他那时受伤又担忧的眼神和话语像一根刺一样被她埋在心底。

他笑着说：“我成绩也好，我也会打篮球，我长得也不赖……你就不考虑考虑?”

他问她：“你确定那是你要的感情吗?”

他说：“他不会给你幸福的。”

周恒不是唯一一个这样认为的人。在过去的几年里，大约除了莫语涵自己，再无人觉得傅逸生会是她的良人，没有人相信他们会白头偕老相携一生。可那时的她就像中了蛊一样，坚持踏上这条注定艰辛的路。

收回了思绪，她说：“挺好的。”

“真的？”

“真的。”

可是他那表情明摆着不信。莫语涵焦虑地端起桌上的杯子喝了口酒，却一不小心被呛得够呛。

好不容易缓过来，看到的是对面的人递过来的餐巾纸，她道了声谢，随意地擦了擦。

周恒说：“不管是什么事，你都可以跟我说。”

莫语涵冷笑：“跟你说有用吗？你会帮我吗？”

原本她只是赌气的一句话，没想到周恒却说：“当然。”

莫语涵抬起头来，发现他正在看着自己。有那么一瞬间，她真的后悔了——她仿佛听到周恒在说，他早料到会有这么一天……

顾琴琴回来时看到的正是这一幕。她不知道她去接电话的这段时间里，这两人之间发生了什么事，但是她隐约觉得不对劲，这气氛说不上暧昧，但绝对很诡异。

饭后莫语涵婉拒了周恒要送她回家的提议，与顾琴琴一起搭了一辆出租车。

离开了周恒的视线，顾琴琴迫不及待地拉着莫语涵盘问：“我去接电话那会儿你俩说什么了？周恒是不是表示对你余情未了啊？”

见莫语涵不说话，顾琴琴笃定地说：“一定是的，我一回去就感觉气氛诡异。怎么，现在觉得这小师弟不错了吧？比你家面瘫舒服多了！”

喝了不少酒，莫语涵头昏沉沉的，心神也有些不宁。她将车窗降下一半，冷风钻入车内吹动她稍显凌乱的头发，却并未让她的思绪更加清晰。她不知道自己这个选择是对是错，被保护了二十几年，这是她第一次需要独当一面，而这种感觉就仿佛赤身裸体却被蒙着双眼置身于一个完全陌生的环境，是毫无安全感的恐惧、无奈，还有绝望。

难得傅逸生会比莫语涵早到家。看到客厅里微弱的光线，莫语涵呆愣了片刻。

客厅里的人也听到了她的声音。傅逸生穿了身休闲的家居服，双手插在裤子口袋里闲闲地立在她面前：“怎么这么晚回来？”

莫语涵以为，傅逸生在问这话时应该是一副责问的口吻，然而他仍旧语调平平听不出丝毫情绪，他那狭长漆黑的双眼更是沉静得如封禁多年的深潭，没有一点波澜。只是他被昏黄的壁灯拉长的身影让莫语涵觉得有些寂寥。

她突然一阵心酸，这五年他又是怎么过的？难道那些沾着铜臭味道的东西真的那么重要吗？想到此她痛极反笑，无力地靠在身后的墙壁上。

“你喝酒了？”傅逸生上前一步。

他英俊冷漠的脸彻彻底底地从阴影里走了出来，呈现在她的眼前。她迷惘地看着他抿起的薄唇，他只有生气的时候才会是这副模样。灯光打在他的侧影上，勾勒出他的下颌和脖颈美好的线条。这个人让她痴迷了太久，或许自此以后他将再也不是她的谁。

04

莫语涵踢掉鞋子，赤着脚往屋内走，酒精让她变得异常兴奋，也让她手脚有些不受控制。绕过傅逸生时她踉跄了一步，他上前扶她，她想要甩掉他的手反而被这一拉一扯的力道带到他的怀中。

莫语涵静静地望着傅逸生的双眼，那双幽黑如深潭的眼眸中倒映着她的身影，突然让她有些感动。她踮着脚颤颤巍巍地摸着他棱角分明的下巴、高挺的鼻梁和狭长的双眼，不由得动情地吻上这张铭刻在她心底、纷扰了她无数个日夜的脸。

“今天发生了什么事？”

莫语涵摇了摇头，伸手搂上他的脖子，让他的气息完全笼罩着自己。

一切发生得那么自然，就如同过去的每一次一样，直到傅逸生拉开床头柜，摸出一样东西。他是傅逸生，什么时候都不会让自己完全失控，就连他们第一次最忘情的时候，他也没有忘记掌控一切。

这一晚的莫语涵让傅逸生觉得莫名，他有心去问，她却一直欲言又止。他突然有些烦躁，认真地看了她片刻，见她还是一副心如死灰的样子便起身去了卫生间。

莫语涵看着紧闭着的卫生间门良久，呼吸渐渐平复。有人说："Sometimes our vision clears only after our eyes are washed away with tears."（有时候，唯有一场眼泪，才能让我们的视线彻底清晰）而此刻，莫语涵的视线彻底清晰了。她知道，自己或许需要一次残忍的成长。

莫语涵摸着那个牛皮纸的大信封，暗想着周恒的效率果然很高。她仰躺在椅子上，揣测着如果傅逸生知道了她的小动作会不会笑她白费力气？

她无奈地揉了揉眉心，茶几上的咖啡杯中升起一缕袅袅的烟雾，浓郁的咖啡香味弥漫了整个房间，让她的心神得到了稍稍的安宁。

突兀的电话铃声冲破了房间内的静谧。

"东西收到了吗？"周恒的语气带着慵懒的笑意。

他是在嘲笑她吗？莫语涵心里仍有些别扭，但是相较于此刻的不自在，她更害怕像过去五年那样混混沌沌地活着。

"真打算离婚啊？不怕你爸知道？"

"我爸在医院里，鞭长莫及，再说，就是为了不让他知道我才要给自己找后路。"

"嗯，那么……真舍得傅逸生？"

莫语涵心中一紧，舍得又怎么样，不舍得又怎么样？

人这一辈子可能做对过许多事，或许你投对了胎、生对了地方，或许你答对了题目、上对了学校，也或许你选对了朋友、找对了工作，但是你也可能爱错了对象、嫁错了人。莫语涵的一生本来走得好好的，一步步都是早就被策划周全的，谁知唯一的一次她自己的选择，却是错的，并且错得离谱。而这个错误持续多年，直到上个月她才从那人为她编织的美梦中惊叫着醒来。

她已经不愿意再回忆那天的事情了……

那天莫语涵本来是约了顾琴琴去逛街的，可没逛多久顾琴琴就不得不先回公司，于是她们的活动便早早地结束。

莫语涵打车到达铭泰时，还不到下班时间，她像往常一样去找傅逸生。结婚已经五年了，可她仍觉得自己是个处于热恋中的小姑娘，与他分开几个小时她都会情不自禁地想他太多遍。今天也是如此，她提着不算丰富的战利品兴冲冲地去找他分享。

傅逸生办公室的门虚掩着，门缝里透出的阳光在深棕色的地毯上划出一道长长的金色光痕。未及走到门前，她就听到陆浩的笑声。他是傅逸生大学时的舍友，毕业后就到铭泰工作，一个月前莫景铭住院，傅逸生接手公司事务后，便把陆浩提拔成了销售部经理。

都是同学，莫语涵自然也认得他，而且他的能力确实过硬，所以对于傅逸生的决定，她没什么意见，也懒得有意见。不过她也听说销售部那帮人，没几个好东西。

果然就听陆浩说：“丹露来了几个新鲜货，要不要去看看？”

莫语涵去推门的手无意识地停在了门把上。丹露是个什么地方，S市里恐怕无人不知，对外声称是高档的休闲会所，实则里面还有些见不得光的服务。

她屏住呼吸，悬着一颗心等着另一个人的回应。

“你们销售部应付客户的那些套路在自己人身上还是省省吧。”

这是傅逸生的声音，他语调平平，听不出任何情绪，但就是让莫语涵不由得弯起嘴角。想来认识傅逸生这么些年，他竟然只交过她一个女朋友，其余连个逢场作戏的对象都没有过，足见他人品正直，尤其是在男女这些事儿上，不会伤她的心。

“怎么了？怕语涵发现啊？”陆浩不怀好意地揶揄他，“真的日久生情了？”

这话什么意思，难道他们不是因为相爱才结婚的吗？

果然，莫语涵听到傅逸生也问：“为什么这么说？”

陆浩说：“你当初什么状态你以为兄弟都忘了？结婚前你可是为难了半天，不过你现在就算坦白说为了铭泰也没人说什么，男人嘛，很正常，天天家长里短儿女情长的才让人瞧不起。不过，语涵除了有点娇小姐脾气外也不错，要说你俩日久生情也不是不可能吧？”

此时，门外的莫语涵竟然发觉自己听不明白陆浩的那些话。或许是在门外站得太久，脚下的阴寒正一点点地顺着她的双腿向上爬，她浑身僵直着，像一尊被冰封的雕像。良久，当那几句话在她脑中兜兜转转搅得她不能呼吸时，她觉得心里的痛楚越来越深刻，耳旁好似有什么东西的碎裂声，凄厉刺耳，脸上的笑意也像张假面具一样一寸寸地被撕裂，最后脱落。

当初他接受她只是为了明天吗？这么久以来她要托付终身的枕边人对她没有一点爱意吗？她不相信！

莫语涵还在静静地等着那个人的回应。

半晌，才听那人说：“我不是质疑那个前提，我是说结果。”

“日久生情”的前提就是没有情，结果就是有情……所以说，五年前他答应结婚时不爱她，而做了五年夫妻后，他依旧不爱她？

陆浩说：“这还有什么‘为什么’？在一起时间长了就产生感情了呗，你养只小猫、小狗的时间待长了也有感情，何况是个大活人。”

是啊，对宠物尚且如此，何况是对她？

后面的话，莫语涵没有听下去。

她不记得自己是怎样走出公司的，走出了十几米她无力地回望铭泰大厦。这是爸爸毕生的精力所得，而现在那人却心安理得地坐享这一切。他只需要付出几年的时间在她身边就可以得到整个铭泰，眼下爸爸病倒了，他后面想怎么办？继续和她做一对没感情的夫妻，还是离开？她不敢想。

身后突如其来的尖锐声音让她不由得一惊。混混沌沌的她一时间尚未来得及反应，送外卖的电瓶车连同车上的整箱盒饭就已重重地砸落在她的腿上，她眼睁睁地看着冒着热气的菜汤顺着她的裤腿向下淌。

起初还有疼痛的感觉，可是渐渐地她觉得麻木了。不顾她满身的狼狈，送外卖的小伙子就是死抓着她不放，嚷着要她赔盒饭钱。她试图抽出自己的手臂，可是浑身竟使不出一点力气。她的人生从未像今天这样意外频出，面对这许多突如其来的变故时，她才发觉自己是那样怯懦和无所适从。

她无奈地甩下几张钞票，那小伙子终于肯放开她，可临走时还不忘狠狠地提醒她以后走路长点眼。

小腿似是被砸伤了，不能承受一丁点重量，莫语涵扶着墙一瘸一拐地前行，也想不到要伸手拦辆车。此时正值下班高峰期，她的狼狈引来了路人的侧目。在此之前她一向是个张扬的人，因而二十几年来她从未想过别人投来的目光会让她如刀割般难耐。

已找不到太阳的影子，天边只露着一小片凉薄的光芒，冷风卷着沙尘呼啸着吹打在她泪迹未干的脸上。怎么这么冷？

在傅逸生背离她的一瞬间，整个世界都背离了她。

05

走了许久才回到家，莫语涵无力地反手将门关上，空旷的房子里隐约回荡着关门的回音。在这住了五年，她从来没有哪一刻像现在这样觉得这房子太大了，大得没有人气，没有安全感。

她弯腰拉开鞋柜，里面大咧咧地躺着的两双情侣拖鞋在此刻的她看来无比刺眼。

家里请了阿姨，她不用干家务，但是添置家用这样的事情她却是乐此不疲的，从睡衣、拖鞋到毛巾、牙刷，她都喜欢买款式一样颜色不同的两件。她寻找着一切机会将她与他的世界联系在一起，可是如今，这一切都成了她的眼中钉、肉中刺，让她痛得不能呼吸。

她看着穿衣镜中的自己，裤腿上像呕吐物一样的痕迹着实让人反胃。她想找件衣服换上，却无意间拉开了傅逸生的衣柜，里面挂满了他的西服和衬衫，从中散发出的淡淡的古龙水味更是她平时爱极了的味道，她曾无数次将脸埋于其中，贪婪地汲取着属于他的气息。而此刻，一切都嘲讽得变了味。

莫语涵失声痛哭，拼了命地将那些挂放整齐的衣服胡乱地从衣架上拨下来……那个她引以为傲的男人，那些支撑她生命的琐碎，那些让她变成一个傻瓜的感情，在此刻如一把把锋利的尖刀，一下下地戳在她的心头，让她痛不欲生。

良久，看着满地的狼藉，她颓然跪坐其间，无力得再发不出一点声音。

傅逸生、傅逸生、傅逸生……

她脑中兜兜转转只剩下这个名字。其实，无论傅逸生最后说了什么，是否日久生情了，在莫语涵看来已经不那么重要了，他将他们的开头演绎得那么糟糕，她纵然爱他也不能接受一段没有感情回应，甚至带着欺骗的婚姻。

待影影绰绰的星光从窗外投射进来时，莫语涵才从地上爬了起来，一件件地将散落四处的衣服挂回衣柜。她想，在她还没想好要如何面对他时，还是让一切回归到那张面具被揭开以前吧。

过去的三五年与未来的三五十年，她不知要如何选择，她不知道这段婚姻将何去何从。

如果莫景铭身体还好，莫语涵肯定第一时间求助于他，但是现在显然不是时候。所以她得想别的办法把傅逸生对铭泰的掌控权拿回来。

“语涵？”电话另一端的周恒有些担心。

“嗯，就这样，动作不要太大，免得被他发现。”

周恒不由得失笑，傅逸生是什么人，他从来不指望这件事情能够瞒住他，只是希望瞒得尽可能久一些。

“我尽力。”

“谢谢。”

周恒失笑："说什么谢谢。"

"你知道的……我或许不该请你帮忙，但是我没有别的办法，我不希望你误会，如果你觉得勉强，可以告诉我。"

周恒苦涩地笑了笑："放心吧，我不会误会什么。"

傅逸生将所有的工作做完时已经晚上八点钟了，不过比起平时还是要早一些。他一边捞起外套向门外走，一边想着一会儿要去哪打发时间。如果现在就回家，那么到睡觉之前的这段时间他不知道如何面对莫语涵。

两个人刚结婚的时候傅逸生还会按时回家，莫语涵自然是很高兴，傅逸生却觉得很压抑。他不能在她面前表现出一丝一毫的不耐或是烦躁。可如若说他累了，她又会殷勤地忙里忙外嘘寒问暖，围着他絮絮叨叨个没完。那时的傅逸生偶尔会想，如果这是他爱的人，那么这应该是一天中最温暖的时刻吧。

可惜她始终不是那个人，不是那个让他爱上的女人。如果问他当初为什么选择她，其实答案并没有外人想的那么有心机，只是因为他的不确定。他以为有的人注定一辈子也不会爱上别人，他不确定错过了莫语涵是否会出现一个能让他爱上的女人，而莫语涵足够爱他，对他的感情要求似乎也不高，所以，他宁愿选择眼下的生活。

电话许久才被接通，电话另一端很嘈杂，陆浩扯着嗓子喊了几声"喂"，傅逸生将手机拿离耳边。

陆浩似乎喝了点酒，想必也没有看来电显示，只是一味大呼小叫地问他找谁。傅逸生皱了皱眉头挂断了电话。在此过程中，他的车子已经绕着公司所在的商业区跑了两圈。

傅逸生扫了眼右边的后视镜，无意间看到了摆放在车前的Hello Kitty熏香器，这是上个月莫语涵执意放在他车上的。想到那个小女人傅逸生又是一阵烦躁，他猛地打了一把方向盘，将车子朝着山顶的方向驶去。

傅逸生轻车熟路地上了山，这里他已来过数遍，就连陆浩也陪着他来过几次。

将车子停在山崖边，从后备箱内拿出一罐啤酒，傅逸生倚在车旁大大地灌了几口。时值寒冬，夜晚山顶气温低得逼人，傅逸生握着易拉罐的手指已被冻得发白，他微微使力，清脆的金属折压声让他觉得清醒了许多。

还记得上一次来这里就是前不久，陆浩还嘲笑他宁愿跑来吹冷风也不愿回家享受温香软玉在怀。

傅逸生揉了揉眉心，究竟为什么不愿意呢?

男人与女人不同，女人或许无法忍受跟一个不爱的男人生活在一起，可是男人多数愿意尝试去爱上一个爱他的女人。傅逸生的感情履历非常简单清白，除了莫语涵再没有一个女人走进过他的生活，或许在很多女人看来，那是她们遥远而绮丽的禁区。

在感情方面，也许是缺乏一段刻骨铭心的经历，一贯强悍的傅逸生竟有着一种听天由命的宿命感。莫语涵这样的女人有样貌有身材，对他更是体贴入微，她的宇宙中心就是他。如果按正常情况发展下去，他对这个妻子该是满意的，可是眼下他究竟在烦些什么呢?

那些所谓的因由正一点点地浮出水面，若隐若现地向他招手。可傅逸生甩甩头，它们便连同着莫语涵的影子又一起沉了下去。

傅逸生回到家后发现莫语涵已经睡了。她以前会为晚归的他留着一盏壁灯，可是最近几天他都是摸黑进门。一整天公司事情不断，他情绪不佳，本来跑去山顶散了散心喝了点酒，他的心情好转了一些，可是一回到家看到这黑漆漆一片，他心里又压上了厚厚的阴云。

他草草地洗了个澡，也不等头发全干就上了床。身旁的莫语涵翻了个身平躺下来。

“吵醒你了？”

“还没睡着……”

他迟疑了一下还是将盘桓在心底的话问出口：“有心事？”

她没有立刻搭话，一时间房间内静得吓人，半晌，她才叹了口气说：“担心爸爸。”

他伸出一只手臂放在她的头顶，她很默契地抬起脖子，枕在他的手臂上。她以前最喜欢这样枕在他的臂弯里，双手双脚攀附在他的身上暖暖地入睡。可是最近一段时间，她似乎更喜欢背对着他睡觉。

傅逸生紧了紧手臂，下巴蹭了蹭莫语涵的头顶，她的发丝散发出淡淡的清香，让他一整天都浸在烦躁中的心情平复了下来。

傅逸生闭着眼睛琢磨了许久，轻轻地呼出一口气：“睡吧，明天我陪你一起去看看爸爸。”

第二章　咫尺天涯

06

年纪越大，睡意也越来越少，近几年莫景铭不到早上六点就怎么也睡不着了，这些天住在医院里更是如此。

莫语涵进门时，发现他正要下床，特护不在房间内，她不由得皱眉。莫景铭似乎没有察觉到女儿、女婿的到来，往床边又挪了挪。莫语涵急忙过去搀扶他。

见到女儿的莫景铭脸上立刻溢满了笑容："今天怎么这么早就过来了？"

待看到莫语涵身后的傅逸生后，莫景铭又有些讶异："逸生今天不用去公司吗？"

傅逸生走到病床前，将莫景铭扶坐到床边："晚点过去没关系，最近公司比较忙，许久没来看您了。"

莫景铭笑着摆摆手："你忙你的，我这里没什么关系，不用总想着跑过来。"

莫语涵低头为爸爸穿好鞋子，嘟嘟囔囔有些不满："逸生都好几天没来了，要我说您比公司重要多了。"

替莫景铭穿好鞋子，莫语涵又笑着仰起脸："再说了，我们来陪您您不高兴吗？"

莫景铭拍了拍宝贝女儿的手背："高兴！高兴！一见到我的宝贝闺女我这病都好一大半了。"

莫语涵笑嘻嘻地挽起父亲的手臂："带您到外间走动走动。"

无商不奸，莫景铭的一生正可以用来诠释这几个字。在外人眼里，莫景铭是个名副其实的老狐狸，他对利益的嗅觉仿佛与生俱来，年轻时白手起家，凭借着一点天赋以及不算差的运气，生意越做越大。年过半百之时，归属于铭泰旗下的产业已经涉足各个领域，而莫景铭的大名也伴随着一个商界传奇的诞生变得无人不知无人不晓。

与所有事业有成的男人一样，莫景铭的身边从不缺女人，但也从未有过一个女人能在他身边停留太久。他的妻子只有一个，那就是早在二十六年前就撒手人寰的亡妻，莫语涵的母亲谢欣语。

当年听说有了莫语涵时，年轻的莫景铭别提多开心了，可是这种喜悦只持续到莫语涵出生的那刻。虽然当时的医疗水平非常有限，但谁也没想到女儿的出生，会要了母亲的命。

所以，在莫景铭眼里女儿是珍贵无比的，除了与常人一般的父爱，还有一个原因便是，她出生的代价实在太大了。

"下个月语涵就二十六岁了。"每当这个日子到来时莫景铭的情绪都会非常低落，但是这一次他竟然很释然，想到亡妻，他不由得欣慰，她在等着他吧。

提到自己的生日，莫语涵也不由得惆怅起来，她看着突然沉默下来的父亲，依稀猜得到他此刻的感触。

她拉着父亲的手臂，故意不满地说："您这一病，公司里的事情一下子都让逸生揽了，他最近都忙得没空陪我了，所以您要赶快好起来！"

莫景铭看了看正在撒娇的女儿，又看了看她身边略微讪讪的傅逸生，不禁朗声笑了起来："我听出来了，果然是姑娘大了心也向外了，为了自己的老公都算计到自己生病的老爸身上了，你倒是心疼逸生啊……我这颗老心啊，又要发病了。"

"净说些不吉利的话。放心吧，我有预感您这心脏好着呢！这回一定好利索了！"

莫景铭微笑着看了看莫语涵，又看向傅逸生，轻轻地叹了口气。

傅逸生意识到莫景铭或许有话要说，上前一步，离他更近些："爸。"

莫景铭点了点头："回首过往这些年，我莫景铭也算个有福之人，可是眼下唯一的遗憾就是还没有看到我的外孙降世啊！"

谁知莫景铭的一句话却在莫语涵的心中掀起了狂风巨浪。突感眼鼻发酸，莫语涵微微别过头。她知道，这突如其来的情绪既是为了父亲，也是为了自己。

傅逸生将这父女俩的神情看在眼里，突然觉得自己这几天对他们似乎都残忍了点。

所以这天晚上，当莫语涵几近恳求地说想要个孩子时，他没有再拒绝。

可是这么做究竟是对是错，两个人都不确定。

第二天莫语涵一起床就接到了周恒的电话，约她晚上六点谈铭泰股份的事情。

广茂大厦顶楼，S市有名的西餐厅里，莫语涵与周恒面对面坐着。

"据说在铭泰的五年里傅逸生除了工作上的事情跟其他人私交很少？"

"没错，是这样，就连爸爸有时也说傅逸生有能力，只是对同事、下属太冷漠严苛，不懂得笼络人心。"

"但是很奇怪，据我这段时间的调查，有不少老家伙很买他的账啊，似乎有力挺他的意思。”

“或许是欣赏他的工作能力……”

周恒笑着摇摇头：“不管那些老家伙是出于什么原因，总之我们现在遇到阻碍了。”

莫语涵有些气馁：“那怎么办？”

见莫语涵这副憔悴的模样，周恒有些心疼，也不愿意说太多让她担心，更多的事情还是由他来为她解决吧。

“公司的事情一时半会儿也解决不了，你也别太操心了，我会一直帮你盯着。我们眼下能做的也只是趁着他的威望还没在公司建立起来前狠狠地打压他。”

莫语涵点点头，心里闪过一丝犹豫，选择周恒来帮助自己对付傅逸生究竟是对是错？可很快她就露出一个苦涩的笑容，这个时候周恒是唯一愿意帮助她又不求回报的人，她却还在怀疑他。再次对上周恒的视线时，她突然觉得心里全然不是滋味。

“我去下洗手间。”

“小心！”

莫语涵猛然起身，却冷不防撞上了正端着餐盘上菜的服务员。整盘子菜被掀翻在地，菜汁溅了莫语涵一身。所幸只是沙拉不是热菜，她没有受伤，只不过身上那件衣服遭了殃。

周恒无奈：“楼下有服装店，我陪你去挑一件换上吧。”

傅逸生被一个新项目投标的事情扰得很头痛，本来项目金额不大，无须由他出马，可是这次的合作对铭泰很重要，更何况傅逸生刚刚上位，做出一些显著的成绩还是必要的。他必须打起十二分精神来打理这件事。

今天他与对方负责人已是第二次碰面了。订好的餐厅在8楼，傅逸生有不轻的恐高症，所以他一般会选择扶梯，而非观光电梯。这一点，他亲近的下属都知道。

被几个铭泰的经理簇拥着，那客户倒是很好脾气地随着傅逸生一层层地乘坐扶梯上楼。傅逸生和那客户一同走在一行人的最前面，藏青色的手工衬衫配了条深紫色的领带，他整个人被暗色笼罩着，更显气势逼人。他目不斜视，面上波澜不惊，实则对周遭的一切都保留着十分敏锐的洞察力。所以当那抹娇小的身影跃入他的视野后，不等她消失，他就已牢牢地将其锁定。

“你们先上去吧，我一会儿就来。”

顶着身后数人诧异的目光，傅逸生大步流星地走进了一家女式衣店。

07

因为从小养成的习惯，莫语涵对穿什么一向很挑剔。此时她正有些不耐烦地扫着导购推荐的“新款”，就是没有一件中意的。见这情形周恒也有点不知所措，毕竟离开五年了，她现在喜欢什么款式他真有点摸不准。

傅逸生进门时就看到周恒和莫语涵两个人歪着头靠得很近地站在货架前，似乎是在打量导购推荐的衣服。他眉头微微一皱，很快移开了视线，在店内环视了一圈后，目光锁定在一件并不起眼的绯色大衣上。

“给我一件M号的。”

他的声音不高，不远处的莫语涵和周恒根本没有注意到这边。这边的导购也只当他是买来送人的，正打算为他包起来，他却直接拿过大衣走向莫语涵。

当人走到跟前，莫语涵才注意到，抬头一看，竟然是傅逸生。她朝他身后看了看，竟然没有跟着人。他怎么会出现在这？而且，脸色看上去好像不太好……

傅逸生一眼就看到莫语涵身上的菜汁，也大约猜到了她为什么会出现在这。只不过，周恒怎么也在？

傅逸生把手里的大衣递给莫语涵：“去试试。”

莫语涵接过大衣看了一眼，颜色还不错，就顺着导购指引的方向去了试衣间。

直到莫语涵的身影消失在试衣间门后，傅逸生才再度开口："什么时候回来的？"

问话时，他的目光依旧锁定在试衣间门上，并不去看周恒，周恒却早就习惯他这样，笑了笑说："前不久。怎么，语涵没跟你说？"

傅逸生面上没什么变化，心里却忍不住回想——莫语涵这种有点什么事儿都要跟他啰嗦好多次的人，对周恒回国这件事却真的只字未提……还有，她最近的变化跟这事儿有没有关系？

周恒瞥了眼傅逸生的神色，继续笑着说："不过语涵倒是跟我说了。"

傅逸生这才挑眉看他一眼，像是询问。

周恒说："听说你们过得并不好。"

傅逸生面色一凛，半晌，冷冷地说道："看来你是嫌上次输得还不够惨？"

"上次？上次语涵选择你那是她当时太年轻，一根筋，现在不一样了，过了几年算不上幸福的婚姻生活，她也大约了解什么样的人更适合她了。"周恒想到莫语涵对傅逸生失望的态度，虽然不清楚她为什么要离婚，但是能让她下这个决心，无疑是傅逸生辜负了她。

傅逸生？负一生！这名字可真贴切。

"是吗？"傅逸生说，"这次又赌什么？再输了可不是去国外待五年那么简单了。"

"我那是为了语涵……"

周恒还想再说点什么，却见莫语涵已经换好衣服走出了试衣间。

在这一瞬间傅逸生的表情在不知不觉中变得柔和了许多，神色中的一丝不甚清晰的得意一闪而过。

说什么合不合适？习惯和了解就是合适。

莫语涵看了眼镜中的自己，说不上这衣服哪里好，可一看就像是自己的衣服，但是刚才它挂在那里她却看都没看一眼，款式实在是太普通了。但是傅逸生就是知道，这件适合她，她是不是该高兴呢？

“就这件吧。”傅逸生对着镜子中的莫语涵说，并不是征询的口吻，说着他已经走到前台刷了卡。

“我还有事，先走一步。”离开前，他看到周恒，犹豫了一下又回头嘱咐她，“你早点回家。”

他好像很忙，但是这么忙还能抽空来帮她挑件衣服，是不是说明她在他心中还是有些地位的呢？

想到此，莫语涵自嘲地笑了笑，事到如今，她还要替他、替他们找继续在一起的理由吗？

导购员把莫语涵换下来的衣服包好递给她，她摆了摆手说：“帮我丢掉吧。”

说完她回头看周恒，发现他正微微皱着眉头若有所思．她问：“怎么了？”

周恒抬起头看她，笑了一下说：“没什么，我只是在想，你是怎么忍他这么些年的？”

莫语涵愣了一下，苦涩地笑了笑，是啊，其实外人都看得出来，他对她算不上多好。

告别了周恒，莫语涵没有直接回家，而是去了医院。到了后却发现莫景铭已经睡下了，她没想打扰他，只是在床边的沙发上坐了下来。

夜风渐起，吹得窗前干枯的树枝左右摇曳，吹得窗子发出闷闷的声响。

特护是个三十几岁的大姐，她朝窗外看了一眼，对沙发上发呆的莫语涵说：“莫小姐，我看一会儿要下雪了，要不您先回去吧？这里有我呢。”

莫语涵来时天气就已转阴，这时窗外风声呼啸，更显得屋内静谧得让人发慌。她突然很想叫醒父亲，他太静了，静得让她不安。

她忍不住伸出手去，然而还不等她触碰到莫景铭，他就像是有感应一般不适地轻哼了一声。

她这才收回手，看来是她最近太焦虑了。

她轻叹一声站起身来："这里就交给你了，明天我会再安排一个特护，这样你也可以轻松一点。"

"谢谢莫小姐，您慢走。"

回到家时房间里面依旧没有灯光，想到傅逸生在广茂大厦出现应该是晚上有应酬，她一边换鞋一边摸索着墙上的开关，找了半天没找到，索性也不开灯了，赤着脚走进去。

她摸黑推开了卧室门，就着稀薄的月光，发现床上好像有什么东西动了动。

床上的人听到声音坐了起来："怎么进门也不开灯？"

这还是近两年里傅逸生第一次回来得比她早。莫语涵打开卧室的灯，正看到他穿着睡衣，头发有些凌乱地坐在床上，微微皱着眉，眼睛半眯着，显然是刚被吵醒。

"吵醒你了？"

他看了眼墙上的挂钟，没有回答她的问题："怎么这么晚才回来？"

莫语涵没有留意到他语气中的不满，无力地坐到床上："刚才去了趟医院，看到爸那样子，我真是……"

傅逸生望了她片刻，再开口时语气已温和许多："你别想太多，爸会挺过去的。"

其实早在半个月前，医生就已经通知了莫语涵和傅逸生，让他们做好准备。莫景铭的情况非常不理想，他的体质很差，手术成功的概率极低，不得已只能放弃手术采用药物治疗，治疗了半个月，情况不但没有好转，反而出现了严重的心衰现象，更令人头痛的是，他对药物的过敏反应非常严重。

“如果挺不过去呢？”莫语涵回望傅逸生，这是她最不愿意面对却又不得不面对的现实。如果莫景铭真的挺不过去呢？那她该怎么办？铭泰又该怎么办？而到时候傅逸生又会扮演什么样的角色？

“如果真是那样，我们也无法改变什么。今天你也累了，早点休息吧。”

两人谁也没再提起周恒，但是彼此都知道，因为周恒的出现，因为莫景铭的身体每况愈下，两人的婚姻变得越来越岌岌可危了。

08

莫景铭将一个小盒子递到莫语涵面前，莫语涵怔怔地接过。

这是一个首饰盒，镂空银质的外观设计十分古朴典雅。盒盖已经发灰，看上去年代久远，但仍泛着不够匀称的金属光泽，一看就是常被擦拭。

莫语涵眼眶有些酸胀，微微颤抖地打开盒盖，大红色的绒质内里上安详地躺着一副耳坠子，款式老旧但看得出下足了成本，金灿灿鹌鹑蛋大小的黄色底盘中镶着抹莹润、水滴状的绿。

这东西莫语涵在家里见过，被父亲视若珍宝。

“这是我送给你妈的第一份生日礼物，那时候就觉得女人都该有耳朵眼儿，没想到她竟然没有……呵，后来她还特意为了这副耳坠子打了耳朵眼儿。”说这话时，莫景铭一脸幸福的笑容，眼睛微微眯着，越过莫语涵的肩膀，眼神定格在空中一处虚无的点上，像是穿过这二十多年又看到了昔日的情景。

莫语涵立刻明白了父亲的意思，她把首饰盒推回父亲面前：“妈妈的遗物还是您留着吧。”

莫景铭轻轻摇了摇头，表情变得很淡然，而这份淡然让人觉得凄凉。没有人会想到意气风发的莫景铭也会露出这样的神情。

“我都听说了，逸生把公司打理得井井有条，所以你以前不缺钱，以后也不会缺钱，花钱买得到的东西你都不会缺，所以……”

说这话时，莫景铭的神情中多了几分得意，显然是对傅逸生十分放心的。可是这些话听在莫语涵的耳朵里，却无比心酸。她不想父亲再说下去，叫了声“爸”打断了他。

莫景铭只当女儿是害羞了，拍了拍她的手背笑着说：“好了，我不说了。明天是你的生日，这副耳坠子就当爸爸送你的生日礼物吧。”

这份母亲的遗物被父亲收藏了这么多年却在这个时候被拿出来，其后的深意是什么莫语涵不敢想。她一手捧着银盒子，一手轻轻地摩挲着盒子的边沿，渐渐地盒子的形状在视线中越来越模糊……

“不早了，早点回去吧。”莫景铭不再看莫语涵，目光移向窗外，“明天不用过来了，让逸生好好陪你过个生日。”

家里和想象中一样，仍是漆黑一片，傅逸生还没有回来。在沙发上呆坐了片刻，莫语涵拿出手机拨通傅逸生的电话。

电话过了许久才被接通，传来了冷冷的一声：“喂？”

莫语涵犹豫了一下，问：“还在公司加班吗？”

“嗯。有事？”

“没有，就是问你什么时候回来。”

“不确定，不用等我，你早点休息。”

“好。”

毫无感情的几句对白……事实上过去的每一次都差不多。

莫语涵仰躺到身后的床上，一歪头正好能就着稀薄的月光看到墙上的那张婚纱照。距离那时候才过去多久……明天他会记得她的生日吗?

但愿会吧。

投标的事情搞得傅逸生焦头烂额，几个版本的方案他都不是很满意。今天技术部又送上来一个版本，他一不留神就看到很晚，再抬起头时发现外间除了秘书小林和两个负责技术方案的人已经没有其他人了，而小林也时不时地朝他这边看过来，看样子也是等的时间太长了。他直接给小林拨了个电话，让他们下班，方案明天再讨论。

接到赦令几个人便马不停蹄地离开了。

打发走了所有人，傅逸生疲惫地靠在椅背上闭目养神，不知不觉中竟然睡着了。

他再醒来是因为一种奇怪的气味，准确地说是香味。桌子上不知什么时候多了一杯茶，此时正烟雾袅袅，芳香弥漫。而房间里也多了一个人，是谭晶晶。

傅逸生看了眼墙上的挂钟，其实他也就睡了几分钟而已。

“还没下班？”他随口问了句。

“嗯，我在看他们做的标书，还有些问题。”

“投标的事儿也没那么着急，有什么事明天上班处理吧。你也早点下班吧。”

“好。”谭晶晶应着，目光却瞥了眼那桌上的茶。

“等一下。”傅逸生也想起这杯茶，“这是什么？”

“我自己配的茶，可以缓解疲劳，您试试。”

傅逸生点点头，端起茶杯喝了一口，味道还不错：“谢谢。”

谭晶晶笑了笑，大着胆子说：“既然投标的事儿没那么着急，那您也早点下班吧，毕竟比工作更重要的是身体。”

他随口应了一声，低头继续看方案。

谭晶晶出了门，却没有听话地下班，而是走到电脑前，随便点开个《扫雷》，百无聊赖地玩了起来。

等傅逸生再从办公室出来时，已经将近午夜了。他本来以为公司没有其他人在了，可刚走到电梯间，就见谭晶晶在等电梯。

“傅总。”

傅逸生微微皱眉：“不是让你早点下班吗？”

谭晶晶笑：“您不是也没下班吗？”

听她这么说，他不由得多看了她一眼。在他的印象里，他这个助理好像擅长服从和执行他的要求，而且在他看来，她也只需要做这些，并不需要任何个性。可是今天的她好像很不一样。

“那不一样。”傅逸生说。

“怎么不一样？”

“你开车了吗？”

谭晶晶摇头：“我不会开车。”

“那有人来接你？”

谭晶晶笑：“怎么可能？”

“这就是不一样——你一个女孩子这么晚了一个人回家不安全。”

“没什么不安全的，以前我也经常加班到这么晚。”

傅逸生不由得又看了眼谭晶晶：“有必要这么拼吗？”

这话一出口，他就后悔了。

谭晶晶毫不犹豫地说：“当然有。”

傅逸生没有再问她的“必要”是什么，事实上，如果他不是莫景铭的女婿，而是自己在努力，恐怕也就是谭晶晶这样。

此时正好电梯门打开，傅逸生率先走了进去，直接按了地下一层，而谭晶晶要去按一层时，他说：“我送你回去。”

傅逸生忙了一天，此时已经很累了，但是既然让他遇上了，他也不好让谭晶晶大半夜一个人打车回去。不过在送她回家的路上，他却忍不住琢磨是不是有必要出台一项“晚上九点以后禁止女员工留在公司”的规定。

“我上次见到莫小姐了，很漂亮。”

傅逸生思绪被打断，顿了一下才明白她口中的“莫小姐”是莫语涵。

他笑了一下，礼貌性地说了声“谢谢”。

谭晶晶又问：“我之前听说莫总有个S大毕业的高才生女儿，还以为毕业后会来公司上班，结果没有。那她是有别的工作吗？”

“嗯？哦，她不上班。”

“这样啊。那她平时都做些什么？”

傅逸生皱眉想了一下，一天除去吃饭、睡觉还有12个小时，一年365天，除去一百多天的假期，一年还剩下三千多个小时，如果不工作，这三千多个小时用来做什么呢？傅逸生突然发现自己被问住了。

“你好像很关心我太太？”他瞥了眼副驾驶位置上的谭晶晶。

离开工作场合，谭晶晶笑起来也如她这个年纪的女孩一样，天真烂漫。

“没有，就是……挺羡慕她的。”

“羡慕？”

“对啊，羡慕她漂亮，羡慕她有个好老爸，也羡慕……”她声音低了下去，“也羡慕她有个好老公。”

傅逸生突然意识到自己今天的周到体谅好像是个错误，毕竟老板就是老板而已。好在谭晶晶家的小区就在眼前了。

他把车子靠边停下：“到了，明天见。”

谭晶晶恋恋不舍地下了车，也道了声“明天见”。

不知不觉中莫语涵竟然睡着了，她做了一个梦，在梦里，傅逸生又一次迎娶了她……

婚纱店送来的婚纱并不是莫语涵先前挑选好的那一款，但是时间已经来不及，傅逸生已经到了楼下。她望了眼窗外那个有些不耐烦的身影，匆匆穿上了婚纱却发现长发仍散乱地披在肩头，她还想梳梳头，傅逸生的催促电话却已经打了过来。她不得已放下梳子，她知道如若不立刻出现在他面前，他很有可能随时消失。

没有鞭炮声，没有亲朋的簇拥，莫语涵提着裙摆向楼下狂奔，脚底传来的一阵阵凉意才让她惊觉自己竟然忘了穿鞋，可是已经来不及了。

当她扯着笑容出现在傅逸生面前时，他没有一个新郎看到新娘时该有的宠溺笑容，他的神色间仍保持着些许不耐烦。

不一刻，天气陡变，黑压压的云层毫无预兆地盖在了头顶，两人周身的环境也不再是莫语涵熟悉的小区，而是一个人影都见不到的荒野。莫语涵下意识地去拉傅逸生，可是看似近在眼前的傅逸生她却怎么也触碰不到。而他的身影也越来越模糊……

莫语涵开始惊慌，张开双臂在空中胡乱扑，但是留在她怀中的始终是没有热度的空气。

莫语涵从梦中惊醒时，才发现自己的半个身子露在了被子外面。脚底冰冷，难怪她会梦到没有穿鞋。她不禁失笑，朝着身后缩了缩，一股暖气正一点点地包围住她。她伸手去摸，正碰上傅逸生没有被睡衣遮盖严实的腰后肌肤。

原来他已经回来了。

莫语涵翻过身，面前宽大的背影正挡住她头顶稀薄的月光。她周身的冷气还没有散尽，她向着傅逸生的方向靠了靠，以与他同样的姿态蜷缩着。

相较于交颈而卧相拥入眠，他们夫妻二人似乎更常是眼下这个状态。

人家都说从入睡的姿势可以看出夫妻二人的感情状况，莫语涵常常觉得这不无道理，至少他们就是典型的例子，两人的姿势就仿佛他总是在马不停蹄地赶路，而她则是亦步亦趋地踩着他的脚印追赶着。

她以为自己会习惯，可是没想到这么快就觉得累了。

第二天莫语涵醒来时大床上只剩她一个人，床单上留有的凹痕已非常清浅，看来傅逸生是早早就出门了。

她将手机开机，紧接着进来一条短信，是顾琴琴：“生日快乐语涵，我一定是最早给你祝福的嗬嗬嗬！”

莫语涵看了下短信的发送时间，昨晚零点，她不禁笑了，心情也随之好了。她起床洗漱，化妆打扮，毕竟是生日，无论有没有人约，都要美美的才行。

09

除了结婚纪念日和傅逸生的生日，就属这一天让莫语涵上心。

她将这个时节的衣服全部翻了出来，在衣帽间里堆成了小山的形状。她一套套地比在身前，对着镜子打量自己，挑出几套还算满意的又穿上身比对，历经了两个多小时的精挑细选才选中最满意的一套，接着又是挑选首饰和鞋……

一切准备就绪后，她才意识到，自己竟然在等待，等着傅逸生来招呼她，去吃饭、去看电影，或者去其他任何地方。而人一旦有了期待，就会变得患得患失。

一直等到下午，她都没有等到一个电话或者一条短信。快到晚饭时，门铃终于响了。

“是莫语涵小姐吗？请签下单。”

是一捧玫瑰，难道他有事忙不过来？她失落中隐约冒出些许安慰。

可是紧接着，电话就响了，是周恒。

“生日快乐，语涵。花收到了吗？”

莫语涵看了眼手中的玫瑰，恍然大悟：“是你？”

她这明显失望的口气，周恒似乎早有预料。他也不生气，笑着揭穿她：“怎么，不是傅逸生失望了？”

心思被戳穿，但莫语涵并不想承认：“我就是有点意外。谢谢你的花。”

“我在去你家的路上了。”

“什么？”

周恒笑了：“如果……傅逸生今天没空，你愿意把今晚的时间借给我吗？”

莫语涵看了眼窗外暗淡的天色，看来傅逸生真的已经忘了今天是什么日子。而玻璃窗上映出的她精致的妆容和隆重的穿戴，此时看来就像笑话一般。

半晌，莫语涵回过神来：“不好意思啊，晚上有约了，改天，改天请你吃饭。”

“真的有约了？和谁？傅逸生？”

“不然呢？”

周恒的声音听上去明显有点挫败：“好吧，我只好约别的妹子了。”

她笑了笑："嗯，不过还是谢谢你。"

"谢什么？花吗？"

"谢谢你记得我的生日。"

毕竟这么多年了，不是所有人都能记得这一天有什么不同。

一整天，她没吃什么东西，倒不是刻意作践自己，只是心里有了事儿好像也就不饿了。她仍旧穿戴整齐地端坐在沙发上看电视，看了什么节目她已经不记得了，她只清楚地感觉到时间在流逝，就像她手里握不住的那丝希望一样……直到挂钟上的时针和分针再一次同时指向"12"，傅逸生还是没有回来。

她过了一个没有他的生日，从早上醒来一直到这一天结束，她没有收到他的一点信息，这一次她是彻彻底底被遗忘了。

桌上的玫瑰花像是周恒讽刺的笑脸，莫语涵有些懊恼，将那捧玫瑰一根根地抽出，随手插在身边的鱼缸里。

傅逸生回来的时候正看到莫语涵盛装坐在沙发上。灯光打在她莹润的脸上，让她的五官看上去更加立体深邃，精致的妆容和耳垂上熠熠生辉的小钻石使本就标致的模样更多了分娇媚。看得出莫语涵是精心打扮过的，而且她耳朵上的那副耳坠子也是他去年送给她的，她鲜少佩戴却极小心地保存着，怎么今天拿出来了？

看着莫语涵神情专注地盯着电视机，傅逸生心中突然生出一股不太好的预感，当鱼缸壁上齐齐靠放着的一排玫瑰映入眼帘时，这种感觉开始迅速扩大。

傅逸生自己都没察觉到自己的眉头皱了起来："怎么还没睡？"

莫语涵的眼睛始终没有离开过电视："跟朋友出去玩了，刚回来。"

"跟谁出去玩到这么晚？"紧接着他又补充道，"太晚回来不安全。"

"一年也就这么一次。"

傅逸生望了莫语涵几秒，脑中杂乱翻滚着的许多念头让他烦躁不安，或许是最近太累了思绪才会不受控制天马行空地编织着各种莫须有的场景，看来他急需休息一下。

待傅逸生走向浴室时，莫语涵才看向他。刚才那些看似关心的话语在她看来都是无关痛痒的，他对她始终是关心太少，才会对她那随便扯出来的谎话深信不疑。

傅逸生洗好澡出来时，莫语涵已经梳洗完躺在了床上，一声不吭。今天的她实在有些不寻常，他心头压着疑惑，却没有问出口。

然而当他关掉灯上了床，她却突然开口："今天是我的生日，不，应该说是昨天。"

傅逸生不由得松了口气，他还当发生了什么大事，原来就是因为这个。半晌，他侧过身子将身边的人拉入怀中。

莫语涵一点点地被她迷恋已久的气息吞噬着，傅逸生隐隐发烫的坚实胸膛让她长久提着的心脏稳稳地落回原处。

一整天没有吃饭、休息，莫语涵的理智也随着她的体力一点点涣散，当她彻底放松下来的这一刻，她也彻底被他周身的温度融化了，神志尚清醒时的那些凛冽想法都已背离了她，完完全全挣脱了她的掌控。

莫语涵鼻子一酸，说出的话竟然像是在撒娇："以前你都记得的……"

男人多数是吃软不吃硬的，被突然性情大变的莫语涵不冷不热地晾了这么久，这一刻，傅逸生除了有些诧异，竟然还有些久违的感觉。

他的声音比往日柔和了许多，声音低沉，也像是只说给她一个人听："明天给你补过一个。"

她也不想去想那些了，应了一声闭上双眼，下一刻便筋疲力尽地跌入睡梦中。

傅逸生当真把补过莫语涵的生日当成了一回事儿，可是补过的生日终究不是生日了，她早就没了昨天那种期待的劲头，就像平日里一样，随便打扮了一下就出了门。

说是过生日，其实也就是吃个饭，再去看场包场电影什么的，真的让傅逸生为莫语涵大操大办他也不会。

不过这一次的生日礼物，傅逸生倒是花了点心思。

点好的饭菜没有上，一个包装精细的蛋糕盒大小的礼盒却被侍者用托盘托着送了上来。莫语涵以为又是什么首饰，可是看这大小又不像，倒是让她生出点好奇心来。

她疑惑地拆开包装，躺在银色丝质盒子里的竟然是一双鞋。浅粉色的皮面在餐厅灯光的照射下折射出细细碎碎的耀眼银光，皮料很软，鞋底轻薄，鞋口处还有可爱的褶皱和镶嵌规整的碎钻。

“你以前的那些鞋好看是好看，可是总看你穿着不舒服，你个子不矮用不着穿那么高的跟，以后还是以舒服为主。”

傅逸生的语气无波无澜，却让莫语涵觉得鼻子发酸。

其实，在认识傅逸生之前她向来都是穿平底鞋的。165公分的身高，肯定算不上矮，但站在傅逸生身边，她却刚及他的肩膀，她总觉得自己再高一些就会离他更近一些，看起来也更般配一些，以至于她早就忘了脚会疼。

这么多年他没关心过她，此时突然说这些，倒是让她心里五味杂陈——无论他是否在意她，她都已经做好了离开的准备不是吗？

突兀的手机铃声打断了她的思绪，来电显示上周恒的名字跳动着。她有些犹豫地看了眼傅逸生，傅逸生显然也看到了周恒的名字，眼神中除了毫不掩饰的不喜欢，还透着一丝不易察觉的不解，似是在疑惑她为什么不接电话。

10

莫语涵拿起电话，不太自然地按下了接听键。

电话另一端的周恒很兴奋：“语涵，告诉你个好消息，光大那边我已经联系好了，那边有投资的意向！”

“光大？”

话一出口莫语涵明显地感受到来自傅逸生探寻的目光，她下意识地捂住电话的话筒，看了眼对面已经又低下头喝茶的男人，犹豫了一下站起身来离开了餐桌。

“傅逸生这两天干得不错，据我了解董事会那帮老家伙很买他的账，尤其是这次那个竞标再被他拿下的话那他在董事会里的地位就更无人能撼动了。所以说想靠召开董事会罢免他，现在还不是时候。先不说你父亲那里会露馅，就是怕他拉拢其他人，最后反而被他将一军。”

“所以要和光大联合？”

“嗯，光大杨总那里跟我透露了一个数，我算了下这笔钱进来后你和你父亲以及光大这边所占股份就超过60%了，到时候公司的事情傅逸生可就说不上话了。”

莫语涵皱眉想了想：“可是为什么是光大？据我所知，傅逸生和光大杨总的关系也不错。”

“这个你放心，我爸和杨总有点交情，而且铭泰还是姓莫，他不联合你们莫家联合傅逸生有什么好处？”

“这事儿不知道他会不会起疑。”

“起不起疑也要看董事会的决定，铭泰不是一直想扩展领域吗，没钱怎么行？”

莫语涵想了片刻，深吸一口气说：“那好，最近约杨总见一面吧。”

“我也正有此意，这事儿还得动作快点。”

其实周恒的提议是最安全、对铭泰最好的，可是莫语涵不懂自己还在彷徨什么，或许她已经意识到无论这个事情能不能成功打击到傅逸生，这都意味着她对他正式宣战了。而此时，他还全然不知她的小动作和小心思，还会精心地为她挑选生日礼物。

莫语涵回望餐桌旁的傅逸生，这些年他的冷漠她仿佛都忘了，她只清晰地感觉到，自己心底竟然泛起一丝愧疚。

回到座位，她努力做出淡定的模样，整理着心情，想找点话题，傅逸生却说：“公司里突然出了点事情，我得马上回去。”

莫语涵愣了一下："什么事情这么急？"

傅逸生歪着头整了整领带，没有回答她的问题，似乎是有些遗憾地看着她："电影下次看吧，一会儿我叫老郭来接你。"说着他也不等莫语涵再说话，便埋了单离开了餐厅。

莫语涵看着对面空了的椅子，想到刚才自己心底那一闪而过的愧疚，觉得无比可笑。

谭晶晶正打算下班，没想到看到傅逸生去而复返，去关电脑的手又收了回来。

经过她的办公室时，傅逸生朝里面看了一眼，谭晶晶立刻站起身来，恭恭敬敬地道了声"傅总"。傅逸生形式化地点点头便疾风一样进了自己的办公室。

其实竞标的事情已经接近尾声，铭泰胜券在握，傅逸生大可不必再像前几日一样发疯般加班。

坐在办公桌前，他渐渐露出疲惫，想到刚才莫语涵尴尬躲闪的眼神，他心里闪过一丝阴霾。

他拨了电话给陆浩："打听下，光大最近是不是有什么动作。"

"光大？干吗要我问？你跟老杨熟啊，请他喝个花酒什么都问出来了。"

傅逸生疲惫地揉了揉眉心："让你打听就去打听，哪那么多废话！"

"成成成，总裁大人，小的这就去办。"

傅逸生叹了口气挂上电话，新的标书就摆在他的桌上，他拿过来翻了几页，只觉得眼皮沉重。

傅逸生离开后，莫语涵去了医院。

莫景铭见女儿来了很开心："昨天生日过得好吗？"

莫语涵笑着点头，替莫景铭掖了掖被角："这两天又变天了，您要多注意保暖。"

莫景铭笑着摆摆手："已经是一条腿跨进棺材里的人，也不在乎早一天晚一天了。"

莫语涵最不爱听父亲说这些丧气话，再加上来之前刚被傅逸生晾在餐厅，满腔委屈的情绪正无处发泄，她低着头，眼眶很快就变得通红。

莫景铭见状知道自己又说错话了，急忙转移话题："逸生怎么没和你一起来啊？"

听到傅逸生的名字，莫语涵的眼泪便再也存不住了，吧嗒吧嗒正打在莫景铭的手背上。莫景铭这才看出来，莫语涵的情绪多半来自傅逸生。他语重心长地开口劝慰："小夫妻闹矛盾是常有的事情，以后爸爸不在了陪你共度余生的就只有逸生了。"

莫景铭叹了口气："他那么忙也是为了铭泰和你，你要多体谅啊。"

莫语涵不想跟父亲讨论太多这个话题，正好想到周恒那个电话，莫语涵试探着问莫景铭："铭泰现在在传统的服装领域已经做到头了，之前不是一直在说拓展化妆品市场的事情吗？但是投入很大，所以董事会一直没有决心做这个。最近我听一些咨询公司说有公司愿意投钱，就问问您的意见。"

莫景铭狐疑地看着女儿："你什么时候对公司的事情这么上心了？"

"还不是因为您？您要是不生病我也没那8%的股份，现在公司有个大事小事他们总问我意见，我想不上心都难。"

莫景铭哈哈大笑："公司的事情你想管就管，不想管就全部交给逸生。不过你说拓展领域的事情我也早有想法，但还是要征求一下董事会其他人的意思，毕竟这笔钱进来大家的份额都会缩水。"

莫语涵点了点头："这事肯定是要上会的，我就是先问问您的意见，您同意了这事儿也就基本能定了。"

从医院出来时，莫语涵的心情前所未有地矛盾。父亲说得对，除了他老人家她最亲的人就是傅逸生了。她晃了晃拎在手里的鞋盒，或许傅逸生心中也不是完全没有她，或许他并没有打算过离开她，或许……她可以尝试着原谅他不甚纯良的初衷。

莫语涵拨通了傅逸生的电话："还在加班？"

傅逸生听着电话另一端有些空旷还有些嘈杂的声音，眉头不由得皱了起来，看来她不在家。半晌，他只是淡淡地嗯了一声。

"什么时候回家？"

傅逸生看了眼手机，陆浩那边还没有回信，他顿了顿说："估计会很晚，你先休息吧。"

又是这样，莫语涵颓然地挂了电话。

司机老郭替她拉开车门："小姐，咱是回家吗？"

莫语涵看了眼时间，晚上九点刚过，于是说："去铭泰吧。"

傅逸生刚挂断莫语涵的电话，陆浩的电话就打了进来。

"光大那边还真有点小动作。"

"怎么说？"傅逸生问。

"我找了老杨的助理，他什么也没说，但看那支支吾吾的样儿就猜出来了。"

光大到底要干什么呢？傅逸生若有所思地沉默了片刻，说："回头帮我约他一下，我要见面了解下情况。"

"我说什么来着，早说让你请老杨喝个花酒就什么都有了！订哪？丹露？"

两人正说着话，傅逸生突然听到身后有脚步声，一回头竟然是谭晶晶。她手里端着一杯咖啡，不知是什么时候进来的，但显然被傅逸生这一系列的反应吓了一跳，正站在那进也不是退也不是。

傅逸生看着谭晶晶，开口却是对电话另一边的陆浩说："换个干净的地方，订好告诉我。挂了。"

挂断电话，他坐回座位上瞥了眼谭晶晶，她今天穿了身修身毛衣裙，轻轻薄薄地裹在身上，身材曲线一览无余，而且领口开得还有点低。他不由得皱眉，他以前没观察过他的这个助理，她以前就是这种风格吗？

“怎么不敲门？”他问。

“敲了，您没听见。”

傅逸生微微一愣，叹了口气，抬手看时间，都晚上九点多了。他示意谭晶晶把咖啡放下：“怎么还没下班？”

“您不也是吗？”

他冷笑一声：“你跟我比？”

“为什么不行？”

“我不是说公司女员工加班不得超过晚上九点吗？”

谭晶晶皱眉想了想：“有吗？”

傅逸生这才意识到，上次之后他就把这事儿忘了，可能到现在也没来得及布置下去。

他立刻打电话给老郭：“在哪？”

“傅总？我和小姐在一起。”

“她还没回家？”

莫语涵听到打电话的是傅逸生，连忙示意老郭确认他是不是还在公司。

老郭领会精神随口嗯了一声，然后立刻问：“您在公司？”

得到肯定的答案傅逸生心里更乱了，莫语涵这种宅女最近是怎么了，这么晚了还在外面闲逛！他烦躁地挂断电话。

抬头发现谭晶晶还在自己面前，标书显然看不下去了，他说：“事情做完了吗？”

谭晶晶立刻说：“本来打算把咖啡送过来就下班的。”

傅逸生看了眼面前的咖啡，站起身来：“不喝了，走吧，我送你。”

到了铭泰大厦楼下，莫语涵看到傅逸生的车正停在大厦门口，就让老郭先回去，她已经打定主意，不管傅逸生今天要忙到多晚，她都会等他，或许他们应该敞开心扉好好谈一谈，这样一来这场婚姻说不准还有转机。

正在这时，莫语涵看到有人从大厦里面出来，办公楼的灯光将那挺拔的身影拉得很长。她一眼就认出那是傅逸生，可正当她打算迎上去时，却又看到他身后走出一人来，高挑的身材，齐肩的长发，白皙的侧脸在微弱灯光的映射下显得有几分清冷。

那不是傅逸生的那个助理吗?

莫语涵看着谭晶晶大大方方轻车熟路地上了傅逸生的车，低下头系安全带的工夫还不忘跟他说说笑笑。不知听到了什么好笑的事情，傅逸生竟然也笑了。尽管那笑容不甚明朗，但是这几乎是她第一次看到他跟别的女人如此亲近。

他们要去哪？工作？这个时间了，不应该。那女孩为什么会上傅逸生的车？顺道送她回家？这完全不像傅逸生会做的事情……至少对普通人，他不会这么周到，更何况公司还有老郭。

车灯以一个完美的弧度扫过莫语涵，光线亮得刺眼，可就在她抬手遮挡的一瞬间，车子已载着那两个人呼啸着拐入车道。

望着他们绝尘而去的方向，莫语涵突然后悔今晚的妇人之仁。她脑子里突然冒出个可怕的念头，这段日子，傅逸生回家的时间越来越晚，难道除了工作还有别的原因?

她又想到在他办公室外听到的那些话……心一点点往下沉……

或许傅逸生并不是生性冷漠，也不是不善表达，他只是不爱她，而一旦让他遇到一个能让他心动的女人，他那些关于爱情的智慧就会突然迸发出来。

莫语涵低头瞥了眼手上的生日礼物，不禁自嘲地笑了，他傅逸生也不过是个普通人，也会因为做了亏心事而施些小恩小惠来安抚她这个暂时的“原配”。

这一次莫语涵没有哭。或许坚强的人本不是天生坚强的，而是承受过某种锥心的伤痛后，其他的伤害再不能轻易地侵袭她了。

不想就这样回那个冷冷清清的家，莫语涵拨通了周恒的电话。

“语涵？”

“现在有空吗？”

周恒看了看表，发现已经晚上十点多了：“有，不过这么晚了……你不在家吗？傅逸生呢？”

莫语涵没有回答他：“我在外面，你方不方便出来？”

周恒大咧咧地笑了：“我有什么不方便的？又没有老婆或者女朋友拴着我……你在哪？我去找你。”

“铭泰楼下。”

莫语涵从来不会主动约他，也不会这么晚还不回家。然而不出意外的话，她会这么做又是为了傅逸生。

待周恒草草地换好衣服出门上了车，才发现脚上还穿着居家的拖鞋，不过没时间再回去换了，这么晚了，她一定是一个人等在铭泰楼下的。

好在路上很畅通，周恒很快就到了铭泰。而他到时正看到莫语涵坐在枯萎萧瑟的花园边上，像迷路的小鹿一样，一双黑亮的眼睛不住地望向自己驶来的方向。

车子稳稳地停在莫语涵面前，一双棉质男式拖鞋便映入她的眼帘。

莫语涵仰起头，对着有些“凌乱”但依旧倜傥的周恒扯出一个大大的笑容：“怎么鞋都不换就跑出来了？”

周恒讪讪地挠了挠脑后的头发：“这不是急着来见莫大小姐吗？”

莫语涵站起身来拍了拍身上的尘土，绕过车头去拉副驾驶位置的车门。

周恒看了眼躺在脚边的精致鞋盒，问：“你的东西不要了？”

“那不是我的。”说话间她已经坐进车内。

周恒看了一眼，也就没管，上车后问莫语涵：“送你回家？”

“我要是想回家叫你出来干什么？去看夜场电影吧，听说最近有几部还不错。”

车子停在第一个红绿灯前，周恒回望了一眼铭泰大厦。楼顶上没有一点灯光，看来傅逸生确实不在那。

他似无意地问：“怎么大半夜跑这来了？”

“嗯，本来想看看傅逸生下班没有，来了才发现他已经回去了，我又很想看电影，就顺便问问你。”

周恒摸摸鼻子扯出一个笑容，这样的莫语涵太不寻常，他察觉到她有心事，但是她为自己的心垒砌了厚厚的围墙，一般人别想靠近。

看夜场电影的多数是处于热恋中激情难耐的小情侣，莫语涵他们身边就有一对，啧啧的亲吻声和暧昧的喘息声一阵高过一阵，有时甚至能压过电影中主人公的对话声音。

周恒玩味地笑道：“这帮傻子，电影院里都有红外线摄像头，多黑都看得见，他们以为别人看不见呢。”

说着他抬头去看身边的莫语涵，却发现她正专注地盯着大屏幕。

第三章　冷暖自知

11

“是吗？”莫语涵漫不经心地应了一声。

这时候，她的手机突然响了起来，在这静谧的气氛中显得有些突兀，她低头看了眼，按了静音，任由手机在手里振动。

“怎么不接电话？”周恒问。

“陌生号码，可能是打错了吧。”

现在已经快要凌晨一点了，傅逸生终于想起来自己还有个妻子吗？想到他可能会担心、会焦急，莫语涵就忍不住觉得痛快。可是在此之后她再也没有心思看电影了，反而开始留意手机。可是那之后手机便再没响过。

总算熬到电影结束，周恒问莫语涵：“这回要回家了吧？”

莫语涵已经很疲惫，于是点了点头。毕竟不管再怎么逃避、放纵，至少现在那里还是她的家。

车上显示的时间已经凌晨两点多了，莫语涵的手搭在车门上，却没有要下车的意思。

周恒抬头望了眼莫语涵卧室的窗户："用不用我送你上去？"

半晌，莫语涵低着头推开车门："不用了，今天谢谢你。"

告别了周恒，莫语涵只身投入暗夜当中。直到她进了大门也没有听到身后车子离去的声音，可是她太累了，已经顾不得那么多了。

她摸黑上楼，卧室内微弱的光线透过门缝稀稀疏疏地打在大厅的地砖上。原来傅逸生没有睡。她发现此时的自己还是忌惮他的，她尽量放低声音企图不惊扰到卧室内的人，可是客厅内倏地变得灯火通明。

此时的傅逸生只是脱去了外套，身上还穿着白天的西裤和羊毛衫，他环抱着手臂坐在沙发上，手机就躺在面前的茶几上。

"为什么不接电话？"

莫语涵有多久没听过他这样完全不带温度的声音了？仿佛又回到了他们谈恋爱以前，她还是那个与他无关的富家娇娇女，他则是众所周知的风云人物，众多女生心目中神一般的存在。

起初听到这久违的声音时，莫语涵还条件反射地要害怕，可是铭泰大厦楼下的那一幕终究让她的心一点点沉了下去。

"刚才在外面没听到。"

"和谁在外面？为什么这么晚回来？"

傅逸生当然知道莫语涵和谁在外面，就在刚才莫语涵走进来的时候，那人还朝着卧室窗前的傅逸生挥了挥手。

傅逸生眼中布满了血丝，形容虽然依旧英俊潇洒，却多了些憔悴和狼狈。如若是往常莫语涵恐怕早就心疼得不得了，可此刻她只觉得可笑。

他有什么资格这样质问她？他自己呢？一天比一天晚归恨不得住在公司，是真正厌倦了她还是谋划着跟别的女人暗度陈仓？如果有一天爸爸不在了……莫语涵不敢想了。

"我困了，你也早点休息。"说着她转身要往卧室走。

傅逸生站起身来走到她面前，以一种不容置疑的语气说："你还没回答我刚才的问题。”

他背着光，表情不明，可是莫语涵的表情异常平静。

她低着头，想绕过眼前的傅逸生，这样眼神胶着的对峙让她有些慌张，她害怕自己一时失控，泄露自己掩饰许久的秘密。

一只手臂支在了莫语涵身边的墙壁上，挡住了她的去路。傅逸生高大的身影将娇小的她一点点包裹起来。她不由得向后退了半步，脚已经触到身后的墙壁。

傅逸生轻轻捏着她的下巴慢慢抬起，这轻佻的动作让他看上去更加陌生："以后不要这么晚回来，不要跟一些乱七八糟的人走得太近，也不要试图挑战我的底线，嗯？”

究竟是谁在挑战谁的底线？

“看来你今天回来挺早的。”

傅逸生没想到莫语涵会这么说，顿了一下说："比你早一点，公司最近事儿多。”

莫语涵侧身退出他的钳制范围，走向卧室："是公司事儿多还是你自己事儿多？”

傅逸生不解地看向她。

她一件件脱掉身上的衣服，最后进浴室前回过头来："你刚才说的那些正好也是我要对你说的。以后不要回来太晚，不要跟一些乱七八糟的人走得太近，还有……也别试图挑战我的底线！”

傅逸生回过神来时，浴室门已经关上了，白色的灯光透过磨砂玻璃将莫语涵的身影勾勒得淋漓尽致。傅逸生不禁笑了笑，在他的印象中莫语涵一直是柔柔弱弱不具攻击性的小女人，可是最近一段时间，他发觉她似乎有着一套属于自己的攻守策略，并且运用自如，常常趁他不备几乎让他措手不及，不过他觉得挺有意思的，如果跟其他人、其他事无关的话。

那天过后，两个人谁也没有再提起那天晚上的事儿。傅逸生回家的时间倒是越来越早，莫语涵则还是跟“乱七八糟的人”频繁来往。

这天还不到夜幕降临，天边却压上了滚滚黑云，灰黑色的幕布下，凌乱的街道显得有几分萧索。春雨往往无常，只一瞬间整座城市就浸在了狂躁的风雨中。

和周恒约好了去见光大的杨总商谈注资的事情，莫语涵正要出门，就听到楼下有开门的声音。她走出房间看了一眼，是傅逸生。最近这段时间他经常早早就回来，起初莫语涵还有点惊讶，后来听说是投标的事情已经结束，铭泰毫无悬念地中了标，所以剩下的事情就不用他一个总裁操心了，既然不忙了，他也就早早回家了。

她又想到那天晚上看到傅逸生和谭晶晶的事，难道真是自己想多了？

傅逸生上了楼，看到穿戴整齐的莫语涵倒是有几分惊讶："外面下着大雨，你要去哪？"

"跟朋友约好了一起吃饭。"

傅逸生不动声色地挑了挑眉："可是外面下雨了。"

莫语涵若无其事地瞥了眼窗外："都约好了，也不能爽约……你晚上一个人吃吧。"

已经换了拖鞋的傅逸生顿了片刻又换上皮鞋说："我也不在家吃了，回来就是拿个东西，顺路送你吧。"

莫语涵有点踌躇，说实话她害怕傅逸生看到周恒，倒不是因为傅逸生知道周恒对她的心思，只是因为她和周恒最近筹谋的事情让她有点心虚。

傅逸生却不等她犹豫，率先走出门："走吧。"

"去哪？"上了车后傅逸生问她。

莫语涵紧了紧大衣，说："丽景。"

傅逸生淡淡地扫了她一眼，问："冷吗？"

莫语涵正要说话，见他已经将车上的空调开到最大。车子驶出地下车库，傅逸生说："一会儿就暖和了。"

细密的雨水打在车窗上，密密麻麻让人看不清外面的景色，莫语涵看着窗外，心里却在盘算着一会儿的事情。她看了眼傅逸生，路况不好，他正专注地开车。

她拿出手机，先是随便翻了翻朋友圈，然后迅速给周恒发了条信息："你们到了吗？"

周恒很快回了过来："还没。"

莫语涵松了口气，想了想还是提醒了一下周恒："傅逸生送我去。"

"朋友催你了？"傅逸生依旧看着窗外，却是在问莫语涵。

莫语涵嗯了一声收起手机，然而就在这个时候，她的手机再次响了一下。

她没有拿出来，而是对傅逸生说："不着急，你慢慢开。"

傅逸生勾了勾嘴角，没再说什么。

过了好一会儿，趁傅逸生不注意的时候，她才又把手机拿出来看——周恒只回了个"OK"的表情，再无其他。

他应该是明白她的意思了吧。

即便是这样恶劣的天气，丽景的生意依旧红火得很，刚到晚饭时间，门前的车位就已经满了。莫语涵想让他把车靠边停一下就行，傅逸生却执意要停在离饭店门口更近的地方。

好在外面下着雨，视线也不好，至少从莫语涵的角度看不到饭店里面的人，就算周恒和杨总已经到了，傅逸生应该也不会看到。

"晚上结束时打电话给我，我来接你。"

听到傅逸生这么说，莫语涵去开车门的手不由得顿了顿。结婚这些年来，他很少这么关心她，但是她不愿意让自己多想，说："不用了，我会叫老郭来接我。"

傅逸生坚持："结束以后打电话给我。"

莫语涵没再应声，推门下车。

饭店的门迎看到车子停在门口时，就打着伞候在了车外，见莫语涵下车，连忙迎了上来。莫语涵点头称谢，没再回头看傅逸生，跟着门迎进了饭店。

走进饭店服务员立刻迎了上来，莫语涵报了周恒的名字，服务员将她带到了一个包间。包间里还没有人，她竟然是第一个到的。

她立刻拨了个电话给周恒："我到了，你在哪？"

"我也刚到，正在停车。"

周恒看着对面的Q7不由得笑了，闪了闪大灯，对身边副驾驶位上的中年人说："一位老朋友。"

即便是在这样视线不好的天气里，周恒那辆蓝色的X5还是非常显眼。傅逸生从后视镜中收回视线，想到刚才莫语涵一系列的反应不由得笑了——这就是她说的朋友？另外，如果他没看错的话，周恒车上还有一个人，杨总？

从丽景离开，他立刻打电话给陆浩："让你约老杨约得怎么样了？"

陆浩那边乱糟糟的，"喂"了半天才问了句："傅逸生？"

傅逸生暗暗骂了一句，干脆地问他："你在哪呢？"

这一次陆浩听清楚了，哈哈笑着说："中标了当然要庆功，不是你让我安排的吗？"

"我问你在哪……"傅逸生压着火气问。

陆浩这才听出来傅逸生情绪不对，立刻报上地址："兰亭2号包间。"

傅逸生听清了地址便挂断电话，一打方向盘朝着兰亭驶去。

负责投标的项目组女同事不少。因为有个英俊倜傥的老总，在公司里时她们就争奇斗艳惯了，今天想到傅逸生可能到场，更是下足了功夫。众人都想着傅逸生私下里总不会像在公司时那么冷漠吧，但等她们真的见到他时又不免失望。

傅逸生一个人坐在包厢的角落里抽着烟，表情比在公司时更加冷峻。大屏幕上一遍遍播着王菲演唱会上一首歌的背景音乐，屏幕里的人表情生动，歌词随着音乐在一行行变换，却听不到有人唱歌。其实之前他没到的时候气氛还可以，他一来可就没人敢"放肆"了。

眼见着包厢内的气氛越来越沉寂，陆浩有些无奈，放低了声音央求傅逸生："我说大哥，今天是庆功宴，正常程序难道不是应该拉拢功臣犒赏三军吗？你这在这跟谁玩气质装忧郁呢？太扫兴了吧？"

傅逸生微微挑眉："那你还叫我来？"

陆浩烦躁地抓了抓头发："谁知道您老人家今天心情不佳啊，早知道我肯定不叫你来。不过你既然来了也别砸兄弟的场啊！大家玩命干了这么多天，不容易！"

傅逸生把烟按灭在面前的烟灰缸里，笑了笑说："嫌气氛不够活跃啊？你上去唱一首不就活跃了吗？"

陆浩无奈地叹气："唱就唱，谁怕谁！"

销售部的众人见自家老大登台了，果然不像之前那么拘束了，气氛一下子活跃起来，叫好的叫好，吹口哨的吹口哨。

傅逸生看着陆浩在台上眉飞色舞的模样，突然有点恍惚。记得他刚和莫语涵在一起时，他们宿舍的几个人非要庆祝他告别单身，他本来是不愿意参加这类活动的，但是架不住宿舍里的兄弟们撺掇，他还是参加了。当时他们班和莫语涵他们班都来了好多人。那个小包间里顿时乱糟糟的，他本来挺不喜欢的，莫语涵却乐在其中，和几个女孩子霸着点歌机叽叽喳喳没完没了。

后来几个同学起哄非要他们俩来首情歌对唱，傅逸生自然是不会配合他们，他也不是看不出莫语涵含情脉脉的眼神中满是期待，他只是一贯视若无睹。然而，被他拒绝后她似乎也不伤心，还替他解围一人代表两个人唱了首歌。当时她唱的歌他早就忘记了，只记得那种苍凉的味道让他有点动容。

一股熟悉的香水味唤回了他的思绪，他抬头一看，谭晶晶不知道什么时候已经坐到他身边。原来她也来了。

她轻轻摇晃着酒杯，眼睛亮亮的："恭喜傅总成功拿下这个标，听说董事会很高兴。"

傅逸生这才注意到，她今晚化了很浓的妆，比起平日的端庄干练，今夜的她更多了分媚态。她穿了件低胸黑丝绒的连衣裙，不用刻意去寻找也是春光尽显。

傅逸生收回视线，淡笑着与谭晶晶碰杯："谭助理功不可没。"

12

直到陆浩一首歌结束，谭晶晶才从傅逸生的身边离开。陆浩回到位置上，用胳膊肘碰了碰身边的傅逸生："那丫头跟你聊什么了？"

傅逸生则是投以一个莫名其妙的眼神。

陆浩嘻嘻笑着："我这不是好奇吗，她还挺有胆啊，你这种又臭又硬的家伙她都敢碰。"

"怎么从你嘴里说出来就没一句好话？"

"我说的哪句不是事实？不过她比莫语涵要聪明多了，莫语涵那丫头一门心思就知道喜欢你就得追着你、黏着你，一点手段都不懂得用，哪像她……"说着陆浩朝谭晶晶的方向仰了仰下巴，"一看就是高手，还懂得点到为止若即若离呢。"

傅逸生随着陆浩的目光看向谭晶晶，似乎是感觉到了他的目光，正在与同事一起摆弄手机的谭晶晶突然抬起头来对着他明媚一笑。这一次傅逸生并没有回应她，微微侧过脸，表情里再也寻不出一丝笑意。

不知道为什么，听了陆浩的话，他的心情非但没有好起来，反而更加烦躁。他从来没觉得莫语涵与谁相像，尤其是在关于他的事情上。她有着一种让人敬畏的孤勇，那种在所不惜的疯狂即便是不爱她的人也不敢轻易践踏她的感情。

所以即便他早就知道他们未来的可能性有很多——或许直到白头他都不会爱上她，也或许在哪一天清晨醒来她已悄无声息地成了他生命中不可或缺的一部分，也或许，这个有些孤傲曾经为了他无所畏惧的女人也会移情别恋为了另一个人痴迷疯狂……但是，无论现实会与哪一种可能吻合，当他决定跟她在一起的那一刻起，他便是以一种很严肃的态度来对待他们的感情乃至婚姻。

这是为了她，更是为了他自己。

然而，他所认识的莫语涵似乎正慢慢变化着，几乎要脱离他对她最初的认识。可是无论如何，对他而言她就是她，是谭晶晶那些女孩子比不了的。

想到此，他拿出手机拨通了莫语涵的电话："结束没有？我去接你。"

不理会陆浩讶异的眼神，他起身走出包间。

电话另一边的莫语涵应了几句，这才挂上电话。

杨总见状笑了："是傅总吗？你们夫妻俩还真是有意思，平时那么浓情蜜意，工作上意见偏差却这么大……"

杨总跟傅逸生的关系本来就不错，铭泰要拉投资却是她通过周恒，眼下莫景铭不管事，明眼人一看就知道这是要避开傅逸生。

所以莫语涵也不打算藏着掖着："同床还有异梦的时候，更何况是公司的事情，我是想替父亲完成扩大铭泰的愿望，逸生又一向保守，没办法啊。"

杨总笑着说："既然如此那就按照之前说好的办吧，唉，这是让我在傅总面前当坏人啊！"

莫语涵的手机就在这个时候亮了亮，她没想到傅逸生来得这么快。外面雨停了，窗外他颀长的身影正立在车旁。与此同时，周恒和杨总也都看到了他。

杨总会意地说："事情谈得差不多了，就不耽误语涵你的时间了。"

莫语涵朝周恒使了个眼色，本来想说自己先离开，让周恒和杨总再坐一会儿，这样就能避开傅逸生，但是周恒也不知道是没搞懂还是故意要把事情搞砸，立刻叫来服务员埋单，她只好一起出了包间。

傅逸生见莫语涵、周恒跟杨总一起出现，眉头就不禁皱了起来，这个时候他再猜不出她要搞什么小动作那就太不应该了。

三人已经走到他面前，杨总热情地迎上去："傅总真是好老公啊，语涵有福气啊。"

"我这还差得远。"傅逸生含笑看着莫语涵，眼底却没有什么温度。

周恒附和着杨总说："师兄快别谦虚了，比起几年前，师兄这变化可不小，不知道是不是语涵调教得好啊？”

“周恒你倒是一直没变，总是好了伤疤忘了疼……”

杨总早就觉得周恒对莫语涵不大一样，对他们三个人的关系也很好奇，此时见傅逸生这么说，心下就清楚了个大概。不过这并不影响他投资铭泰的决定，赚钱的机会摆在面前，有人会拒绝吗？

莫语涵害怕节外生枝，便急着和杨总他们告别。

两拨人分别上了车，莫语涵才发觉自己的手心已经出了汗。她看向傅逸生，他脸上哪还有刚才面对杨总他们的笑容？

车里气氛诡异得吓人，莫语涵没话找话：“怎么你亲自过来了？叫老郭来就行。”

傅逸生似笑非笑地看她一眼：“不希望我来？早说啊。”

莫语涵被噎了一下，但也没想再争辩。

她靠在椅背上，脑子里乱七八糟的，想着傅逸生是不是已经知道了什么，但是箭在弦上不得不发，事已至此她也只能硬着头皮闯下去了。

不知过了多久，车子停了下来，莫语涵这才发现已经到家了。

她正要推门下车，却被人一把扣住肩膀，一回头，是傅逸生阴晴不明的脸。

“我记得我跟你说过，不要跟乱七八糟的人走得太近，也不要试图挑战我的底线，你好像都忘了……”

在这静谧的空间里，被他这样质问，她不免有些心慌，可是很快，她就释然了，她只是要夺回原本就属于她的东西，这有错吗？要说有人错了，那也是他傅逸生，他错在不懂得珍惜，错在辜负她的一颗真心，也错在太小看她！

她挣开他的手：“傅逸生，这是在家不是在公司，我是你老婆，不是你的下属，希望你别搞错了。”说完她也不等傅逸生的反应，便下了车。

那天之后，两人足有半个月没再说话，以前常听人说什么婚内冷暴力，这一次莫语涵算是彻底领略到了。她本来打定主意，傅逸生不理她她就冷战到底，直到她接到了医院的电话。

一大早，莫景铭的主治医师就打电话让她和傅逸生去医院一趟，商量一下关于莫景铭下一步的治疗计划。

其实莫语涵想过一个人去，但是想到在这个关键时候，如果傅逸生不去，莫景铭肯定会起疑心，再因为她的事情影响到老人家的病情就不好了。

于是，半个月来她第一次主动找傅逸生："医院那边让我们去一趟，商讨一下爸爸下一步的治疗计划。"

傅逸生似乎犹豫了一下："可我正在开一个很重要的会。"

"也不用那么急……那我去公司等你一起过去？"

"也好。"

莫语涵到的时候，傅逸生还在会议室开会，她一个人坐在沙发上摆弄着旁边的一本杂志，心不在焉。

谭晶晶临时有事从会议室出来，正看到傅逸生办公室的门大敞着，而莫语涵就坐在沙发上低头看杂志。

她犹豫了一下，端了杯茶走进去："莫小姐，在等傅总啊？"

莫语涵抬头看着来人，前些天深夜的那半张清冷的脸再度出现在她的脑海中。

她微微挑眉："谭助理来铭泰多久了？"

谭晶晶没想到莫语涵会记得她，不禁愣怔了一瞬，回答说："快四年了。"

莫语涵点点头："不到四年就做到总经理助理，可见你能力不错。"

谭晶晶不明白莫语涵找她说这番话的意思，但还是毕恭毕敬地说："多亏了莫董和傅总的信任。"

莫语涵不由得冷笑一声："是啊，逸生的确很信任你。"

谭晶晶怎会听不出莫语涵话中的讥诮，只是她自认将对傅逸生的"想法"掩藏得很好，而莫语涵远在铭泰之外，更不可能洞悉这里的事情。莫非是大范围地打击傅逸生身边的异性？

想到此谭晶晶不由得失笑，看来传言未必都是空穴来风，莫语涵本来就是那种嚣张任性武断自我的娇娇女，她什么事做不出来？

想到这里，她也就无所顾忌了：“傅总对我们下面人都很体贴周到，难得遇到这么好的老板，所以我一定不能辜负他的信任。”

体贴周到吗？这几个字怎么能用在傅逸生身上？然而莫语涵又想到那天晚上傅逸生送谭晶晶的事情，看得出来那不是第一次了。

“看不出你年纪轻轻事业心却很强。”

“我也不想，其实女孩子都希望像莫小姐您这样，平时逛逛街、做做SPA，无聊的时候来公司看看老公。我这样的……就是劳碌命。”

“谁跟你说我平时就是做这些？”

“呃……”谭晶晶突然面露尴尬，没再回答莫语涵的问题。

傅逸生从会议室出来时就看到莫语涵和谭晶晶在说话，两人不知道说了什么，但傅逸生也不清楚为什么自己的第一反应是去看莫语涵的表情。

见她与平时无异他也就放下心来。

他催促莫语涵：“不是着急吗？赶紧走吧。”

莫语涵客客气气地和谭晶晶道了别，这才跟着傅逸生出了办公室。

去医院的路上，莫语涵说：“你那个助理好像很有能力。”

听到莫语涵提起谭晶晶，傅逸生不由得皱了皱眉，但面上依旧没什么表情地说：“大概吧，爸爸安排的。”

这么着急撇清关系，没有问题才怪。莫语涵冷笑着，不再说话。

医院进了一批新药，对莫景铭的病情控制或许有帮助，当然也存在风险，医生找莫语涵来就是要征求她的意见。而眼下只要有一线希望莫语涵就不会放弃，她知道父亲再也不能像以前一样了，他现在就像个脆弱的瓷娃娃，稍有不慎就会跌碎，她只希冀他能陪她再久一些。

和医生商量好了莫景铭的治疗方案，两人心事重重地从医生办公室里出来。

傅逸生见莫语涵情绪不高，有心安慰她，却又不知道该说些什么，想了想也只是说：“有希望总比没希望好，先去看看爸爸吧。”

莫语涵点了点头，敛起情绪走向病房。

莫景铭比傅逸生上一次见到时更多了几分老态，头发花白，稀稀疏疏的，还有些凌乱。

许久没有见到女婿的莫景铭看上去心情很好，拉着傅逸生便让他汇报公司的事情。

傅逸生一五一十地把公司的近况说给莫景铭听，莫景铭只是安静地听着，末了把上次莫语涵跟他提过的那个光大注资的事情跟傅逸生说了。

傅逸生一听不由得看向莫语涵，果然周恒没撺掇什么好事，说是要拓展化妆品市场，其实私心里无非想打压他在铭泰的地位罢了，莫语涵到底知不知道周恒的真实想法？不过就算抛开这一切，单纯从铭泰的角度考虑，现在也不是拉投资的时候，更何况那笔钱不是个小数目，到时候铭泰内部一定会因为股东的变化而发生管理层的地震，这对快速发展中的铭泰并无好处。

傅逸生试图劝服莫景铭：“爸，拓展领域是早晚的事情，但是我认为现阶段还不是时候，公司已经发展到一定规模，这时候再有投资就得慎之又慎了……”

他还想再说些什么，但是莫景铭有气无力地摆了摆手说：“你说的我明白，但是这事儿就按照我说的办吧，上董事会，大家表态。”

董事会上莫景铭和莫语涵的股份就占了48%，只要再有超过2%股份的人同意，这事儿就得照办了。他突然有些气莫语涵，她宁愿联合一个外人折腾铭泰也不相信他吗?

不过眼下在莫景铭面前，他也没办法再说什么，他立刻通知人安排股东大会的事情。

那边傅逸生安排妥当，这边莫景铭欣慰地点点头，拉着傅逸生说：“其实有你在铭泰，我就没什么好担心的了。语涵从小对公司的事情就没什么兴趣，我也不想逼她，希望她过得恣意点……好在我有个好女婿啊，就算我就这样走了也不担心毕生事业无人继承了……”

莫语涵听得鼻子发酸：“爸您说什么呢！”

傅逸生也不想听到这样的话，但是他已经注意到了，莫景铭的身体似乎比前些日子又差了很多。

莫景铭笑了：“都是大实话，其实爸早就无所谓了，想到能早点见到你妈……你妈……”

正说着，莫景铭的脸色骤然变得惨白，眉头紧皱，枯槁的双手捂着胸口，似是非常痛苦。

莫语涵一下子急了，连忙上前扶住父亲，说出的话都带着哭腔：“爸！爸您怎么了？”

傅逸生见情况不好，立刻按下呼救铃，然后翻出莫景铭常吃的药，扶着他吃下。

医生赶到时，莫景铭的气息已经平复过来，他望着女儿通红的双眼不禁心疼：“爸爸老了……好在逸生会替爸爸好好照顾你的。”

莫语涵只是哭着摇头，她不能告诉爸爸他若不在了她便失去了这世上唯一的亲人、唯一的依靠，她也不能告诉爸爸自己现在并不幸福……有人上前拉开了她，给医生们让开位置。

莫语涵无助地退出病房，而走廊里消毒水的味道令她作呕。

不知哪里传来了断断续续的哭声，莫语涵望向走廊尽头，仿佛看到有新的魂魄飞离人间。

傅逸生走出病房时就看到莫语涵倚在走廊的窗边，她的肩膀轻轻颤抖着，阳光从她头顶泻下，透过她额顶的碎发，穿过她长长的睫毛，打在她泪迹未干的面颊上。

傅逸生走到她面前，一只手捧起她的面庞，拇指轻轻地摩挲着她的脸，替她拭掉脸上的泪珠。

他轻轻地将她揽入怀中，她乖顺地靠在他的肩头上。如此亲昵娴熟的动作任谁都想不到，这是两人第一次真正意义上的拥抱。

热量从傅逸生的身上一点点地传向莫语涵，她感受着他强有力的心跳声，轻轻地闭上双眼，两道滚烫的泪珠顺着面颊美好的弧度滚落在傅逸生的胸口。如果这是一场梦该有多好，如果之前的种种只是一场即将到头的梦魇，那该多好。

13

短短的半个月时间，莫语涵一张本就只有巴掌大的小脸现在更加消瘦了。莫景铭的状况渐渐好转，她的心情才终于由阴转晴。

还有另外一件事让莫语涵心情不错——关于光大注资的股东大会顺利召开，莫语涵代表莫景铭投了票，而傅逸生自然是反对的，不过也有其他股东认为应该拓展化妆品市场，所以最后以58%的投票率通过了议案，光大注资已成定局。

听说莫景铭的身体好转后顾琴琴兴冲冲地打电话给莫语涵："我办了张瑜伽卡，今天下午一起去呗？"

莫语涵神经紧绷了太久，放松下来的第一件事本是想大睡一觉，可是顾琴琴的盛情难却，她只得赴约。

收到这个好消息的人当然还有傅逸生。在上一次抢救之后傅逸生给莫景铭那派了许多人手，除了照顾莫景铭和莫语涵，还要随时向他汇报莫景铭的情况。

听到莫景铭好转的消息，他心中大石落定——其实，除了莫景铭和他之间亦师亦父的感情难以割舍外，他最担心的还是如若莫景铭真的离开了，莫语涵的世界极有可能崩塌。以前他一直以为自己就是莫语涵的世界中心，如果莫景铭不在了，她还会依赖他，可是最近不知道为什么，他越来越没有这种自信了。

还不到下班时间，傅逸生就匆匆离开了公司。他将车子开得飞快，即便如此仍然不能从这种速度的刺激中得到快感。

在许多人看来，傅逸生一直是个冷静到有点冷漠的人，他似乎没有太多的情绪，对周遭的一切也没有什么兴趣。尤其是对于他的妻子莫语涵而言，他对她实在缺少了些丈夫对妻子该有的温存和关怀。当然关于这点，傅逸生承认他是有意为之。

直到她成为他的妻子后，他对她也始终产生不了所谓的爱意，而他也知道那个女人对他的感情是非常炽烈和深刻的。他不爱她却享受着她的感情，这也让他平生第一次觉得自己有些差劲。或许正是因为如此，他害怕面对她，害怕看到她期待的眼神和无助的表情。

有时候他甚至希望她对他的热情能随着时间的推移一点点转浓为淡，不是所有的夫妻间都存在着爱情，或许，他们也可以。

然而，当莫语涵真的如他所想那样看他的眼神不再炽烈、对他的事情不再热切时，他心中却并不像想象中那样好受许多。尤其是在周恒一次次的挑衅下，他几乎就要将自己引以为傲的理智全部丢掉。

怎么会突然这样？他毫无头绪。

偏巧莫语涵并不在家，这让急匆匆赶回来的傅逸生不禁烦躁。他第一次那样想见一个人，却扑了个空。

他以为她马上就会回来，可当他洗了澡、打扫了房间，把所有可以做的事情都做了一遍后，天都黑了下来，还是不见莫语涵的影子。

一个有家的女人不该这样，这个想法让傅逸生火气上涌。

莫语涵进门时，发现电视竟然开着，而傅逸生正穿着一身休闲家居服双手环胸地坐在沙发上，听到她进门也不看她。

她看了看电视，那相亲节目有那么好看吗?

她将瑜伽毯靠放在茶几旁，替自己倒了杯水，喝了几口才对傅逸生说：“你吃过了吧？我和琴琴在外面吃了。”

傅逸生这才抬起头来看站在面前的莫语涵，她的休闲外套拉链是拉开的，露出里面低胸贴身的T恤，在那下面休闲运动裤松松垮垮地挂在她的腰胯上。

“去哪了？这么晚才回来。”他明知故问。

“和琴琴去练瑜伽了。”莫语涵淡淡地说，心里却嘀咕，《新闻联播》刚结束，这算晚吗?

莫语涵发觉傅逸生一直盯着她看，她顺着他的视线低头看，发现他的目光正落在她的胸前。

傅逸生这才转过头去："快去洗澡，一股汗味。"

莫语涵揪着自己身上的T恤闻了闻，随即觉得不对劲。她环抱着手臂笑眯眯地看着坐在沙发上的傅逸生："我练完瑜伽刚洗过澡，这衣服也是刚换的。"

或许大多数人都没见过面瘫脸红的模样，在此之前莫语涵也没见过，所以当她看到傅逸生涨红的脸时心里不由得大叫"痛快"。可只一瞬间傅逸生又恢复了常态。

"是吗？"他赤着脚站起身来，走到莫语涵面前，缓缓地低下头，"洗干净了吗？我闻闻……"

还不待莫语涵做出反应，她就觉得一阵天旋地转，被傅逸生横抱着进了浴室。

"啊……啊，傅逸生你疯了……衣服都湿了……"

她起初还试图挣扎，可没多久就幸福地缴械投降了。

莫语涵第一次见到这样疯狂的傅逸生，结婚五年来第一次。事后她问他："今天是怎么了？"

今天是怎么了？这也是傅逸生想知道的。没有回应莫语涵，他扯过一条大浴巾将她裹住："去睡吧，这几天你也累了。"

莫语涵点了点头，傅逸生一低头正看到她白玉一样的小脚丫赤裸着踩在墨色的地砖上，圆嘟嘟的大脚趾还不安分地动了动。他突然觉得刚才那种感觉又来了，也不管莫语涵还在，转身打开了水龙头。

花洒喷出来的水溅到莫语涵的身上，她立刻往后撤了一步："天气又不热，你洗凉水澡啊？"

傅逸生没回头，只是说："你快去睡，我一会儿就好。"

14

这几天莫语涵心情不错，莫景铭的病情好转，傅逸生对她也比以前热情许多，至于拿回铭泰掌控权的事情，因为莫景铭的病情好转也显得不那么着急了。而离婚的事，她自动忽略，不愿意去想，自欺欺人地想着过一天是一天。她知道自己挺不争气的，但是毕竟是爱了这么多年的男人，只要他还想继续跟她生活下去，她愿意退让一步。

梳妆台上摆着一张她和傅逸生的婚纱照，莫语涵又一次仔仔细细地打量着五年前的两人。

那时的他比现在要瘦一些，眼神更清冷，却仍是清俊逼人，她还记得她第一次见到他时他就差不多是那个样子，稚气未脱的脸上却有着一种让人不能轻视的骄傲。那时她有点怕他，却忍不住想要接近他。或许她只是众多思慕他的女生之一，好在多年之后只有她还陪在他的身边。

身边的手机振动了几下，是一条来自陌生号码的信息。莫语涵犹疑着打开它，照片一点点地呈现在她眼前，而映入眼帘的画面让她不由得呼吸一窒。

所以这才是他最近热情过度的原因所在吗?

那张照片的背景很暗，灯光极其微弱，但仍然看得出照片上的男人就是傅逸生。他端着酒杯低头含笑，而他身边的谭晶晶穿着低胸的连衣裙，雪白的酥胸向他袒露了一半。两人几乎是脸贴着脸在交谈，就仿佛他们手中交颈相吻的酒杯。

莫语涵早就知道谭晶晶对傅逸生的心思，至于傅逸生对谭晶晶是什么样的感情，她并不确定，而这张暧昧的照片告诉她，她担心的一切都已在过去的某个时刻发生了。

她觉得这简直是个天大的笑话，就在她刚要向命运妥协的时候，命运给了她迎面一击。

幸福就如过去这几年一样，依旧遥不可及……

心里有什么东西在崩塌，被她随手抓起的口红直直地飞向面前的镜子，镜子的一角顿时以蜘蛛网的形状四散着裂开。虽然没有镜片碎落，但是有着裂痕的镜面怎么也呈现不出一张完整的脸了。

谁说破镜可以重圆？都是世人的痴心妄想罢了。

傅逸生回家时，整个房间里静悄悄的，客厅里没有人，卧室内也没有。他拿出手机正准备打电话给莫语涵，这才发现梳妆台的镜子坏了。

他站在梳妆台前看到他的身影被狰狞的镜片拆解得支离破碎，隐约觉得不对劲。他低头拨了莫语涵的电话，没人接听……隔了半晌，他连拨了数个，依旧没人接听。他的心不由得越绷越紧。最后，他发了一条信息给莫语涵："镜子怎么坏了？"

不是问她在哪里，也不是问她为什么没等他一起吃饭，只是这样一条没头没脑的问话，然而知情人自然读得懂。

不一会儿，傅逸生就收到了她的微信，是一张照片，是他与……谭晶晶？

他不由得皱起眉头，他记得这是上次庆功宴时的情形，可是他并不知道自己被人偷拍了，还是以这样一个暧昧的角度。

事实上傅逸生与谭晶晶至少保持着两尺的距离，只是从拍照人的角度看来，谭晶晶几乎吻上了他。而照片上他的神情似乎在微笑，可是他在笑什么呢？笑谭晶晶不自量力？还是其他什么？然而无论是为什么笑，这样的神情在莫语涵看来想必不会多么赏心悦目。

这女人怎么这么蠢？什么都相信！

他又打了电话给莫语涵，一遍又一遍。他想解释，可是她始终没有给他解释的机会。

他找不到她，但是仍旧希冀着她能像上次一样，哪怕晚归，只要回来就好。可是直到破晓傅逸生都没有等到莫语涵。这是她第一次彻夜未归，也是他第一次为她彻夜不眠。

天边微微泛起白光时，傅逸生出了门。他先去了医院，莫景铭还在睡梦中，他问过特护，特护说莫语涵昨晚没来过。

他又开着车子在清冷的街道上漫无目的地走走停停。他想到了周恒，可是他不愿打电话给周恒，也或许是不敢，他害怕莫语涵彻夜未归真的是和他在一起。最后他打给了顾琴琴，谢天谢地，对方支支吾吾的回话泄露了莫语涵的行踪。

太阳刚刚露出半张脸的时候，傅逸生就有些迫不及待地敲开了顾琴琴家的门。睡眼惺忪的顾琴琴在看到傅逸生后立刻石化当场，她没想到一贯清冷高傲的傅逸生真的会追到她家，他不是不在乎语涵吗？

顾琴琴曾经无数次想劝莫语涵离开傅逸生，她与所有认识傅逸生的人有着同样的想法，这个男人不会给她的好友带来幸福，他不是莫语涵的良人。

傅逸生不管不顾地强行推开门。

“喂喂！你干什么？你这是私闯民宅啊傅逸生！语涵稀罕你，我可不待见你！”

傅逸生的手刚触碰到卧室的门，门就被猛地拉开。他愣了一瞬后死死地望着眼前的人，她只是低着头不看他：“你走吧。”

“不是你看到的那样。”傅逸生语调平平，仿佛刚才那个破门而入的人根本不是他，然而他淡淡的话语依旧掷地有声。

不是那样吗？莫语涵却不这样想。连她都看得出谭晶晶的心思，她不信傅逸生会看不出来。可是他明明看出来了，还是把她留在身边，还从不避讳两人单独相处，甚至还在公司的同事面前与她那样亲昵……真把她莫语涵当摆设了？

莫语涵忘不了谭晶晶对她说话时那种尽量掩饰都遮掩不住的轻蔑与不屑。她明白谭晶晶之所以敢这样对她，完全取决于傅逸生对她的态度，任谁都看得出傅逸生对她并不热情，不爱她还隐忍求全跟她结婚过日子，其后的因由是什么任谁都猜得到！可是当初她怎么就没想到呢？

大家都说傅逸生不是她的良人，她一直不信，可是她现在后悔已经来不及了。

最终，傅逸生还是没能将莫语涵接回家，他本以为她就是耍个小姐脾气，等他解释过了就会冰释前嫌，然而他还是把事情想得太简单了。当他看到莫语涵决绝冰冷的眼神时，所有解释的话语都哽在了喉间没办法说出口。

一整天，公司所有人都感受到了低气压的侵袭，众人均战战兢兢地做着手上的活儿。本来傅逸生的脸色刚刚好转了几天，可是今天不知是怎么了……难道所有的老板都是这样，阴晴不定、难以捉摸？

陆浩进门后就看到傅逸生正看着一份文件，然而一刻钟过去了却不见他翻动一页。

“嘿，您这又是怎么了？在家里受气了？”本来是一句玩笑话，却不想正中傅逸生的要害。

“老杨那边处理得怎么样了？正事不干，在我这瞎晃悠什么？”

“得，兄弟我就是来跟你说这事的。”陆浩皱了皱眉说，“你的预感还真是不错，我就怀疑有人在老杨面前说咱的坏话了，我这次约他好几次没约到，而且还跟我客客气气的，像是刻意疏远我们一样……”

“他们注资这事儿你怎么想？”

“好事儿吧？只不过他跟你的关系那么好竟然不是通过你投钱，是不是有点奇怪啊？而且他那笔钱一进来，他们光大在董事会的态度可就无法忽视了，到时候可别跟咱对着干才行。”

连陆浩都想到这点了，还有其他人想不到吗？莫语涵的态度已经很明确了，就是要找个人联合起来对抗他。

想到这里，他苦涩地笑了笑：“老杨家和周恒他们家是世交你知道吗？”

“之前听他提过。你是说？”

傅逸生叹了口气：“算了，回头我自己约老杨吧。”

陆浩同情地看了傅逸生一眼：“好吧，看他端着那样，估计就是在等你，说不准鸿门宴都准备好了。”

本来已经走到门口的陆浩又折了回来，突然问傅逸生：“难道就是这事儿让你一个霸道总裁这么忧郁？”

傅逸生闻言懒懒地靠在椅背上，半眯着眼睛打量面前的陆浩：“最近我都没关注销售部的业绩，你好像挺闲的啊？”

陆浩闻言不由得打了个哆嗦：“我忙得很！刚才就当兄弟什么都没问哈！”

这天晚上傅逸生因为前些日子没有加班有好多工作没来得及处理，一忙就忙到很晚，再一抬头，不出他所料，谭晶晶也在。

似乎是有感应，谭晶晶也抬起头来，见傅逸生看向她，她走到他的办公室门前问了句：“茶还是咖啡？”

这问话的语气哪像她白天时对他那样？一点也不疏离客气，好像他们早有约定，他就是要在这个时候喝杯茶或者咖啡似的。

“什么都不用。”傅逸生勾了勾手示意她进来。

她犹豫了一下走进来，隔着大班台跟他对视着。看得出她有点紧张。

傅逸生勾唇一笑，示意她别离那么远。谭晶晶不得已绕过大班台走到了他身边。

傅逸生掏出手机来给她看：“这是什么？”

谭晶晶定睛一看，脸上的表情比他第一次看到这照片时还要惊讶。

“这……这哪来的呀？”她语无伦次，“我记得我们当时并没有……这是谁在恶作剧啊！”

傅逸生好整以暇地看着她或惊或怒或义愤填膺，突然就觉得有些倦了。

他站起身走到她面前，从她手中抽出手机扔到桌上。

谭晶晶回过神来，这才注意到自己肖想已久的男人离自己这么近，或许他并不是来问责的？这么想着她的脸不由得红了。

傅逸生将她这一系列的反应尽收眼底：“喜欢我？”

谭晶晶听到自己的心脏扑通扑通跳着，发狂的节奏给这本就暧昧的气氛增添了一抹情欲。

“嗯？”头顶上男人的声音又一次响起。

这不就是她想要的吗？她抬起眼，似是玩笑地看着傅逸生：“有人不喜欢吗？”

傅逸生想到多年前的莫语涵，不由得笑了：“口头说说就算喜欢，那喜欢一个人未免也太容易了。”

谭晶晶不解：“什么意思？”

“那你愿意为我做什么？”

能被人需要，说明自己还有价值。谭晶晶看着傅逸生，不疾不徐地说：“Anything。”

傅逸生笑了笑，轻轻探到谭晶晶的耳旁一字一顿地说：“那么……从下一刻起，从我的眼前彻底消失。”

“为什么？”她猛然抬起头，“我做错了什么？”

傅逸生拿起外套出门，经过谭晶晶时也不看她，只是用没什么温度的口吻回答她：“我需要你替我解决麻烦而不是制造麻烦……哦对了……”

出门前，他留给谭晶晶的最后一句话是：“希望明早我到这时，桌上已经有你的辞职信了。”

15

自从傅逸生来过后，莫语涵在顾琴琴心中的形象陡然高大了几分。顾琴琴抱着抱枕盘坐在沙发上饶有兴致地打量着眼前的莫语涵，她倒是足够气定神闲。

“真没想到啊语涵，你究竟用了什么手段让你家面瘫变得这么紧张你了？”

莫语涵将刚买来的鲜花插入花瓶，找了剪刀修剪着碎叶。这样的莫语涵太不寻常，以前一提到傅逸生的名字，她的眼睛都是亮的，最近也不知怎么了，再听到傅逸生的名字她竟然是一副事不关己的模样。

顾琴琴踢了踢面前的茶几，莫语涵手中的剪刀一歪，一朵开得正好的花掉在了茶几上。莫语涵没好气地睨了顾琴琴一眼，顾琴琴却嬉笑着靠近她：“快说说，你俩到底怎么了？”

“没怎么。”

见莫语涵还是不肯说，顾琴琴不依不饶：“你说你在我家住着也不用付房租，我身为房东就想知道个原因都不行啊？让我猜猜啊！难道傅逸生外面有人被你发现了？”

这一次一簇长势良好的枝蔓被剪了下来。

顾琴琴耸耸肩：“这回可不赖我。”

莫语涵把剪刀往矮几上随意一丢，颓然地靠坐在小凳上。

见她这副神情顾琴琴心呼不妙：“哎哎，我随便说说的啊，你们是不是有什么误会呀？虽然我不喜欢傅逸生，但是我觉得他不是那种会劈腿的人！以我对他的了解，他如果看上别人也一定会先和你离婚再和那人在一起。”

一语惊醒梦中人，傅逸生会不会已经动了这念头？就算这次不是为了谭晶晶，说不准下次也会为了另外一个人，只要他爱的人不是她莫语涵，那么总有一天会有那么一个人取代她现在的位置。

顾琴琴见莫语涵的脸色越来越难看，就知道事情可能比自己想的更严重，她连忙安抚莫语涵：“兴许有什么误会呢，傅逸生不也说是有什么误会吗？傅逸生这人的性格虽然挺不招人喜欢的，但是既然和你结婚了，想必对你还是不一样的。你们又结婚这么多年了，有什么不能好好聊一下？”

那件事儿在心里憋了许久，终于还是憋不住了，面对好友的关怀，莫语涵难得有些哽咽：“琴琴你不知道，他不爱我，他是为了我爸的公司才娶我的。”

顾琴琴心里咯噔一下，虽然她也怀疑过，但是以莫语涵的家世，任凭谁娶了她都脱不掉这样的嫌疑，而且原本她觉得傅逸生那么骄傲的人，应该不至于为了那些身外之物委屈自己，如今看来，他也不能免俗。

顾琴琴心疼地拥抱住莫语涵，她知道这对莫语涵来说绝对是毁灭性的打击，毕竟那个男人是她的整个青春啊！

“你怎么知道的？说不定也是误会呢？”

莫语涵无力地摇头：“我亲耳听到的！”

“啊？”

茶几上莫语涵的手机振动了几下，顾琴琴轻轻退出莫语涵的怀抱将手机递给她。

显示屏上傅逸生的名字尤为刺眼，莫语涵没好气地挂断电话，想了想干脆把手机关机。

房间内瞬间安静下来，两个人一时无话可说。可只安静数秒，顾琴琴的手机也响了起来。

“你家面瘫还真是执着！”顾琴琴掏出手机却发现是个陌生号码，犹疑着接起电话。

对方不知道说了什么，顾琴琴安静地听了一会儿，然后是愤怒，最后是担心又怜悯地看了眼莫语涵。

莫语涵心里突然生出不好的预感，待顾琴琴挂上电话，她忐忑地问：“是傅逸生？”

顾琴琴点了点头。

“出了什么事？”

顾琴琴抿起嘴，轻轻地将莫语涵搂进怀中，附在她的耳边用微不可闻的声音说：“语涵，伯父他……走了。”

“走了？”

莫语涵让这两个字在嘴里默默地辗转了一番，当真正理解这其中的含义时，她不敢相信自己的耳朵，不敢相信听到的就是事实。就在前几天莫景铭还出现在她面前，他的每一次蹙眉、每一次微笑，在她的印象中都是那样亲切鲜活，仿佛就在刚才他们还细碎地唠着家常，怎么可能只一刻工夫就天人永隔了？

莫语涵憋着一口气死死地咬着下唇，她等着有人来告诉她那不是真的。

顾琴琴心疼地轻拍莫语涵惨白的脸蛋，良久，才听她哇地哭出声来。

待莫语涵和顾琴琴匆匆赶到医院时，病房里已经站满了人。莫语涵吃力地拨开人墙，正看到莫景铭安详地躺在床上。与往常不同的是，那张脸越发惨白清冷了。

她冲上去握住父亲的手，余温犹在，可是人已经真的不在了。

有人轻轻地扶着她的肩膀让她勉强站起身来，与傅逸生的目光相触时莫语涵顿了一瞬，接着连哭声都含在了口中，轻轻地向旁边跨了一小步，不动声色地甩开了他的手。

傅逸生眼中闪过一丝困惑，但是有很多事情要处理，他暂时也顾不上莫语涵，转身出了病房。

病房里围着的是铭泰的一些高层，还有几个莫景铭生前的朋友，见傅逸生已经离开，他们一个个拉着莫语涵说了些安抚的话语也都离开了。

傅逸生跟陆浩交代完后面的事儿，就躲在走廊的拐角处抽着烟。

其实他也没想到莫景铭离开得这么突然，接到医院的电话后他便风驰电掣地赶来，可还是晚了一步，莫景铭就在他到达之前抢救无效彻底离开了这个世界。

傅逸生隐约感觉到莫景铭的突然辞世会让他和莫语涵的关系变得更加复杂。想起莫语涵刚才抗拒的神情，傅逸生的眼神不由得黯淡下来。

傅逸生再回到病房时，他派人从家里拿的衣服已经送到了。几个人给莫景铭穿好衣服，医院的人便来催着将人拉走。看似已镇定下来的莫语涵情绪突然波动起来，她不哭不闹，只是死死地拽着莫景铭的手不放，傅逸生一边搂着她一边朝几个人挥挥手，硬生生地将莫语涵与莫景铭分了开来。

看着莫景铭的身影消失在走廊尽头，莫语涵才开始失声痛哭，傅逸生也不管她的反抗，硬生生地将人按在怀中。她低声呜咽着，挣扎着，他就是不放手。

良久，莫语涵终于脱力地停止了挣扎，缓缓地闭上眼看似乖顺地躺在傅逸生胸前，眼角却不断地溢出绝望。

“我们先回家吧，你来之前我已经联系好了殡仪馆，这里的事情你不用操心了。”

我去琴琴家。”

“语涵！”傅逸生眉头紧蹙，“你还要闹脾气到什么时候？”

“我心情不好，不想回去……”她的声音越来越弱，语气几乎是哀求。

傅逸生眼中泛着不明的波澜，他没想到在这种时候她却并不需要他。

后来的几天里，莫语涵没再出现，傅逸生将一切事情处理得井井有条。

两人再见面时已是莫景铭出殡的日子。傅逸生穿了一身黑色的西装，周身透着冷峻的气质。莫语涵也穿着件黑色的风衣，七分袖的袖口露出她半截白嫩的手臂，手臂上戴着一只质地不赖的白玉镯子，那是傅母第一次见到莫语涵时送给她的。傅逸生也瞥到了那纤巧的手腕，不由得眼波一动。

一阵小小的躁动，莫景铭被推了过来，这该是他与这世界的最后一面了。

即便是躺在那清冷的薄棺内，莫景铭的遗容仍没有丝毫凌乱，头发整整齐齐地被梳在脑后，衣装笔挺，威仪不减一分。

对于这个人，傅逸生的感情非常复杂，不是单纯的好或者不好。傅逸生知道他最初有多瞧不上自己，可是后来当他真的接受自己时，对自己也是无比信赖的，即便是住院以后有心把大权让出，也只给了莫语涵8%的股份，却为了让他在公司更有话语权给了他17%。他是严师，是慈父，他为自己和莫语涵所做的一切，傅逸生都看在眼里记在心里。

只是有一点，他一直不明白，莫景铭阅人无数，怎么会看不出来他对莫语涵没有多深的感情呢？还是他即使明白也装聋作哑？

不似别家的“声势浩大”，身边的莫语涵仿佛已经失去了哭喊的力气，眼见着莫景铭从她眼前被推走，她也只是吃力地抿起泛白的嘴唇，更多的情绪则被掩在硕大的墨镜后面。

可在旁人看来这样不声不响的悲恸比痛快发泄更让人揪心。

傅逸生伸手揽住莫语涵的肩头，似乎是想让她靠在他怀里，莫语涵却一动不动直直地站着，任自己孤单瑟缩如水上浮萍也不愿依靠他。

从殡仪馆出来的路上，顾琴琴搀扶着莫语涵在前面走，傅逸生一直不远不近地跟在她们后面。已经从傅逸生身旁经过的周恒顿了片刻又退了回来，还是那副懒散不羁的模样，双手插在裤子口袋里歪着头低声对傅逸生说："师兄，我有时候真佩服你。"

傅逸生眉头微动，但没有搭话。

周恒继续说："你要是不进铭泰，应该在演艺圈也能混出不小的名堂来，那演技……啧啧。"

傅逸生停下脚步，抬眼看着面前的人："什么意思？"

"什么意思？现在莫叔走了，铭泰终于落到你手里了，我能有什么意思？"

"是你在语涵面前煽风点火？"

周恒冷笑："要想人不知，除非己莫为，以后不管你有什么龌龊的想法，都请你离语涵远一点。"说罢不等傅逸生回应，周恒又快步赶上了前面的莫语涵。

顾琴琴递给莫语涵一瓶矿泉水，莫语涵不想喝，将水递给周恒。可正当周恒要伸手去接时，却感到肩膀被人扳向另一侧，还在错愕之际他就被迎面的一拳击倒在地。

莫语涵和顾琴琴的尖叫声伴随着周恒的倒地响彻整个殡仪馆的停车场。莫语涵看清来人是傅逸生时，愤怒至极："傅逸生你疯了？！"

她还想说点什么，可惜已被傅逸生一把抓住，快步拖着走出了众人的视线。

莫语涵被他拉得有些踉踉跄跄，手腕被握得生疼，她用力想甩开他却怎么也甩不掉。

傅逸生将她一点点拉近，近到她可以感受到他的气息。半晌，他以一种警告的口吻说："别忘了你是谁的老婆，我们还没离婚呢！"说着，他拉开车门直接将她塞进车厢。

还不等顾琴琴和周恒追上来，车子已经呼啸着驶出了停车场。

"你发什么神经？"

"你怎么不问问我为什么揍那小子？"

莫语涵冷笑，她不懂他在气什么、急什么，爸爸不在了，他拥有铭泰的股份和管理权，他不爱她，对他们的婚姻他想怎么处置就怎么处置，他还有什么不满意的呢？

莫语涵不由得想起多年以前，傅逸生虽然总是那副不冷不热的样子，但是那时候的生活多么简单——那时候没有权钱利的纠葛，那时候的天不是黑就是白，他于她而言也只是个单纯喜欢的人而已。哪像现在，一切都变了……

她突然觉得自己厌倦了这些年的追逐，或许放手是最好的选择。

第四章　各行各路

16

傅逸生把莫语涵带回了家。

进了家门，两人谁也没和谁说话，莫语涵直接把自己关进了房内，傅逸生似乎是有意给她留出空间，一直在外间没有进去。

晚饭前，傅逸生敲了敲卧室的门，没有人应声，他直接推门进去。

卧室里更衣间的门大敞着，衣柜前的地毯上散落着各式衣物，莫语涵正背对着卧室的门微弓着纤瘦的背脊盘腿坐着。

“你这是干什么？”

听到身后的声音莫语涵没有回头，语气平平地说：“看不出来吗？我在整理衣服。”

“我是问你整理衣服干什么？”他的声音压抑喑哑，像是刻意压制着火气。

莫语涵手上的动作顿了一瞬，然后她便继续低头收拾。

卧室内一时安静下来，客厅电视里的广告声隐约可闻。傅逸生就站在她身后不远的地方，她不回头，他也不上前。

良久，莫语涵才悠悠地开口："逸生……"

她背对着他，完全看不到他的表情，或许只有这样她才有勇气说出下面的话。

"我们离婚吧……"

她尽量让自己的语气足够平淡，最好像在说"我们一起吃饭吧""明天去看场电影吧"。她不想像大多被抛弃的女人那样苦苦挣扎，到头来连基本的尊严都没了，到了此刻，她只想体面地离开。

久久没有得到回应，正当她开始怀疑他到底有没有听到时，身后响起了清冷的问话："为什么？"

莫语涵缓缓站起身来，若无其事地绕过傅逸生，从床头柜里拿出几张薄薄的白纸。

她将它们递到他面前，他不伸手接也不低头看，只是目光灼灼地望着她："这是什么？"

他明知故问，早在这几张纸被拿出来时，他就瞥见了那触目惊心的几个字，是"离婚协议书"。

莫语涵移开眼，拉过傅逸生垂在身旁的手，有些烦躁地将协议书塞到他手上："我想我们还是分开吧，没有为什么，我只是不想继续以前的生活了。"

她对他始终是有情的，即便到了这一刻，她对他的感情仍不减当年。有爱才有恨，她赌气地不愿意告诉他真相，却沉着地告诉自己不要回头。

"谭晶晶会离开公司。"

他以为这一切都只是她的小情绪、小把戏？老板的女儿想赶走一个小助理算得上什么难事吗？他们之间的问题并不是谭晶晶，而是他傅逸生对她始终没有爱。

"没有她我也要离婚。"

傅逸生有些烦躁，但不知道该说些什么。当莫语涵拎着行李箱打算离开的时候，他一把拉住她："别闹了行不行？"

听他这么说，莫语涵反而笑了，只是那双笑着的眼睛中有湿润的泪花在打转。她努力不让自己哽咽，无比艰难地说：“闹了这么多年，就这一刻，我想安静地离开，不行吗？”

“那至少要告诉我为什么。”

莫语涵静了片刻，说：“我不爱你了。”

无论什么原因傅逸生都可能接受，唯独这个，他不相信。他像听到了个笑话似的问她：“你说什么？”

“我说我不爱你了，曾经爱过，非常爱，可是现在……不爱了，有什么问题吗？”

见傅逸生没再说话，莫语涵绕过他走向门口，其实她每走一步都在想，倘若傅逸生死活要留住她，倘若他告诉她他爱她不能没有她，那么她会怎么做？

然而这个难题没有出现，这一次傅逸生并没有阻拦她。

她感觉自己的视线越来越模糊，从卧室到门口只有短短十几米的距离，她却像走了好多年，而当她要开门离开时，她听到身后的人问：“你想清楚了？”

莫语涵的脚步不由得一顿，她转过头来，刚才他脸上那些困惑不解、无奈早就消失得无影无踪。

莫语涵点头。

他叹了口气：“既然如此，我同意。”

他终究还是同意了，她放下拎着的包：“那就签字吧！”

傅逸生低头看了眼手上的东西却并不急着签字，而是说：“协议我需要再看一下，毕竟我们俩的事儿牵扯太多，离婚也需要准备一些东西，等一切都谈妥了再签也不迟。”

莫语涵眯着眼睛看他，他还真想把公司占为已有吗？

“你是说股份的事情？”

傅逸生点头：“爸爸的遗嘱你清楚吧？”

想到这事儿，莫语涵对莫景铭还是感激的。之前莫景铭还在世时给了她8%的铭泰股份，那时候考虑到傅逸生刚刚接手铭泰，怕他被董事会那帮老家伙架空，所以给了他17%的股份。当然傅逸生从来没有令莫景铭失望过，他在那个位置上做得很好，而且得到了很多老股东的支持。不过莫景铭也不是全然没有防备的，在他的遗嘱中也有相应的股份分配，这一次莫语涵得到了27%，傅逸生只有13%，这样一来，莫语涵手上就有了铭泰35%的股份，是铭泰目前为止最大股东。

但莫景铭会这样分配，想必也是考虑到傅逸生总裁的角色，而且他肯定没有想到，他刚刚离开，女儿、女婿就要分道扬镳了，不然以他老练的商场手段，定然会把剩下的40%全部留给莫语涵，让她在公司中掌有绝对的话语权。

现在傅逸生那30%也不能小觑，即便光大的那笔钱进来后，他也是公司第三大的股东。

“我知道。公司的事情可以按照爸爸的遗嘱来，不过如果你想让我放弃公司股权，那你想都不要想。”

“我知道。”傅逸生面无表情地看着她，手里的东西不知不觉中被捏成了一团，“我说的不光是这些……”

“还有什么？”

他走向莫语涵，拎起她脚边的行李箱：“在我们正式离婚前，你要住在家里。”

莫语涵不解：“都要离婚了，这几天我住哪有什么关系吗？”

傅逸生没有回答她，只是说：“如果你不同意，那离婚的事情免谈。”

莫语涵无奈，虽然不知道傅逸生在坚持什么，但是她似乎别无选择，她最后提的要求是：“你睡客房。”

不以夫妻关系为前提的异性同居其实存在很多问题，远不止要不要睡一张床那么简单。

在莫语涵的印象中，傅逸生从来没有这么恋家。早餐他如往常一样在家里吃，可是晚上回来得比以往早了许多，就连中餐都要特意从公司赶回来吃。一年四季有一大半时间赋闲的阿姨终于有了大显身手的机会，兴致高昂地为两人的三餐筹划着各式菜样。

但是无论吃什么，莫语涵都味同嚼蜡。

就比如今早，太阳蛋煎得恰到好处，吐司也烤得松软焦香，莫语涵却没什么胃口。傅逸生坐在餐桌对面看报纸，偶尔淡淡地扫她一眼。

莫语涵最讨厌眼下这种被刻意营造出的和谐气氛，明明是要分道扬镳的两个人，为什么还要做出一副和睦夫妻的样子呢？家里没有什么别的人，也不用做给谁看，这又是何必呢？

终于快到上班时间了，傅逸生将手中的报纸一折，轻轻一抖放在桌旁，起身说："我去上班了。"

莫语涵不咸不淡地嗯了一声。

这时候，客厅里的电话突然响了。

阿姨拿着电话递到莫语涵面前："找您的。"

莫语涵接过电话看了眼玄关处的傅逸生，傅逸生冷笑一声出了门。

打电话来的不是别人，是顾琴琴。

听说莫语涵决定先住在家里，好友恨铁不成钢地打电话来试图骂醒她："我说莫大小姐，你这是什么套路啊？你这婚是离还是不离？"

莫语涵瞥了眼窗外，正看到傅逸生的车子开远："还是要离。"

"都要离婚的人了还睡一张床好意思吗？"

"不是你想的那样，但……确实挺别扭。"

其实莫语涵也着实觉得不怎么好意思，虽然俩人分房住，但是这几天傅逸生总是免不了跑来她的房间。起初是因为他的衣柜在这边，他每次换衣服都要过来拿，后来莫语涵趁他不在家时把他的东西都搬到了客房。

那天晚上傅逸生一进门还像往常一样进来换衣服，打开柜门的一刹那他愣了一瞬，扭过头问正追剧的莫语涵："我的东西呢？"

莫语涵仰了仰下巴，眼睛却始终没离开过电脑屏幕："省得你跑来跑去麻烦，我都替你搬过去了。"

莫语涵没看到傅逸生当时的表情，只听到他离开时关门的声音较往常大了点。

那天以后莫语涵确实清净了不少，可是同居的烦恼不只是换衣服那么简单。昨天下午莫语涵只是去社区的超市买了些东西，X市正处于“跑步入夏”阶段，等她拎着东西到家时已经浑身是汗。

回房前莫语涵还特意瞥了眼客房，房间门半敞着，里面的东西齐齐整整，床铺上都没有一丝褶皱，跟阿姨打扫后一个样，主人显然还没回来过。

莫语涵以为这家里只有她一个人，可当她把自己扒得精光正打算去浴室洗澡时，浴室门被人从里面打开了，傅逸生裹着条大浴巾，身上的水珠还没来得及擦干。

愣怔了一瞬，莫语涵扯过衣橱内的浴袍裹在身上：“楼下的卫生间也能洗澡！”

傅逸生从她身边经过，热气灼着莫语涵的脸：“楼下的我用不惯。”

莫语涵还想跟他理论一下，傅逸生却说：“又不是没看过，你激动什么？再说，你看我半天了我还没说吃亏。不过……”

他回头看着她笑了笑：“无所谓了，谁让到目前为止，你还是我老婆呢？”

想到这些，莫语涵简直要气死了，可是气归气，心底却还荡漾着一丝可疑的涟漪是怎么回事？

顾琴琴听到莫语涵说别扭，无比同情地说：“能跟傅逸生生活在一个屋檐下的都不是一般人，要是我跟那家伙生活在一起，用不了三天就疯了，不要说五年了。”

“你打电话找我就是为了这事儿？”

“出来坐坐吧，我和周恒在一起呢。”

17

时隔半月，虽然周恒嘴角的瘀痕已经不见了，但莫语涵见到他还是不免有点愧疚。

“上次的事儿真抱歉。”

周恒知道莫语涵是在替傅逸生道歉。

“他发疯又不是你的错，你道什么歉？再说你们都要离婚了，他做错什么也跟你没关系。”

一听离婚这事儿，顾琴琴无奈地说：“我看啊，且离不了呢！”

周恒不解：“怎么了？”

顾琴琴替莫语涵说：“傅逸生不知道又想怎么样，说什么他们俩离婚牵扯很多，所以要好好看协议，还限制语涵在离婚前必须住在家里。”

“凭什么？”周恒听到后面那条立刻就不淡定了，他是男人，他当然知道傅逸生图什么。

莫语涵无奈：“为了让他配合，也只能先这样了。”

周恒问：“公司股份的事情还有什么不清楚的吗？”

“挺清楚的，不过……”

顾琴琴抢过话头：“不过便宜了傅逸生。你当时为什么不直接跟你爸说你和傅逸生快闹掰了啊？那样的话现在也不会这么麻烦了。”

莫语涵怎么没后悔过？但是想到当时，一方面是她没觉得莫景铭会这么快就走；另一方面她隐约觉得父亲不一定会完全站在她这边，如果她跟他老人家抱怨，搞不好他老人家会反过来劝她安分点。

想到这些，莫语涵就头疼。

“那你有什么打算？”周恒问。

莫语涵想了一下，说：“按原定计划。我看股份的事情傅逸生争取不到太多，我算了下，即便是光大的钱进来以后我还有26.7%，是最大的股东，光大有23.6%，傅逸生有22.9%。只要我们跟光大联合，就超过半数了，到时候董事会上免除傅逸生的职务就可以了。”

想到这里，莫语涵感激地对周恒说：“多亏了你光大那边才愿意和我合作。”

“跟我还说什么谢，光大也不傻，自然联合最大的股东。只是这样一来你们莫家从最初对公司的绝对掌控变成现在这样……”

这是最令莫语涵难受的事，铭泰可是莫景铭一辈子的心血啊，却因为她变成现在这样。

莫景铭去世已有月余，傅逸生和莫语涵竟安安分分地做了一个多月的普通夫妻。然而只有当事人知道，这是大战前夕的平静。

其实直到此刻，莫语涵对傅逸生还是有感情的，只是想到铭泰，想到自己未来的人生，她难得理智地告诉自己“长痛不如短痛”。

这天晚上傅逸生回来时，莫语涵提醒他：“离婚手续可以办了吧？”

傅逸生边换衣服边回了句：“还在等律师那边。”

又是这样。莫语涵冷笑：“你请的什么律师？这效率可真不敢恭维。”

傅逸生顿了一下，说：“最近公司的事情比较多，回头我催催他。”

“傅逸生……”莫语涵抱着手臂倚在门框上看他，“到了现在你该不会不想跟我离婚了吧？”

问出这话，连莫语涵都觉得很意外，他为什么不想离婚，她对他而言还有什么价值吗？

傅逸生抬眼看她：“你就这么急？”

“反正事已至此，不如果断一点。”

听到这个答案，傅逸生不由得笑了笑。

莫语涵问：“你笑什么？”

他说：“看来这些年里，我还是太小看你了。”

然而在此之后，每每想到这天晚上莫语涵的话，傅逸生都会觉得心烦意乱。

为什么？难道就因为她的所做、所说在他意料之外吗？他以为她爱惨了他，这辈子离不开他，她却在他认为她最需要他的时候提出离婚。

太乱了，他想不清楚，也不愿意多想。

晚饭前，陆浩约他出来吃饭，他正好心烦意乱，于是挂了电话就出了家门。

陆浩订的地方不是什么高档餐厅，就是大学附近一家串吧，以前上大学那会儿宿舍里几个哥们儿经常来这里聚聚，那时候这里还只是个小门脸儿，现在也做得初具规模了。

傅逸生已经不记得自己有多久没有像今天这样，不为工作，单纯和朋友坐下来吃吃饭喝点酒，可是想到这里，他又忍不住想起莫语涵。

他怪陆浩选了这地方，陆浩还以为他嫌这里嘈杂，揶揄他过分矫情。

两人天南海北地闲聊着，却也总避不开公司那点事儿。

陆浩说："谭晶晶不肯走，说合同没到期，公司没理由让她走。"

傅逸生瞥了周恒一眼："然后呢？"

"这种时候我怕事情闹大，就让人事那边先把流程停了。你怎么想？"

在拿下之前那个投标项目后，陆浩就从销售部总监升任公司副总裁，虽然只是副总裁，在大公司一抓一大把，但是对人事变动的事情也有一定的说话权力。

傅逸生想了一下，说实在的，谭晶晶对他动了念头是她不应该，但是他和莫语涵之间的矛盾真的就因为一个谭晶晶吗？他们走到离婚这步真的是因为其他人吗？他很清楚，并非如此。

想到这里，傅逸生说："算了，我暂时顾不上这些，先把她从我跟前调走。"

"行。"陆浩点点头，想了想又问，"你和语涵……真打算离婚了？"

傅逸生没有说话，但在陆浩看来就是默认。

"我是真没想到啊，最后是她提离婚。究竟是为什么啊？"

"我也想知道。"

说话间，身后一阵风窜过，串吧的大门开了又合上，周恒和顾琴琴从外面进来，有说有笑地找了位置坐下。

真是冤家路窄。收回视线后，陆浩问傅逸生："不会是因为他吧？"

傅逸生没想到自己也会这么没有自信，在陆浩问出这个问题时竟然没有答案。他不确定，莫语涵那么坚决地要离婚到底是不是喜欢上了别人。

陆浩见状只好给傅逸生倒上酒："算了算了，说点别的。"

可是哪有什么"别的"？以前总说莫语涵的世界就是傅逸生，可是反过来又何尝不是，从生活到工作，傅逸生所有的圈子，又有哪里能少了莫语涵？

两人聊着过去，聊着未来，不知不觉中傅逸生就多喝了几杯。

陆浩见势不对，立刻叫来服务员埋单，埋了单又打电话找代驾，傅逸生直接拿过他的手机挂断电话："你喝得不多，你送我。"

"行，您是总裁大人，您说怎么着就怎么着。"

两人说着往外面走，可是没想到周恒和顾琴琴也差不多这时候吃完饭，四个人前后脚进了停车场，陆浩远远地看到周恒他们就暗叫不妙。

果然，怕什么来什么。

周恒看到傅逸生，不但没打算避开，还直接迎了过来："哟，师兄，这么巧？"

傅逸生瞥了他一眼，没打算搭理他。

然而就在他们擦肩而过的瞬间，周恒说："我记得你上次说过，如果这次我输了就不是流放五年那么简单了。那么你呢？你输了会怎么样？"

傅逸生压了一晚上的火气倏地被点燃，他转身就要往回走，还好陆浩手疾眼快一把拉住了他。

周恒见状笑了："怎么，又想打我？"

傅逸生甩开陆浩的手，警告周恒："我也记得我警告过你，离她远一点！"

"如果不呢？我凭什么听你的？"

"就凭她还是傅太太！"

周恒闻言突然笑了："谁知道什么时候就不是了。"

任谁都看得出来，莫语涵提离婚这事儿简直就是扎在傅逸生心头的一根刺啊，大家都小心避让着，只有周恒不怕死地哪壶不开提哪壶。

他是什么都不怕，可是顾琴琴了解傅逸生，眼看着傅逸生的神情越来越冷，她真怕出什么事儿，连忙把周恒拉到身后："傅逸生，事已至此也别把事情搞得太难看。不管你和语涵以后怎么样，但是你现在肯定也不希望她太为难吧？再说你们的事儿也怪不得其他人，我劝你还是回家好好反省反省吧。"

傅逸生的眼睛死死地盯着周恒，可是当顾琴琴说到"你现在肯定也不希望她太为难"时，傅逸生的火气立刻去了大半，是啊，最近一段时间也不知道怎么了，一向自认为冷静的他做事却越来越不冷静了。

他不打算再跟周恒幼稚地打口水仗了，可是陆浩从上学时起就对莫语涵身边那个咋咋呼呼的丫头没什么好印象，此时见她维护周恒和傅逸生对着干更是火大。

"我说你这丫头瞎说什么呢？"

顾琴琴一看陆浩，也没好气："说谁'丫头'呢？！"

"就说你了怎么着？"

"你有本事再说一句！"

"丫头丫头丫头……"

傅逸生头都大了……他没再理会任何人，转身向自己的车走去。

陆浩发现傅逸生走了，连忙跟上。

身后顾琴琴还不肯善罢甘休，在他们身后大骂："狗腿子！一丘之貉！"

"嗞……"

如果不是被傅逸生拉住，陆浩一定再冲回去跟顾琴琴那死丫头大战几百回合。可是眼下傅逸生的情绪实在不怎么样，他也只好把自己的小恩怨先放放，当务之急是把傅逸生送回家。

18

无论如何逃避，结果就摆在那。傅逸生和莫语涵终究还是走到了离婚这一步。

他们的财产分割很清楚，没什么好质疑的，唯有在现在住的这套房子的问题上，两人产生了分歧。

虽然傅逸生的家境和莫家没办法比，但是傅逸生这人骨子里有点大男子主义，两人结婚初期，不管莫景铭如何劝说，傅逸生执意要求两人婚后住在他买的房子里。

起初是一套八十几平方米的公寓，后来傅逸生在铭泰干得风生水起，房子也换了两次，最后才是现在花园路旁边的别墅。这其中傅逸生没有用过莫家的钱，至少是没有用过莫景铭的钱。

莫语涵对傅逸生家里的情况再了解不过，是他的她绝对不会要，而且让她留在这里睹物思人、凭吊过往？还不如搬走。所以现在两人离婚，她就决定从这房子里搬出去。

但是傅逸生从来没打算让她搬走，不说这房子是他们结婚之后换的，就说莫语涵现在举目无亲，哪怕她再不缺钱、再不缺房子，他都希望自己能为她做点什么。当然，这一点他没有告诉她。

可是争执到傅逸生都烦了，莫语涵还是不肯接受："我会搬到城西那套房子去。"

"为什么非住到那去？"

莫语涵随便扯了个谎："城西挺好的，离琴琴家也近。"

提到顾琴琴，傅逸生就想到上次见到她和周恒的情形，火气不由得又冒了起来，他冷笑一声："是啊，我记得离周恒家也挺近的。"

莫语涵一直知道傅逸生不喜周恒，不过她始终认为他只是单纯不喜欢周恒那个人，而与她没有多大的关系，因为早在多年前她对周恒的态度就已经很明确了，不想今天却听到了他这样的讥讽。

傅逸生突然提到周恒，待莫语涵反应过来时，她觉得傅逸生这人真是不可理喻，难道他们的关系走到今天这步都是因为她的错？

想到这里，莫语涵冷冷地说："离婚后我会怎么样，似乎与你无关吧。"

这话无疑激怒了傅逸生，他冷笑着打量眼前的人："看来还真是给自己找好下家了。"

啪！一声清亮的脆响回荡在房间中，傅逸生只觉得嘴里泛起一股腥甜。

莫语涵这一巴掌着实不轻，但是她不后悔。

“傅逸生，你有什么资格跟我说这些？五年前你到底为什么娶我你忘了吗？没有铭泰，你会娶我吗？过去的暂且不说，可是五年了啊！身边养只小猫、小狗都会有感情的，可是你对我呢？”

傅逸生不由得皱起眉头，关于他目的不纯的那些流言蜚语早在五年前就满天飞了，他毫不在意，那是因为他心里清楚得很，有没有铭泰他都会娶莫语涵。他以为莫语涵也是明白的，所以不管外人怎么议论，至少她从未在他面前提过这些。眼下两人分手了，她却突然说起这个？是压抑了五年？不像，莫语涵绝不是那么能装事儿的人。

“你什么意思？”他问莫语涵。

“我什么意思？”莫语涵都要笑了，“你以为我不知道？你不就等着爸爸不在了好把公司改名换姓吗？至于我，没有了利用价值，不离婚难道要白头偕老吗？”

傅逸生简直要气疯了，这么多年以来，他第一次对莫语涵不那么客气：“你听谁说的？是不是周恒那小子？”

“我不需要听别人说，那天你和陆浩在办公室里说的那些话我都听到了。”

傅逸生努力回想跟陆浩说过的话，当他回忆起来时也不由得有点慌。莫语涵的那些指控，所有的他都可以理直气壮地回应，但是唯独有一点，她说五年了对身边养的小猫、小狗都会有感情，可是他对她呢？他知道她要的当然不是对小猫、小狗那样的感情，他也知道，她要的他没有。

一时间，傅逸生无言以对。

他这突如其来的沉默让莫语涵心灰意懒。

她无奈地说：“我以前一直以为，你对所有人都冷冷淡淡的，对我算是很不错了，直到谭晶晶出现，我知道你和她可能只是逢场作戏，哪怕有点什么都无所谓……但是她的出现突然让我意识到，或许未来会有某个人出现，真的让你变得不理智，那么到时候我又要扮演什么样的角色？”

原来她什么都清楚，在过去的那段婚姻中，他终归还是忽视了她。

“语涵……”他想拉住她。

莫语涵抬起手示意他不要靠近：“我不想听任何解释，如果你还想为自己辩解什么，那在这之前你先回答我一个问题。”

“你说。”

“你爱我吗？”

如果为了顺从自己的心思留住她，那么他当然要说爱她，可是这么多年了，他从未欺骗过她，在这一刻更加不可以，那是对她最后的尊重。

良久，他几不可闻地叹了口气：“对不起。”

终归还是他错了，他不该在没有爱上她时就答应娶她，他不该将婚姻和其他事情混为一谈，他不该在这五年里对她不冷不热。她纵然生得比别人幸运，却不代表她就该得到这样的婚姻、这样的伤害。或许，任何一个不爱她的人都不配拥有她的感情，他也是。

他是真心觉得对不住她，然而这一声“对不起”在莫语涵看来就是对他们这段婚姻最后的宣判。

当一个男人对一个女人说“对不起”时，往往就是这个女人彻底输了的时候。

19

莫语涵离开了，一向克制自律的傅逸生突然失去了人生方向。光大的资本进了铭泰，拓展领域的事情还没有头绪……一切都乱糟糟的，但是傅逸生无暇去管。直到陆浩找到他。

以前碍于莫语涵在，陆浩很少来傅逸生家，但是自从两人离婚后，陆浩经常找不到傅逸生，所以只能来家里找。这次已经不知道是第几次了……

“我说你老人家怎么还这么优哉游哉的，出大事儿了知道吗？”

傅逸生冷笑，这时候了还有什么大事儿？

陆浩气急败坏地说："莫语涵和老杨正筹划着要求董事会罢免你的职务呢！"

听到这话，傅逸生愣了一下，最初得知光大投资铭泰的时候，他就已经想到以后在公司决策方面，光大那边一定会联合莫语涵来制约他，可是他万万没想到，他们决定要做的第一件事竟然就是让他出局。

想到这里，他只有苦笑的份儿，他当时凭什么那么自信觉得没有这种可能性呢？大概在他的印象里，他和莫语涵还是自己人，再怎么斗那也是自己人之间的内斗，而光大，无论如何只是外人罢了。现在看来，自己当初那想法真是可笑。

"如果这真是语涵的想法我也没什么好说的，本来公司就是他们莫家的。"

"这种时候你别意气用事好不好？你真以为老杨是省油的灯啊？他投资铭泰可能是看到了赚钱的前景，但是他凭什么要答应和语涵联手对付你啊？"

这话提醒了傅逸生："你的意思是？"

陆浩耸了耸肩："我不觉得语涵懂得拿利益去和老杨交换，而且周恒也是个半吊子，根本不是老杨那老狐狸的对手。后面如果你离开铭泰，你觉得下一步谁能管理铭泰，语涵吗？咱都知道，她不是那块儿料。所以说，如果你出局了，我怕铭泰要改姓杨了。"

陆浩这话成功让傅逸生清醒过来。过去这段时间，莫家的事儿实在太多了，让他竟然忽视了这一点。他疲惫地叹气，不为别的，只因为心疼。是的，他发现到了这一刻，意识到铭泰眼下的情况时，他的第一反应竟然是心疼莫语涵。他甚至想，如果他们还在一起该有多好，她完全不用为这些事情操心，只要交给他来办就好了。他不知道自己对她究竟是一种什么样的感情，他只知道，一切都晚了。

陆浩说："现在也不是没办法。"

傅逸生懒懒地摸出支烟点上："说来听听。"

"这第一嘛，肯定是去和老杨套套近乎。他不就是为了利吗？你现在虽然股份比他们少，但好歹还有铭泰的管理权，而且这些年来，也收获了不少股东的信任，还是有利用价值的。”

“第二呢？”

“第二就是和语涵复婚。”话一说完，陆浩自己都觉得可笑，能复婚当初还离什么，所以他讪笑了一下掩饰尴尬，“开个玩笑。”

但是这话仿佛点亮了傅逸生昏暗内心中的一盏灯：“就按你说的来。”

“什么？和老杨套近乎？”

傅逸生摇了摇头：“既然老杨不安好心，语涵所托非人，那么就只好由我把一个完整的铭泰交到她手上了。”

“你什么意思？”

什么意思傅逸生自己都说不清楚。到了此刻，他只想按照自己内心最真实的想法去做，让她不受委屈、不被欺负，替她好好守住父亲打下的江山。

搬到城西后，莫语涵变得食欲不振、疲惫嗜睡，起初她还真当是这房子风水不好，直到一个多月后开始呕吐，她才意识到，大事不妙了。

买了验孕棒一测，刺眼的两道杠。

莫语涵当时就崩溃了：“傅逸生！”

可是，崩溃过后还是要面对现实，她该怎么办？

她没想着去问任何人意见，因为就她现在的情况，任凭是谁也不会支持她留下孩子。可是这毕竟是个小生命啊，还是她过去几年里日盼夜盼的。

莫语涵自己矛盾了好些天，最终顺从内心最真实的想法，留下了孩子。

这天电话响起的时候，她正抱着马桶吐得直不起腰来。好在那打电话的人锲而不舍，在第二个电话打进来的时候，莫语涵终于有力气去接了。

她有气无力地喂了一声，那边沉默了片刻，立刻问她："你生病了？"

这声音让莫语涵彻底清醒过来。这是他们离婚以后傅逸生第一次找她。他问她是不是生病了，这让这些天独自承受早孕反应的她一下子委屈得说不出话来。是啊，她生病了，一场因他而起的病。

见莫语涵这反应，傅逸生吓了一跳："你没事吧？要不……我去看看你？"

莫语涵很快找回了理智，连忙说："不用了，小事。对了，你有什么事？"

傅逸生心里还存着疑虑，但是既然莫语涵不让他过去，他的确也没什么理由去。

他顿了顿说："有件事，想请你帮忙。"

他们认识这些年以来，傅逸生还真没什么地方是需要莫语涵帮忙的，所以他一旦提出来，反而让人无法拒绝。

"你说。"

"周末是妈的生日，本来我想着我自己回去一趟得了，但是她老人家说好久不见你了，想见你，我也找不到太好的理由拒绝，你看……"

不用傅逸生多说，莫语涵已经大概猜到了事情的来龙去脉。

其实在当初离婚后，傅逸生的最后一个请求是希望离婚的事儿暂时向傅母保密。

傅逸生跟莫语涵一样，是单亲家庭长大的孩子，只是傅逸生是从小没有父亲，莫语涵是从小没有母亲。大概就是因为这点吧，傅母非常疼爱莫语涵，莫语涵跟傅母的婆媳关系也很好。她知道老人家身体一直不好，所以当傅逸生提出对母亲暂时保密时，她想都没想就同意了。那么既然当初同意了，眼下就要配合着把戏演下去。

只不过她现在有了"情况"，她是真怕傅母或者傅逸生看出来，所以才有些犹豫。

傅逸生见她犹豫，情绪很低落："就这一次，后面的事儿我会想办法，不会总麻烦你。"

他什么时候跟她这么客气过……她笑了笑说："好吧，周末你来接我。"

"好。不过……"傅逸生提醒她，"当天往返肯定是来不及了，妈也会起疑心，所以我们得周日回来。"

"我知道。"

周六天还没亮，莫语涵就怎么也睡不着了。她辗转反侧，只觉得心里惴惴的。

好不容易熬到天亮，傅逸生的车子准时停到了楼下。她没邀请他上楼，他就靠着车门抽着烟等她。

莫语涵没有让他久等的习惯，随意挑了件连衣裙，外面裹了件大披肩，就下了楼。

多日不见，傅逸生还是那副俊逸模样，倒是映衬得她黯淡不少。

上了车子，傅逸生没有立刻发动，而是看着她。

莫语涵被看得别扭，问他："怎么了？"

他摇了摇头："你好像瘦了。"

是啊，近日来胃口不佳、休息不好，想不瘦也很难。但是她不敢多说，随口扯了个谎说："我在减肥。"

傅逸生笑了笑："你又不胖，还是以前更好看。"

"我喜欢更瘦点。"

傅逸生愣了一下，她突然不以他的喜好为目标了，着实让他不习惯也很挫败。

20

见到莫语涵后，傅母心情大好，一直拉着儿媳妇的手问长问短。莫语涵还像以往一样婆婆问什么就答什么，婆媳俩你一言我一语还挺热闹。傅逸生一直坐在一旁陪着母亲和莫语涵，依旧少言寡语，只是脸上的表情比往日温和许多。

"路上累了吧？妈给你炖了你最喜欢吃的蟹粉狮子头。"

以前莫语涵来时，傅母从来不让她做一点事，而且总准备一桌她爱吃的菜。莫语涵没做过别家的儿媳妇，自己在家也是十指不沾阳春水的大小姐，就认为这是应该的，直到离婚搬到城西后，邻居住着小两口和婆婆，婆媳俩经常因为一些琐碎闹矛盾，那时候她才明白，傅母对她是多么好。

而眼下，她和傅逸生离了婚，她也不是傅家的什么人了，再承受这些好免不了心中有愧。她刚站起身想看看能不能帮上什么忙，就被身旁的人按着肩膀坐回椅子上。

傅逸生已经走向厨房："妈，您坐着，我来吧。"

以前莫语涵最爱吃傅母做的蟹粉狮子头，所以傅母特意夹了一大块狮子头放在她的碗中。可是莫语涵一闻到那味道，就觉得胃里难受。

抬头看到傅逸生和傅母都盯着她看，她只好强忍着不适咬了一小口，但那熟悉的感觉马上就席卷而来。

她连忙放下筷子，冲进卫生间，把所有能吐的都吐了个干净。

事后，她白着脸从卫生间出来，对上傅家母子担忧的神色，解释说："最近有点肠胃炎。"

傅母嗔怪地瞪了傅逸生一眼："逸生这个丈夫属实太不够格，看这样子，老婆生病了他还不知道呢！"

傅逸生担忧地看着莫语涵。

莫语涵被他看得心慌，笑着对傅母说："其实以前常这样，怪我自己生活太不规律了，公司很忙，逸生在公司也管不到我。"

"工作固然重要，但是那些都是身外之物，两人的生活才是最重要的。逸生也是，不要总想着公司的事情，有什么事比自己的老婆更重要？也该为两人的未来多着想了。"

说话间，傅母的眼睛亮了亮，转向莫语涵："确定是胃病？"

一句话惊了在座的两个人。莫语涵偷偷看向傅逸生，发现他也正看着自己，眼神中似有期待。

莫语涵面露尴尬："妈，我确定。"

屋子里顿时静得出奇。

半晌，还是傅母强颜欢笑地打破沉默："是妈心急了，这事急不得。你们还年轻，身体都这么好，早晚会有的，放宽心，先把自己照顾好。"

莫语涵乖巧地点点头。

她不知道傅逸生日后知道这孩子的存在会怎么样。会恨她剥夺了他做父亲的权利？怪她自作主张只顾自己解恨不顾及孩子需要父亲？还是他也会为了她的决绝而神伤？然而他会怎么想她已经不在意了，她唯独对老太太心中有愧。

自莫语涵搬到城西后，就没有请阿姨。她开始学习做家务，自己照顾自己。她以前不觉得自己坐在一旁看着老人家忙乎有什么不对，可是经历了那许多变故后，再看着傅母像以往一样收拾碗筷，她便有些坐不住了。

她站起身去接傅母手上的碗筷："妈，我来吧。"

傅母显然没想到她会有这举动，愣了一瞬，笑着说："不用，你去客厅看电视吧。"

莫语涵还想说什么，却被傅逸生打断："我来吧，妈和语涵都去歇着。"

傅逸生一直很孝顺，只是单单莫语涵在场的时候很冷漠。他似乎很怕在莫语涵面前表露出自己的感情，连话都比平时少许多。傅母一直以为这是儿子害羞的表现，可是今天这是怎么了？

傅母不禁半眯着眼睛打量儿子的脸。从他们回来后她就察觉到了儿子的变化，刚才吃饭时他亲昵地为媳妇捋头发，看媳妇不舒服他满脸的焦急都不加掩饰，现在又争着干活……傅母心中乐和，看来逸生真是学会心疼老婆了。

傅母将碗筷放在傅逸生手上，擦了擦手拉起莫语涵："也该让男人们体验一下主妇的不易了，走，咱娘儿俩看电视去。"

可是，说是要看电视，老人家也只看了一会儿就嚷着困回房间睡觉去了。莫语涵知道傅母是故意留出空间给她和傅逸生，想到这里，她心中难免有些酸涩。

回房间时，她发现床铺早已铺好了。水红色的双人大被整齐地铺在床上，就如他们第一次住在这里时一样，只是枕头上少了那对绣着鸳鸯的枕巾，床头上方倒是还挂着两人硕大的婚纱照，比家里那张只大不小。

莫语涵站在门前没有动，傅逸生自顾自地拉开柜门扯出一套被褥铺在地上："你睡床上。"

初秋季节，北方的夜晚已经有些凉了。傅逸生脱去外衣坐在地铺上，风度却不减一分。

也或许是不暖和，他和衣躺进被褥中。半晌，看到莫语涵还站在远处，他便催促她："折腾一天累了吧？赶紧睡吧。"

莫语涵这才应了一声关掉灯，摸黑脱掉外衣躺上床。

被子中散发着熟悉的味道，是淡淡的皂香，与傅逸生身上的味道如出一辙。

上一次回来这里是多久以前了？莫语涵思忖着，小半年之前吧，那时候她还窝在他的肩窝里睡到日上三竿也不想起床。

半晌，她侧过身去看床下的傅逸生。借着清冷的月光，她看到他枕着手臂仰躺着，黑暗中唯有一双眼眸亮亮的，像是在思考着什么。

"睡了吗？"或许是听到她翻身的声音，他淡淡地问。

"还没……"

沉默了半晌，傅逸生再度开口："谢了。"

莫语涵知道，他指的是这次回来陪老太太过生日的事儿。

可是两人同枕五年，竟然落到这样客套的地步，莫语涵不免心凉。

她叹了口气："说什么谢。不过你打算骗多久？"

良久，一声轻轻的叹息后，傅逸生说："我只是不想让她失望，就像……曾经也不想让你失望一样。"

他确实不想让她失望。虽然当年娶她并不是因为有多爱，但是丈夫的责任他知道，他想在铭泰干出名堂，将来像莫景铭一样成为莫语涵的支柱，他也从没想过招惹其他女人，忠贞是对婚姻最起码的尊重。他以为这样就足够了，可到头来还是伤了她的心。

黑夜里，莫语涵的声音显得很寂寥：“已经这样了说这些又有什么用？”

确实无用，一切已经不能挽回，她对他的爱和期望都已随着那围城的破裂被卷入了过往的洪流中。

而如果是往常，理智如他，根本不会再去纠结过往，也不会跟她提及这些无关痛痒的话题。然而这一次，他却做不到了。

其实傅母的身体虽说不上硬朗，也绝不是傅逸生说的那么弱不禁风，况且她是个深明大义的母亲，如果他告诉她他们离婚了，她也不会接受不了。而且早晚都要让她知道，还不如早些让她知道。可是傅逸生竟鬼使神差地将事情瞒了下来。他就是笃定了莫语涵会顾及傅母，才没有把离婚的事情告诉母亲。

这一个多月以来，他总是想起她的样子，说话时的、睡着时的、走神时的、专注时的……起初他以为是刚刚离婚自己还不习惯，但是过了一个多月，他心中那种丢了东西似的失落感一天比一天沉重，几乎压得他透不过气来，而想要见到她的念头也一次比一次清晰。即便他没什么经验，但也猜得到大概，这大概就是爱吧。

想到这里，傅逸生苦笑。爱情，真是个既调皮又小心眼的孩子，过去他漠视它，如今它报复他。

第五章　危机

21

自从上次老杨和莫语涵见面被傅逸生撞到之后，陆浩替傅逸生约了老杨几次都被以各种理由拒绝了。后来傅逸生亲自打电话过去，老杨才答应见上一面。可是临到见面的时候，陆浩却出差了，公司只好安排其他人陪傅逸生赴约。结果，也不知道是哪个脑子不好使的，竟然安排了谭晶晶跟傅逸生一起去。

傅逸生见到谭晶晶时脸色就不大好，但还不等他开口，谭晶晶先解释道：“您的秘书通知销售部要求负责光大这个客户的人跟您去，因为前期我接触光大比较多，所以到了销售部以后，总监就让我继续负责这个客户。”

公司的其他人并不知道傅逸生为什么要调走谭晶晶，总经理助理这个职务虽然级别不高，好歹前途无量，然而她调到销售部以后按照她的级别也就是个经理级别，公司这么明显的态度一般人不会看不出来，所以光大这种难缠的客户给她来接也很正常。不过她被调走后，总经理助理一职一直空着，很多事情就由秘书代为传达，公司对秘书的要求不会太高，果然能力上差了点，不然也不会办出这种事。

不过眼下，约定的时间马上就要到了，傅逸生也没办法计较太多。

上车后，谭晶晶将一份打印好的文件递给他。

“这是什么？”他问。

“光大近期的一些项目资料，还有财务状况。”

这种东西对一家公司而言是机密，一般人不可能搞到，不过谭晶晶说：“应该可靠。”

傅逸生低头翻看，不看不知道，看过之后，他突然就明白谭晶晶为什么要给他看这些了。

光大的传统领域是房地产，这几年房地产业利润太薄，很多公司都想转行，光大这么大手笔地投资铭泰，大概也是这种想法。只不过他们近期还拿下一个房地产项目，有政府背景，看着应该是挣钱的买卖。但是这也只是在外人看来罢了，事实上光大为了拿下这个项目从银行贷了不少钱，刚好和投资铭泰的数目相当，这事儿就有点微妙了。而且从财务报表上看，光大的现金流已经非常吃紧，也就是说如果铭泰不能在短期内替光大赚到钱，那么光大未来连生存都会很艰难。

傅逸生合上资料，不由得多看了谭晶晶一眼。他突然觉得很惋惜，如果她能把所有的心思都用在工作上，如果她为人再坦荡一些，以她的能力早晚会成为他的左膀右臂。

谭晶晶像是读懂了他的想法，有几分恳切地说：“谁都有犯错的时候。”

这是在忏悔吗？可是并不是什么样的错误都能被原谅。

傅逸生把那份资料还给她：“虽然在这个圈子里谈品质是件很可笑的事儿，但是跟我共事，至少这点要能被我看得上。”

或许他能原谅她偶尔不切实际的想法，但是她对莫语涵使出那种上不来台面的手段是他无法忍受的。

“无论我做什么都无法让您改观了吗？”

“何必呢？或许换一家公司会有人欣赏你。”

说话间，车子已经到达了约定地点。

傅逸生在包间里等了许久，才等到老杨姗姗来迟：“以后都是一家人了，何必约在这种地方？回头在公司碰面就行了嘛！”

傅逸生淡笑着没接他的话。

老杨看到他身边的谭晶晶，笑容有几分蹊跷：“小谭也在啊。”

谭晶晶很客气地回话：“知道傅总要来见您，我特意申请跟过来的。”

听谭晶晶这么说，老杨像是想起什么似的问傅逸生：“你怎么舍得把小谭调走啊？我这向她伸了多少次橄榄枝，她可都不愿意来呢。”

其实之前听谭晶晶说她和光大接触多，傅逸生也没有多想，因为过去他联系老杨都是通过谭晶晶，不过现在看来，谭晶晶和老杨的关系应该远不止他想象的那样。或许就像老杨说的，他觉得谭晶晶是个人才，多次想要挖走，但是没有成功，也或许还有别的什么……

傅逸生随口应付道：“谭经理的能力做我的助理算是埋没了，当然还是该放在更有前途的地方。”

几人你一言我一语，就把话题引到了公司的事情上。看得出老杨始终避重就轻，完全不接招的架势。不过酒喝了不少，虽然态度还是那个态度，但好歹氛围还算轻松。

谭晶晶说起投资化妆品领域的事：“传统服装领域铭泰已经做了这么多年，市场一再扩大，但利润很难再提高，所以公司现在就指望新领域了。傅总之前也做了很多调研，还亲自跑到广州去了解生产线建设，合作资源也积累了不少，而且这些年只要傅总出马基本都是胜仗，股东们也都指着这次赚钱……”

傅逸生当然知道，谭晶晶说这些话并不是为了讨他开心，两人此行的目的很明确，就是要老杨改变联合莫语涵罢免傅逸生CEO的决定，所以谭晶晶后面要说什么，傅逸生几乎猜得到。

他很配合地说：“杨总也不是外人，这些忽悠其他人的场面话就不要说了。”

杨明本来只是随便听听，突然听傅逸生这么一说，心里担心自己之前真被忽悠了，这化妆品领域搞不好也是个外表光鲜的大坑，不由得有点着急地道：“这话什么意思？”

傅逸生无奈地笑了笑：“既然都不是外人，我也不妨直说。我和语涵的事情你也知道，所以我现在也没心思打理公司这些事情，这次把你叫出来也算是赔罪了——回头我可能会离开铭泰。”

老杨似乎松了口气，但面上还是尽量做出意外的样子：“离开铭泰？什么意思？”

“股份留着，但是辞去CEO职务。”

“这事儿可非同小可，兄弟你想清楚了？”

傅逸生笑着默认。

老杨皱眉：“你这可是给我出难题啊，你一走谁来接手呢？”

其实他早就想好了人选——莫语涵明显不是做生意的料，也就是因为这一点，老杨才决定联合她，先赶走难缠的傅逸生，再架空她，把自己人扶上去，那铭泰就是他一人独大了。

傅逸生说：“不是语涵还在吗？再说，语涵没经验，这不是还有杨总你吗？虽然是第一次接触化妆品领域，但是凭你的能力，随便干干也不会赔钱。”

杨明本来还乐呵呵地听着，一听只是不赔钱而已，眉头立刻皱了起来：“你们当初找我投资的时候可不是这么说的，我记得第一年利润就不少，而且往后几年是递增的。”

傅逸生无所谓地笑了：“当初是当初，现在是现在，你也说了现在咱们是自己人了……”

傅逸生这话的意思再明显不过，就是当初是忽悠你，现在是交底儿了。

他继续说道：“再说这事也不是我主张的，毕竟是抢别人的饭碗，哪有一上来就赚钱的？而且后面的事儿我也管不了那么多了……”

“这么说傅总是打算全身而退了？你别忘了，公司也有你的股份，我们还是一条船上的人……”话说到一半老杨突然意识到，自己好像是在劝傅逸生留下，于是顿了顿又说，“这样吧，为了公司的利益，你把手上的资源交出来，你想走我不拦着你。”

傅逸生闻言冷笑，打发他走前还要他把资源交出来，真当他傅逸生是傻子了？

“在商言商，先不说我是不是要留一手，就说拓展领域这件事你也是知道的，我本来就不赞同，但是那是股东大会表决的结果，我也没办法。当初想着，如果是我自己做，我还有点底气，现在让我给别人做，就等于让我看着自己赔钱，那还不如干脆不要做，保持原样，不多赚至少也不赔钱。”

“你的意思是这事儿必须你做？”

傅逸生不再说话，亲自给老杨倒上酒：“算了，不说这些，扫兴。”

“别呀！你跟我说说，以你的估计如果你来做的话第一年的利润能保证吗？”

傅逸生笑道：“给你报的那个策划就是我做的，就是拍脑袋拍出来的利润值也不可能太离谱。”

老杨此时是肠子都悔青了，但是贼船已经上了，想下船也晚了。

他又问：“那后面几年呢？”

“我都说了，策划是我做的……”

傅逸生端起酒杯敬老杨。

老杨闷闷地喝下一杯酒，心情远没有来的时候那么好了。

谭晶晶又替老杨倒上酒：“杨总您也别着急，本来啊，现在生意就不好做。化妆品的事儿都不说了，前些日子，我手上一个大客户也不知道从哪听到的风声，听说傅总要走，后面的订单都不跟我们签了，这可是合作好多年的大客户。”

老杨一听到这觉得更不得了，他傅逸生一个人都能影响到整个铭泰了。他正愁眉苦脸呢，见谭晶晶笑着给他倒酒，他好像忽然就明白了什么。傅逸生再精明，在商场上也是他杨明的后生晚辈，真以为这点小伎俩就能算计到他吗？傅逸生不就是听到风声，知道莫语涵要联合自己对付他，所以这是做他杨明的工作来了吗？

想到这里，老杨心情好了不少，不过刚才的话也确实提醒了他，他的人都是房地产业出身，无论是做服装还是做化妆品都是外行，让他从外面聘人，不知根知底的他也不放心。不过，他的目的就是要挤走傅逸生、架空莫语涵，他们俩两败俱伤他才好渔翁得利，如果现在答应和傅逸生联手，那以后怎么对付傅逸生呢？

这才是真正的难题。

老杨正一筹莫展，抬头看到身边的谭晶晶，她今天穿了件黑色的一字领连衣裙，露出白皙的锁骨和脖颈，突然让他有点心痒。其实他以前就暗示过她，只是这丫头不识相，有事求他的时候在他眼前转悠转悠，没事的时候就当他是个傻子。

“杨总我敬您，以后在公司就靠您提携了。”

老杨顺势把手搭在谭晶晶的手背上：“谭经理是人才啊，不用说我也会委以重任，再说就凭咱俩这私底下的交情，我能让你委屈吗？但是啊，傅总还是你老板呢，你这话说得不合适，得罚。”

瞥到老杨那不规矩的手，傅逸生不由得皱了皱眉，但面上依旧不露声色，还迎合着老杨说：“是该罚。”

谭晶晶被灌了三杯酒，头昏沉沉的，起身说要去趟洗手间。傅逸生正好也有个电话进来，走出包厢接通，是陆浩告诉他明天就可以回来。

他挂上电话，抬头看到谭晶晶从洗手间出来，状态比刚才稍稍好了点。

他犹豫了一下走上前，说：“你先回去吧，剩下的事儿我来处理。”

谭晶晶笑：“哪有让老板留下处理事情而下属先回家的道理？”

“那也没有下属喝多了让老板照顾的道理。”

“不用你照顾。”

傅逸生只觉得额角那根神经突突跳着，如果不是洞悉老杨别有目的，如果不是他瞧不上那种下三烂的“交易”，他才懒得管谭晶晶的事儿。

“如果你就是想为自己的前途打算，那么人各有志，我不拦着你。但如果你是想替我排忧解难，那还是算了，我傅逸生不需要靠这个。”说完他没再理会谭晶晶，转身进了包间。

在包间门关上的那一刹那，谭晶晶的世界模糊了。这是她喜欢的男人，看似冷酷强硬，但始终跟别人不一样，他瞧不上那些被商人们津津乐道的龌龊手段，他冷酷却不冷血，从来都在意其他人的死活。也或许他还有温情的一面、柔软的一面，但那都是她看不到的，她知道，在他心里她只是个自不量力的蠢货。

谭晶晶抹了抹眼泪，转身走向前台：“帮我开间房。”

22

傅逸生回到包间，好久不见谭晶晶进来，想着她大概是听了他的话已经离开了吧。

老杨也问：“这小谭去个洗手间怎么去这么久？”

傅逸生说：“哦，她刚才说公司有事，先回去了。杨总，你看今天也不早了，要不就先这样？回头有空我们再聚。”

杨总一听谭晶晶先走了本来就没什么兴致了，于是也就没再说什么。可是临走前，他的手机振动了下，他拿出来一看是谭晶晶的短信，多余的话一句都没有，只有一个数字：“928”。

本来车子已经停在酒店门前了，就等着他上车，看到这条信息，他突然回头对傅逸生说：“我去趟洗手间，傅总不用等我了，回头有什么事儿电话联系。”

傅逸生看他一溜小跑回酒店，只觉得有点奇怪，这是吃坏肚子了？

这时候老郭也把车子开到了门口，客客气气地替他拉开了后车门，他也没有多想就上了车。

谭晶晶第二天没有上班，本来这种小事不会传到傅逸生的耳朵里，但是陆浩主管销售部。他刚出差回来，就听到销售部的同事私下里闲聊说老杨的老婆找了他一晚上，还有同事说看到老杨一早从酒店出来，再一间酒店的名字正是傅逸生昨晚宴请老杨的地方。

这里面每件事儿都很稀松平常，但是连在一起就有点蹊跷了，所以陆浩特意托了点关系去查了下，昨晚没有老杨的开房记录，却有谭晶晶的开房记录。

他有点不确定这事儿跟傅逸生有没有关系，两人约着吃午饭的时候他就顺口提了一下，没想到傅逸生的脸色瞬间就晴转多云了。

“她还真是冥顽不灵。”

陆浩问：“不会是你授意的吧？”

傅逸生没好气地瞪了他一眼：“我就算再不济也用不着这种下三烂手段。再说，她谭晶晶凭什么这么为我卖命？”

陆浩嘿嘿一笑：“这女人一遇到爱情不都会变得不理智吗？”

“这不是其他的事儿！”

傅逸生没有继续说下去，但那意思再明显不过——这不是普通的事儿，这是陪人上床，但凡他对她有那么一点怜香惜玉也不会让她这么做，更不会在她为了他这么做之后对她感激或愧疚。谭晶晶那么精明的人不会想不到这一点，除非……

“我看八成是想给自己留条后路吧，至于对我的那点心思估计也就是捎带的。”

“也是，其实说服老杨的事儿你做得已经差不多了，她那么做最多也就算锦上添花，她都做到这份儿了，之前得罪你的那些也该翻篇了。而且，万一不久之后你真被老杨挤走了，她跟了老杨也算有条后路……高啊！”

傅逸生没再说话，虽然事实差不多也就是如此，他也自认无愧于任何人，但是只要想到谭晶晶这么做或多或少和自己有点关系，他的心里就免不了烦躁起来。

好在原定于几天之后的股东大会没有如期举行，据说上会之前，老杨和莫语涵突然在某些事上产生了分歧，上会的议题便随之流产了。

傅逸生听到这个消息后，并不觉得多意外，尤其是看到光大的那份财务报表之后。那天该说的都说了，以他对老杨的了解，定会为了公司利润先稳住他，回头翅膀硬了再想方设法把他赶走。

这座城市里，每天都在上演这种你死我活、险象环生的戏码，他不是不厌倦，却只能适应。

从办公室出来，傅逸生沿着楼梯往天台走去。过去每当他觉得郁闷的时候，都会上来吹吹风，清醒一下，今天也是，只不过今天这里并非他一个人。

那人听到声响转过身来："傅总？"

傅逸生犹豫了一下走过去。

脚下是车水马龙、奢华繁盛的大都市，可是在这些光鲜亮丽的外表下，又有多少龌龊的交易呢？

过了许久，傅逸生对谭晶晶说："如果我是你，那天晚上我会乖乖离开。"

谭晶晶惨淡一笑："还真是好事不出门，坏事传千里，我在他们口中恐怕已经是龌龊不堪的了。"

"这是你的选择，你应该想到这样选择要承受什么。"

"是啊，所以无所谓，我不在乎别人怎么看，我只是……我……"

傅逸生没等她说完下面的话直接打断她："你觉得我傅逸生做什么需要靠这种手段吗？"

谭晶晶愣了一下，后半句话被噎了回去。

她摇了摇头。

傅逸生笑："所以那天让你走也只是单纯因为我瞧不上这些事儿。当然，人各有志，如果你有自己的想法那我管不着。但是我不希望你误会……那天无论是谁我都会先劝她走。"

明明知道他是这样的人，明明自己也做了别的打算，可亲耳听到他说这些话时，她还是那么不甘心。

"傅总，我能问你一个问题吗？"

正要转身离开的傅逸生停住脚步："你说。"

"如果莫语涵没有铭泰，如果她跟我一样就是普通人家的姑娘，你……还会娶她吗？”

傅逸生蹙眉：“这跟你有什么关系？”

“这个世界不公平，我就是想知道，如果是那样你还会娶她吗？”

这个世界的确没有绝对的公平，但有相对的公平。世人都说善良是一种选择，他相信如果莫语涵是谭晶晶，她只会比现在活得更简单快乐。

想到这里，他毫不犹豫地说：“我会。”

说起莫语涵，傅逸生想，这时候她大约还在背地里痛骂他老奸巨猾吧。想到这里，他不由得笑了笑。

下楼时，他给陆浩去了个电话：“来我办公室。”

傅逸生被罢免职务的危机解除后，他和陆浩就在忙化妆品生产线的事情。傅逸生此时找陆浩，陆浩以为还是这事儿，没想到傅逸生却说：“生产线那边的事儿你先交给下面的人做，我这有个新任务交给你。”

“什么事儿啊？”

傅逸生朝他勾了勾手，他会意地探头去听，听完不怀好意地看向傅逸生：“让我替你监视语涵？怕周恒那小子有不轨之举？”

傅逸生低头翻开一份文件：“现在公司局势微妙，看着点也好。”

“你少拿公司说事儿！你怎么想的我会不知道？”

傅逸生也不否认：“随便你怎么想，事儿办好了就行。”

作为老板的哥们儿兼下属，的确没有人比陆浩更适合这份工作。而且他也知道傅逸生和莫语涵闹掰的事情跟自己多少有点关系，早就想着将功补过，眼下就是机会，他绝对要打起十二分精神来办。

23

陆浩在莫语涵家楼下守了半个来月，就没见她出过几次门。其实周恒来的次数也不多，仅有的那么两次还是跟顾琴琴一起。不过顾琴琴倒是经常来，而且每次莫语涵出门都是和她一起。

这天周末，陆浩远远地看到顾琴琴的车载着两人出了地库。他也开着车跟上，没走多远在一家超市门前停了下来。两人进超市，他也进超市，一直保持着不远不近的距离。其实他完全不用跟得这么紧，但这负荆请罪的态度得端正，莫语涵挑零食的照片、莫语涵买青菜的照片等不管拍得怎么样全部发给了傅逸生。

照片发出去后，他躲在一个货架后给傅逸生发信息邀功："怎么样？哥们儿够敬业吧？"

过了一会儿，傅逸生回了信息："还有工夫跟我贫？小心别把人跟丢了。"

陆浩连忙抬头张望，刚才还在水果摊位附近的莫语涵真的不见了。

他正着急找人，感到有人拍了拍他的肩膀。

他不耐烦地回过头，正见顾琴琴放大的笑脸。

"哟，有点面熟啊。"陆浩佯装没认出顾琴琴来，"你是……"

这些天顾琴琴早就感觉到她和莫语涵被人跟踪了，一开始还担心是那种专门对独身女性下手的歹人，后来有一次顾琴琴认出了莫语涵家楼下陆浩的车，也就猜到大概是傅逸生的意思。她早就听说傅逸生已经成功化解了周恒和莫语涵给他制造的麻烦，既然如此还找陆浩盯着莫语涵，那么原因只有一个——余情未了呗。

想到这一点，顾琴琴一方面替莫语涵高兴，因为作为闺密她最懂莫语涵对傅逸生的心思；但是另一方面，想到莫语涵这些年受的委屈，怎么也得让傅逸生体会一下才行。

顾琴琴真怕莫语涵轻易放过傅逸生，所以没告诉她陆浩的存在，刚才也是趁着莫语涵挑东西的时候借口上卫生间来捉陆浩个现行。

面对陆浩拙劣的演技，顾琴琴不屑地笑了："果然是年纪大了，记性这么差啊。"

陆浩心里暗骂顾琴琴没大没小，面上却做出一副恍然大悟的样子："我想起来了，语涵的同学是吧？"

"你家也住这附近？"

"也不是……但是不远，过来买点东西。"

顾琴琴瞥了眼两手空空的陆浩，故意问他："买什么了？"

陆浩一着急，也没多看，随手从身后的货架里抽出一个小盒子：

“挑了半天，就这个吧。”

顾琴琴忍着笑：“给自己买的？”

陆浩心里还在嘀咕，上超市买东西给谁买的有那么重要吗？于是随口应了一声。

顾琴琴却仔仔细细打量了一眼他身后的货架，然后抽出另外一盒递给他：“我看，还是这款更适合你。”说完她摆摆手转身走人。

陆浩这才来得及看，原来他一开始从货架上抽出来的是款女士蕾丝内裤……难怪她会问是不是给他自己选的……

陆浩活了这么些年，无论是过去在学校还是现在在公司，都算得上是风云人物，虽然不像傅逸生那么人见人爱，但也拥有不少迷妹，从来没有像今天这样在女孩子面前丢脸过。

想到刚才顾琴琴那讥讽的笑容，他只感到满腔羞愤的怒火，再看那丫头后来“建议”给他的，倒是男士内裤，只不过是款大红色的，要多土有多土，而且尺寸嘛……莫非在她心里，他就是这样？

他愤然把两盒内裤塞回原处，正要离开，手机响了，是条短信，来自一个陌生号码：“同学，我们就不等你了，先走了哈！”

他一开始还好奇这人是谁，但再一看“同学”俩字，再猜不出来是谁就太不应该了。

“这个死丫头！”

陆浩突然意识到，如果不搞定莫语涵身边的顾琴琴，可能这次的“任务”很难顺利完成。

莫语涵看顾琴琴对着手机傻乐，不解地问：“你要陆浩的电话干什么呀？你们俩又不认识。”

“以前也不是不认识，就是没机会接触，以后就说不准了。”

莫语涵没去想顾琴琴这话是什么意思，孕期反应让她整个人都蔫蔫的，对什么事情都提不起兴致，这才出来逛了一会儿，就觉得累了。

她靠在椅背上闭目养神：“我先歇会儿，到了叫我。”

顾琴琴也注意到莫语涵最近状态不好，听她这么说不由得有点担心："你最近怎么了，是不是生什么病了？要不我陪你去医院看看？"

"没事儿，就是晚上有点失眠。"

"因为……傅逸生？"

莫语涵不置可否。

顾琴琴权当她是默认，又想到刚才的陆浩——挫一挫傅逸生的锐气固然是必要的，但是也不能让语涵继续这样下去。所以当陆浩突然发来信息说约她见一面的时候，她便爽快地答应了。

把莫语涵送回家，顾琴琴和陆浩在楼下的咖啡厅见了面。

因为两人都是奔着"合作"的目的来的，所以也没有再像之前碰面时那样唇枪舌剑火药味儿浓烈。

陆浩虽然一肚子不乐意，但是为了"拿下"莫语涵这个好闺密，他决定先低头。

他把一个购物袋子递给顾琴琴。

顾琴琴挑眉："这是什么？"

"礼尚往来，刚才多谢你的建议。"

想到刚才，顾琴琴就想笑，再一看陆浩递过来的纸袋子上的logo，是个内衣品牌没错。她随意朝袋子里瞄了一眼，尺码还正好，算他小子有点见识。

对面陆浩还不忘殷勤地端茶倒水，把自己搞销售公关客户那一套全部用在了顾琴琴身上。

"其实上学那会儿我就注意到你了，咱们这种工科院校美女本来就没几个嘛……所以我就想着让逸生牵牵线啥的，但是那小子……你也知道的哈，所以害得咱俩现在才算是不打不相识。"

虽然明知道陆浩是在套路自己，但是好话谁都爱听，顾琴琴也没之前那么防着他了："要我说傅逸生这种人就是咎由自取，现在还回来找我们语涵干什么？"

"对对对，我也这么说，但是这事儿的前因后果你也知道，因为我这张嘴没少给他们两口子制造矛盾，其实男人之间嘛，也就是过过嘴瘾开开玩笑，谁知道语涵会当真呢！"

“这事儿也不怪你，你充其量算是根导火索，还是怪傅逸生。”

“对对对，他这人什么都好，就是太迟钝。”

“他还迟钝？我听说语涵这边刚有点动作就被他洞察到了，漂亮地打了个胜仗啊。”

“这你就不懂了，输给语涵一百遍，傅逸生他也乐意，但是现在铭泰的情况比较复杂，搞不好就是螳螂捕蝉黄雀在后，傅逸生和语涵没准床头打架床尾就和了，那是自己人，但老杨可不是吃干饭的，我们在商场上打过多少回交道了，他不是善茬，多余的就不用我说了……”

陆浩边说边观察顾琴琴的脸色，发现她还真听进去了。

顾琴琴听完叹了口气，心里想的却是周恒终归是自私了点，她就不信他没想到老杨打了别的主意。

“算了，铭泰那些事儿我也搞不清楚，先说说吧，傅逸生为什么让你来监视语涵啊？”

“这怎么能说是监视呢？他是担心语涵，她从小娇生惯养的，一个人住还是头一次吧，怕她不适应。”

“那你也不能一直跟着她吧？”

“谁说不是啊！我好歹也是一个公司副总，就因为之前口无遮拦说错了话，现在每天就干这些事儿……”陆浩顿了顿说，“不过如果能帮到他们俩也算值了。”

顾琴琴想了想说：“这样吧，这里你不用来了，有什么消息我通知你，但是傅逸生那边的事儿你也要如实跟我们汇报。”

“傅逸生能有什么事儿？身边但凡对他有点想法的，不管男的女的都被他打发走了，那个谭晶晶你知道吧，现在被打发到销售部了，我看也待不长了……”

顾琴琴冷笑：“最好是这样。”

两人就这样愉快地达成了协议，第二天陆浩就回公司报到去了。

24

从那之后，陆浩和顾琴琴每天都定期向彼此汇报傅逸生和莫语涵的行踪。

陆浩告诉顾琴琴的无非总裁又开了什么会，做了什么英明的决策，加班到几点等。而顾琴琴的内容也没什么新鲜的，无非莫语涵又在家宅了一天啊，或者是下楼吃了点东西啊之类的。

看到这些，陆浩忍不住说："我说上次见语涵怎么感觉她胖了呢，这么宅下去想不胖也难啊。"

顾琴琴："你这么一说还真是，看来我得鞭策她一下，不能因为失个婚就失去人生方向啊。"

陆浩看着信息突然又想到什么，提醒顾琴琴："对了，咱那师弟最近没去骚扰语涵吧？"

"什么叫骚扰啊……不过周恒最近真的没怎么去找语涵。"

"为什么？"

"好像是关于光大投资的事情，那个杨总蒙了他，他也觉得挺愧对语涵的，最近正在想办法解决……反正没想到好的解决办法之前也不好意思总去找语涵了。"

看到这里，陆浩乐了，心里骂了句"该"，回复顾琴琴："行，后面保持联系啊。对了，上次那家店又上了新的款式，我让店员给你寄了一套过去，这两天你就能收到了。"

其实陆浩送顾琴琴内衣完全是因为上次图便宜在那家专卖店办了张卡，他又没有女朋友，没别的人送，上次送感觉顾琴琴还挺喜欢，索性就把这卡都用在她身上了。可是那边顾琴琴有点不好意思了，尤其是想到上次那款式……

"你总送女孩子内衣干什么？"

陆浩一愣，难道她不喜欢？于是又问："那你喜欢什么？"

顾琴琴对着手机屏幕无语地翻了个白眼，没好气地回复了一句："算了，白痴。"

第二天刚巧是周末，顾琴琴为了不让莫语涵真在家宅成个胖子，特意拉着她出去逛街。

临出门前，她发信息给陆浩：“我和语涵逛街去了，新街口。有事电话联系。”

陆浩正在傅逸生家里讨论收购某新型化妆品品牌的事情，看到这条信息立刻回了个“OK”的表情。

傅逸生见状问他：“怎么了？”

陆浩有心邀功，一五一十地汇报道：“语涵和琴琴去逛街了，琴琴跟我汇报呢。”

傅逸生好整以暇地点了支烟：“琴琴？叫得挺亲热啊。”

“知己知彼百战不殆，不打入敌人内部怎么知己知彼？”

傅逸生懒得管陆浩是如何打入敌人内部的，不过眼下顾琴琴愿意帮他倒是件好事。

陆浩又说：“周恒那小子办砸了之前的事情，暂时没脸见语涵，你看你打算什么时候亲自出马？”

“我没按照她的意思离开铭泰，她现在一定更恨我了。”

“话是这么说……那你就不想见她？”

傅逸生没有说话，想到这些天里自己总是有意无意地路过她城西的住处，不是想她又是什么？

他几不可闻地叹了口气：“继续说说你说的那个牌子……”

顾琴琴发现莫语涵不但真的胖了，而且品位、喜好也跟着身材走了样。她现在好像特别偏好那种肥大款式的衣服，还有不限身材的平底鞋……她为此吐槽了莫语涵一路，但是莫语涵好像乐在其中，还是坚持自己的选择。

好不容易逛得差不多了，两人打算打道回府，刚出商场的门，却迎面遇上一个“熟人”。

顾琴琴并不认识谭晶晶，但回头看莫语涵的脸色，也猜出了一二。

谭晶晶回过神来，只想当作没有看到莫语涵绕过去，可是顾琴琴哪肯放过这种好机会，挡在她面前说：“看到你老板连个招呼也不打？”

谭晶晶抬头看了顾琴琴一眼，又看向莫语涵，不卑不亢地叫了声：“莫小姐。”

莫语涵虽然不担任公司职务，但好歹也是公司最大的股东，她却只叫莫语涵“莫小姐”，不用别人多想，也知道她的意思。

莫语涵自然也清楚，谭晶晶对自己既不敬也不畏，但她又觉得没必要跟谭晶晶计较，平白掉了自己的身价。

可是谭晶晶想到傅逸生那天在天台说的那些话，却是一肚子的不甘心：“我不习惯叫您‘莫总’主要是公司里大家一提起莫总想到的都是老莫总，您理解的吧？”

莫语涵笑了笑：“这个你随意，反正我们也不是有很多机会能见到。”说完莫语涵不打算多停留。

可当她和谭晶晶擦肩而过的一刹那，谭晶晶突然说：“我能为他做的还有很多，你呢？除了从你父亲那里继承来的还有什么？”

还不等莫语涵有所反应，旁边的顾琴琴先急了：“你以为你是谁啊？这话你有本事对傅逸生说去，他搭理你你再跑来耀武扬威也不迟！”

谭晶晶冷笑一声，却不再说什么，径自走向商场。

谭晶晶走后，顾琴琴才发现莫语涵脸色不好，连忙安抚她：“你别听她瞎说，爱情这东西不是一味倒贴就能得到的。以前你配他傅逸生绰绰有余，以后也是！”

面对好友的安慰，莫语涵只是敷衍地点了点头。可是谭晶晶有说错吗？铭泰，是她在和傅逸生的这段感情中她最不自信的根源所在。

这个秋天不算冷，尤其是这一天更是艳阳高照，莫语涵却觉得自己从里到外都是冰凉的。

或许是因为心不在焉，或许是风声太大淹没了身后顾琴琴的声音，总之她没有听到顾琴琴叫她，也没有注意到咖啡馆门口的轮滑少年，再抬起头时，莫语涵见到那孩子已经张牙舞爪地扑向她……

她脑中冒出的第一个想法竟然是——一看这家伙就是个新手。

狗血的事情天天有，而越是怕什么就越是来什么，或许老天都觉得是时候和过去做个了断了，所以莫语涵连最后一点过去的“尾巴”都没有抓住。孩子没了，她和傅逸生也就真的完了。

出事以后，顾琴琴在医院里打电话给陆浩。她实在不知道该找谁说说这事儿，她太自责了，想着这前前后后的事情，她怪自己怎么就没察觉到莫语涵怀孕了呢？怎么就那么好斗和那个谭晶晶说那么多话呢？如果不是她们在那个时间出现在那个地方，那么莫语涵此时也不会躺在医院里。

陆浩听了顾琴琴断断续续的叙述，有点摸不着头绪：“你说谁的孩子？”

“还能有谁的？傅逸生的！”

莫语涵有了傅逸生的孩子，但是当他知道这个孩子的存在时孩子却已经不存在了……这个消息让本来已经平静下来的两个人再次陷入困境。

傅逸生火急火燎地赶到医院，莫语涵却已经离开，与此同时电话不接，信息不回，人也消失得无影无踪。看来，她是要彻底断绝和他的所有联系了。

这个认知让一向沉稳淡定的傅逸生产生了前所未有的恐慌。他开始疯狂地寻找莫语涵，找遍城市的每一个角落，找遍任何她可能去的地方。公司里的事情自然是顾不上了，化妆品品牌收购的事随他去吧，还有什么生产线，和他有什么关系？

无论老杨怎么说，无论那些股东怎么说，傅逸生是彻底不想管了，一时间铭泰第一大股东消失，第三大股东兼CEO无心工作，铭泰上下乱作一团。

任谁看了这样的情况都会着急。陆浩找顾琴琴商量对策，顾琴琴只顾着自责，也不关心铭泰和傅逸生的现状，而至于莫语涵现在在哪，她也躲躲闪闪不肯多说。

陆浩心烦意乱，但看着面前哭哭啼啼的顾琴琴也没什么脾气，索性一伸手将人搂在了怀里。

顾琴琴愣了一下，但也没反抗，趴在陆浩怀里哭得更厉害了。

哭完，顾琴琴说："让傅逸生别找了，没两天语涵就回来了。"

25

时值月中，一轮明晃晃的月孤寂地挂在夜空中。莫语涵无意中抬头一看，正见薄纱般的云层在明亮的月盘上慢慢变化着形状。

起风了，竟然比乡下的夜晚更多了些凉意。

她紧了紧肩膀上的衣服，一刻不停地往楼上去。

因为路上耽搁了点时间，她到家时已经是深夜。从电梯间里出来，她觉得自己已经凉透了，瑟缩着手指去打开密码锁。或许是这一过程她太专注，竟然没有注意到身后有人。而当厚重的防盗门打开的一刹那，她清晰地听到身后响起一声重重的叹息。

莫语涵吓得手一抖，可还不等她有所反应就感到身子被人强行翻转过来，然后重重地压在刚开了一点的防盗门上。

啪嗒一声，门又合上了。

走廊里的感应灯应声亮起，莫语涵看到眼前的人，卡在嗓子眼里的那声呼救又被咽了回去。

多日不见，那张脸依旧英气逼人，只是神情中却不见了往日的桀骜。他慵懒地笑着，眼底却写满纠结和苦涩。

"你怎么在这？"莫语涵问。

"你说呢？"

他一说话，她才知道他喝了酒。

她别开脸想尽量避开他，傅逸生却像是故意的，索性将脸埋在她的颈窝处。温热的气息喷洒在她的脖子上，痒痒的。

"我找你好久了……"

莫语涵叹气，她早听顾琴琴说了，铭泰大乱，可是那种时候难道乱的只有他们吗？这一年她经历的一切远比她过去二十几年加起来经历的都多，父亲的离世，她的婚变，最后连她在这个世界上唯一的羁绊都没了……她也彷徨，也无措，可是纠结了那么久，伤心了那么久，现实终归是要面对的。所以她选择回来，选择面对他们，选择重新上路。

对面电梯上的数字又开始变换起来，一点点地接近他们所在的楼层。莫语涵的邻居经常在这个时间段回家，万一真是他们，被这样撞见了，以后再见面难免会尴尬。

想到这里，她只好说："进去说吧。"

傅逸生这才稍稍离开她一些。她重新输入密码开门，两人一进门，果然就听到门外电梯门打开的声音。

她才松了口气，一回头才发现自己又被傅逸生圈在了怀中，手掌之下正是他强有力的心跳。

她抬头，对上他灼灼的目光，在没有开灯的屋子里，唯有那双眼睛泛着剔透的光芒，而下一秒一双温软的唇便覆了上来。

伴随着那久违的触感，记忆的闸门再一次开启，那些关于爱情的回忆像洪流一样袭向她。

他曾无数次吻过她，从第一次到今天已经快十年了。这十年里，她的一切都与他有关，那些青涩的过往、辛酸的过往，当然也有甜蜜的。

隔着一扇门，邻居家两口子有说有笑的声音越来越近，传入莫语涵的耳中，让她的意识重新归位，她连忙推开身前的人。傅逸生喝了酒，重心不稳被她推得一个踉跄跌坐在沙发上，与此同时，她以最快的速度摸到墙上的开关，开了灯。

门外的人还在，一阵窸窸窣窣的声音，像是在开门。门里的人也安静着，好像在等待着什么。

两人一站一坐谁也不说话，终于听到一声关门的声音，莫语涵才再度开口："你来干什么？"

傅逸生没有立刻回答她的问题，只是从身上摸出一包烟抽出一支自己点上。他并不是那种烟瘾很大的人，只有心情不好的时候才会抽烟。或许他真是喝了不少，打火机对着烟点了两次才点着。

他长长地吸了一口，夹着烟的手揉了揉太阳穴，任谁都看得出他疲惫极了。

"因为想你了啊。"

莫语涵的双眼一下子就模糊了。多少年了，他从来没有说过这么温情的话，这是第一次，却也是在她决定要彻底放下他的时候。

她转过身，怕被他看出来，走进厨房忙忙碌碌地开始烧水泡茶。她决定，只让他再停留一杯茶的工夫，就让他离开。

而当莫语涵端着茶从厨房出来时，却发现傅逸生不知道什么时候已经靠着沙发睡着了，手指间那支烟也差不多烧到了头，烟灰落了一地。

她放下茶杯，探手轻轻地将烟蒂从他指间抽出，正要转身去找垃圾桶时又听到身后传来一声“语涵”。

她以为是他醒了，可是回过头看他，他还像刚才那样睡着，只是看上去睡得并不安稳。

傅逸生再醒来时，已经是第二天。他躺在沙发上，身上盖着条薄被，房间里满是绿豆的香味。

他坐起身来，打量着房间内的陈设，这是他们离婚后他第一次来这里，与印象中不大相同了，看得出是莫语涵精心装扮过。她总是这样，喜欢买一些小物件，以前两人一起过日子时他觉得这些都是累赘，可如今看来，有了这些，家才更像个家。

窗外天已经大亮，不难看出是个好天。屋内静悄悄的，只有厨房的方向似乎有人影晃动。

傅逸生起身走过去，看到莫语涵正站在灶台前煲汤，身上还围着一条粉红色的Hello Kitty围裙，很寻常的打扮，却让人看了觉得很温暖。他自己都没察觉到，自己在看到这一切的时候是笑着的，曾经被他忽视的一切在此刻都显得那么弥足珍贵。

他情不自禁地走到她身后，将专注煲汤的她拥入怀中。

或许是没有察觉到他醒了，在他抱住她的那一瞬间，他明显地感觉到怀里的人动作一僵。

懊悔和贪婪让他觉得羞愧，但他知道有些话必须说出口。

他轻轻摩挲着她头顶的发，顺应自己的内心请求她：“语涵，回来吧。”

“回哪？”

“我们重新开始。”

“重新开始？”她似乎在笑，“是因为觉得有愧于我吗？”

“愧疚？应该也有吧。但是更要命的是，我发现自己从未放下过你。孩子没了不要紧，我们的未来还很长，只要有你在，一切就都有可能，但是如果你不在，一切也就都没可能了。”

莫语涵没有说话，平静地关掉火，盛出一碗汤，转身递给傅逸生：“喝了吧，醒酒的。”

傅逸生有点高兴地接过那碗汤，以为她终究也是放不下他的，可是等他喝完却又听她说：“喝了就走吧。”

傅逸生端着碗的手不由得一顿，末了自嘲地笑了笑。经历了这么多事，她早就不是当初的她，他们也早就不是当初的他们，他哪来的自信还以为她仍停留在他一探手就能触碰到的地方?

他将碗放在灶台上，终究还是忍不住问她：“你还爱我吗？”

莫语涵抬起眼，大大方方地与他对视，表情异常柔和，甚至还有淡淡的笑意，他听到她说：“我爱过你。”

第六章 “语涵”

26

在家待久了，莫语涵想做点事让自己忙起来。可是她对自己学了多年的专业一点兴趣都没有——事实上她对大多数事情都没什么兴趣。

但是漂亮的女孩子都爱美，她也不例外。她就像集邮一样收集了几乎所有品牌的化妆品，但至今也没发现哪个是特别适合自己的。后来闲着无聊的时候她还跟着网上的教程手工制作了一些化妆品，至此一发不可收拾，甚至还专门上了好长时间相关的培训课。那时候公司面临岔路口，而她支持拓展化妆品领域，有一部分原因就是自己喜欢。

所以，当她放下公司的事情，决定自己做点什么的时候，她第一个想到的就是开家小店，做自己的品牌。

周恒乍一听莫语涵要做自己的化妆品品牌，还当她是在为铭泰的事操心，但再仔细一听发现并不是那样。之前他因为看错了老杨押错了注，害得莫语涵陷入两难，一直想着将功补过，此时听莫语涵说起这事，倒是给他一个机会。

很快，周恒托了点关系促成了X市最好的化妆品实验室和莫语涵的合作，有专门的研发团队负责研发，而莫语涵也亲自参与了研发，在产品中灌入自己的理念。与此同时，新的公司已经注册好，开始着手装修店面。

这段时间莫语涵很充实，她也终于理解了为什么莫景铭、傅逸生这样的人前赴后继地把所有的精力投在公司上，面对的压力是一方面，最重要的是从中收获的成就感是什么都无法替代的。然而，要做成任何一件事，都不会一帆风顺。当一切都已经准备就绪时，生产线又出了问题。

因为是新兴品牌，市场不会需要很大的供应量，所以大部分生产线不愿意接这种活儿，有少部分愿意合作的，但是费用高昂，核算到单个产品上，定价就高了很多，既不适合莫语涵对品牌的定位，也不利于新品牌的推广。

一腔热情瞬间被消磨了一半，莫语涵这才意识到做生意并不是件容易的事，她不得不承认，无论是莫景铭还是傅逸生都做着许多人做不了的事。有那么一刻，她甚至不受控制地想，如果傅逸生在，或许一切就没那么难了。

这边莫语涵正一筹莫展，那边傅逸生早就料到会是这样的局面。

陆浩跟他汇报完莫语涵的近况，忍不住抱怨道："你说这语涵放着自己家这么大的生意不管，学人家创什么业啊？"

傅逸生不以为然："这未必不是件好事。"

"好在哪？我怎么看不出来？"

"你看不出来的多了。"傅逸生放下手中的笔，交代他，"跟城东那家工厂谈一下，说我们下一批货在那里生产，条件是他把语涵那边的单子接了，按给我们的价格走。"

"不好谈吧？接咱们的活他们肯定乐意，但是把语涵的也接了，人家可就没什么赚的了，这以后怎么补偿他们？毕竟我们有自己的生产线，也不能总拿出去找人代工吧？"

"这就不用我们操心了。"傅逸生像是想到了什么，笑了笑说，

“你告诉他们，语涵以后不会亏待他们的。”

“喂喂，什么意思？你不会真打算用铭泰去贴补语涵那毛都不齐的小公司吧？家业再大也经不起这么个败法……”

“按我说的去做。”

几天之后，周恒带来了一个好消息：“城东那家工厂愿意合作，而且价格不高。”

莫语涵先是高兴，可转念一想又觉得不对：“那他们为什么要接不赚钱的生意？难道有什么问题？”

“不应该吧？”周恒得到消息后只想着来找莫语涵报喜，完全没有多想，此时被她这么一提醒，也觉得有点不踏实。但是生产线他们之前都去考察过，从规模到资质完全没问题。他想了想说：“难不成是看上合作前景了？”

莫语涵狐疑地看着他：“你没拿铭泰去做幌子吧？”

铭泰现在依旧是傅逸生当家，她虽然是最大的股东，但还真不好拿铭泰去给人家许诺什么，而且……

周恒自然明白她的意思：“你要是想拿铭泰做招牌早就回去铭泰挂职个什么‘总’了，你这是心血来潮想体验创业的全过程，包括碰壁。”

莫语涵笑了：“希望就碰这么一次吧。”

她想来想去还真想不出那家工厂愿意合作的理由，最后也只能等着见面谈的时候再好好了解一下。

而等到双方见面时，对方还真如周恒说的那样，就是看中了和莫语涵的合作前景。

这对莫语涵来说是莫大的鼓舞，她觉得能遇到这家合作厂家，还算是挺幸运的，于是当下就许诺可以让这家工厂以代工的模式入股，加工费用按照之前商定好的照付，而且如果以后莫语涵做大了，所有的产品都会优先选择这家工厂代工。

工厂老板听到这种好消息也并不觉得多意外，毕竟铭泰那边都打过招呼说这家老板不会亏待他们了，这么一看，果然如此。

以莫语涵的名字命名的化妆品“语涵”正式投入市场，而她最初唯一想到的问题也如约而至——或许所有好的东西被人接受都需要一个过程，不例外的是，“语涵”的推广也遇到了困境。

起初莫语涵把产品推广的工作外包给了一家专门做推广的公司，钱是没少花，但是收效甚微。

傅逸生听说后只是想着让陆浩给她找家靠谱点的推广公司，可是莫语涵却突然放弃了传统的推广模式。

她以前就很喜欢看一些网红视频，也知道推的东西不一定都靠谱，但就是爱看，所以这一次，她索性试着联系一些她经常关注的主播，结果投入不多，但产品的线上销量明显提升了不少。

顾琴琴说：“你何必花那冤枉钱，有哪个主播比你更合适？”

周恒却不以为然：“你让语涵干这事儿？掉不掉价？”

顾琴琴和周恒你一言我一语争论个没完。莫语涵心里也在权衡——铭泰的大小姐的确没必要做这样的事情，可是她以前就是太把自己当铭泰的大小姐了，才会走到后来的穷途末路，或许真的跳出这个身份，她反而可以收获一方海阔天空。

这是莫语涵第一次想抛开一切只做自己想做的事，不管别人怎么看，只为了自己开心。

后来她找了个制作团队录制了一则影片讲述“语涵”的诞生，以她为主角，从最初的“一无所有”到有了“语涵”，里面关于品牌的理念、研发过程、制作流程都有出现。

这则影片被投放到各大新媒体平台，钱依旧没少花，效果也确实不错。

陆浩是在傅逸生的办公室里看完这则影片的，看完之后许久他才回过神来：“你说这是谁给她出的主意？”

傅逸生关掉投影仪，笑了笑说：“周恒一个书呆子，不是做生意的料，难道是你家顾琴琴？”

陆浩知道傅逸生在打趣他，无所谓地笑了：“看来这老莫家的基因不简单啊，从老爸到闺女都是商业奇才。”

傅逸生没说什么，陆浩这话无疑是太夸大了，不过通过创立“语涵”这事儿的确可以看出，她确实有点做生意的天赋，当然这和她常年跟着莫景铭耳濡目染脱不开关系。

不过这样的莫语涵让傅逸生更期待，他突然很好奇，到底还有多少是她拥有而他不了解的?

陆浩突然又问：“对了，语涵那边你打算怎么办? 你们真的就这样了? ”

孩子没了之后，陆浩知道傅逸生曾去找过莫语涵，可是找到之后他们说了什么、做了什么没人知道，只是在那之后，傅逸生再也没有提起过要怎么处理和莫语涵的感情，如果不是他还被要求定期汇报莫语涵的近况，他真以为傅逸生要放弃了。

“就这样? 哪样? ”傅逸生笑了笑，“如果未来没有莫语涵，我的人生的确也就这样了……”

27

下班回家时，傅逸生的车子不知不觉就开到了城西，路过高校附近的一条商业街时，远远地望见林立的霓虹间有一个醒目的名字——“语涵”，他不由得放慢了速度。其实那招牌并不大，他却一眼就看到了。

他鬼使神差地停了车走进去。

导购小姐立刻迎了上来：“先生您要选点什么? ”

“我随便看看。”

导购并没有立刻退开，而是默默地跟在傅逸生身后。

这家店装饰以墨绿色为主，贴墙摆放着颇有年代感的铜艺货架，上面是各式各样包装精美的化妆品。与其他化妆品店的装饰风格不同，傅逸生发现，这家店没有大面的镜子，也没有那么多灯光装饰，墙上空出的地方挂满了照片，他仔细看，发现所有的取景都来自隔壁D大，门口的第一张就是D大图书馆。

傅逸生站在那张照片前看了好一会儿，如果没记错，那是他第一次见到莫语涵的地方。

身后的导购大概以为他对面前的产品感兴趣，忙凑上前来为他介绍："这个系列是我们卖得最好的，不过适合比较年轻的皮肤。这个系列抗氧化的功效很少，但是保湿效果很不错，价位上也是最合适的，还有个很好听的名字。"

傅逸生低头扫了一眼货架上的东西，问："什么？"

"初恋。"

"初恋……"他喃喃地咀嚼着这个词，末了笑了笑，"谁起的？"

"我们老板啊，就是语涵的创始人。您主要考虑哪方面的产品？我再帮您介绍介绍。"

听导购介绍着不同系列的产品，傅逸生仿佛看到了一个女孩的成长，从青涩到成熟，从天真烂漫到心事重重，到最后，他似乎就看到莫语涵站在他面前。

有那么一刻，他突然很想见见她，在过去这段时间里被他压抑着的思念一下子如潮水般翻涌。

他问导购："买得多有优惠吗？"

"可以给您办张我们店的会员卡，积了分兑换产品。"

"只有这个？"

"买够一定额度还有神秘大礼包。"

傅逸生笑了笑，他实在想不出莫语涵能在礼包里准备什么新鲜的东西。

他说："我可以买更多。"

导购有点为难："这个我做不了主，您是想要更多赠品还是想要折扣？"

"我想见见你们老板。"

为了方便了解销售情况，莫语涵把公司的办公地点就设在店面的二楼。她每周有两三天的时间在这里集中处理反馈的问题，今天她刚巧在。

刚才听楼下的导购说有位大客户要见她，她还好奇是什么人，可当她看到来人的背影时，就一切都明白了。

她以为这么久没见，她就快忘记他了，可是当她只堪堪看到一个不甚清晰的背影就知道是谁时，她才意识到，那人的影子怕是已经烙印在她的记忆深处了，不是她想忘掉就能忘掉的。

听到身后的声响，傅逸生回过头来，朝她淡淡一笑。

他笑得颇有风轻云淡的意味，而之前那个冷漠的他、懊悔的他、失望的他都消失不见了。他又做回了傅总，从容不迫、能掌控一切的傅总。

莫语涵突然发现手心里竟然冒汗了。她不知道自己在紧张什么、害怕什么……又期待什么……

“不给我介绍介绍？”傅逸生这么说着，却没有看货架上的东西，而是看向墙上的那些照片。

“我的店员没介绍清楚吗？”

傅逸生不置可否：“我想听你再介绍一遍。”

莫语涵站着没动：“如果你感兴趣的话，我们产品介绍的光盘可以给你带一份。”

她不乐意，他也不勉强。

他看了眼墙上的照片，又说：“这挺不错的，像个故事。”

莫语涵无所谓地笑了笑：“悲剧结局的故事，有什么好的。”

“结局都还没有，哪来的‘悲剧结局’？”

“一个故事已经结束了，结局早就有了。”

“那这个故事说不准会是下一个故事的序章呢？”

说话间刚才接待傅逸生的那位导购已经替他打包好东西，差不多十来个购物袋被拎到他面前。

莫语涵见此情形，问：“买这么多，用得完吗？”

“你是说我也可以用？”

“如果你喜欢。”

傅逸生看了眼地上的东西，说：“用不完没关系，就当公司福利了。如果他们说‘好’，下次我再来。”

莫语涵不想领他的情："其实你大可不必盯着我们家，名不见经传的小品牌怕是入不了那些精英的眼。"

"入不入得了其他人的眼我管不着，不过……"傅逸生顿了顿说，"不支持自家的东西去支持外人，这亏本的买卖我从来不做。"

他们身边那导购小姑娘听得云里雾里，看上去自家老板和这位先生不像认识的，但是又听他说什么"自家的东西"，难道他们认识？

不过也不等她多琢磨，莫语涵不想再和傅逸生周旋下去，对导购说："把东西给这位先生送到车上去。"说完她不多停留，说了声"慢走"便转身上了楼。

导购小姑娘和傅逸生一起将东西送到了傅逸生的车上，临走前，那小姑娘还是问出了心中的疑惑："您为什么想见我们老板啊？"

傅逸生被她问得愣了一下，转瞬无奈地笑了，还能为什么？

莫语涵站在二楼的窗前看着傅逸生的车子离开，这才打电话到前台："让小玲上来一下。"

小玲送走傅逸生便去了莫语涵的办公室："您找我有事？"

莫语涵状似无意地关心了下今天的销售情况，末了还是说到了傅逸生："今天那位先生怎么就说到要见我的？"

小玲想了一下，把和傅逸生的对话重复给莫语涵听。

莫语涵想了想又问："那他说找我没说有什么事吗？"

能有什么事？小玲想到刚才自己在楼下问傅逸生的问题，当时他怎么说的来着？

他说："想见所以想见。"

傅逸生把车子停进车库，回头看到后座上那些写满她名字的购物袋时，不由得有些出神。

今天见到她这个状态，说实话他应该替她高兴的，可是他内心里又忍不住恐慌——她越是独立就越是不需要他，他们会不会就这样渐行渐远呢？

而这并不是他刻意冷落这段感情的初衷。

他们的感情曾经遭受到无法治愈的重创，已经不是他的忏悔或者求饶就能挽回的，他们需要的是一次彻彻底底的改变，所以傅逸生才决定暂时让关系冷却，让彼此冷静下来，再选择一个合适的机会重新开始。

现在看来，他不能再等了。

28

“语涵”的问世过程虽然遇到些小波折，但总的来说还算顺利，而且第一家店开业没多久，莫语涵就打算在城东加开一家实体店。新店开张的当晚，周恒替莫语涵组了个局，宴请几方合作商，庆祝“语涵”的初战告捷。

合作商们都看到了赚钱的前景，各个都很高兴，尤其是代工厂的赵厂长，简直觉得自己捡到块宝。他一边拉着莫语涵商量后续的合作计划，一边琢磨着如何感谢一下铭泰那边。

莫语涵是真的高兴，一不小心就多喝了两杯。等到饭局结束的时候，差不多已经将近午夜。

周恒开着车送莫语涵回家，莫语涵也不知道是困了还是醉了，靠着车窗看着窗外。不过可以看出，她的心情不错。这大约是莫景铭去世以后，周恒第一次见她这么高兴。

“语涵。”

“嗯？”

“真好。”

莫语涵回头看他，不明白他怎么没头没尾冒出这么一句。

周恒笑：“能看到你开心，真好。”

“谢谢你，这段时间多亏有你。”

莫语涵本以为周恒会说她太见外，他曾经也总是这么说，可是没想到这一次，他却很认真地点了点头：“所以你要怎么谢我？”

莫语涵不由得一愣，不过还好她早就想好了，她要将“语涵”的一部分股份拿出来给周恒，之前之所以没跟他说，主要是那时候她也不太确定“语涵”到底能不能赚到钱。现在好了，让她多多少少有了那么点底气。

“谢当然要谢。其实材料我都准备好了，我决定把公司百分之三十的股份给你，百分之三十是少了点，但是考虑到将来要给合作商和一些管理层分股份，所以也只能给你这么多。不过如果‘语涵’能做大，那这百分之三十还是挺可观的。”

莫语涵说得起劲，可是她发现周恒似乎并不高兴。等她说完很久，她才听到他似乎笑了笑。

“你是嫌少吗？”莫语涵不确定地问。

周恒无奈地叹气：“看来你是打定主意拿钱打发我了。”

这话听上去像是句玩笑，然而说话的人和听的人都明白，这并不是个玩笑。车上的气氛有点尴尬，好在车子已经开到了莫语涵所住的小区。

周恒放缓了车速，说：“我说这话不是想看你为难。的确，你当初已经说得很清楚，你给不了我什么，可是感情不是说放下就能放下的。不过好在过去的那些事也已经过去很久，你能不能也试着考虑一下，我们……”

周恒的话没有说完，他看到前面不远处，莫语涵的公寓楼下，停着一辆银色Q7——他们都很熟悉那是谁的车。

见他们驶近，从那辆车的驾驶位上下来一个男人，正是傅逸生。

“他怎么在这？”周恒问。

半天不见莫语涵回答，他瞥了她一眼，发现她正望着傅逸生出神，他心中的火气噌地蹿了起来。

本来已经降下速度的车子又突然加速，在莫语涵的惊叫声中几乎是贴着傅逸生的身体停下来的。

这么明显的挑衅傅逸生不可能看不出来，但是他不在乎，只是望着车子里的莫语涵。

看着她下车，他说：“我想跟你谈谈。”

周恒这时也下了车，没事儿人一样跟傅逸生打招呼：“不好意思啊师兄，刚才没看到你。”

傅逸生面无表情地瞥了他一眼，又看向莫语涵："单独谈谈。"

这明显就是让周恒走人，可周恒听到这话也不生气，反而笑着问傅逸生："谈什么啊这么神秘？不会是表白吧？咱哥儿俩还真是心有灵犀，我刚表白完你就来了。"

刚才见到他们两人一起回来，还是这么晚，傅逸生还能勉强维持淡定，但是此时听到周恒这么说，他刚才在楼下等她时所有不好的猜测和顾虑又全部冒了出来。

他看向莫语涵，发现莫语涵的目光并没有停留在他身上。

这是在回避他的视线吗？可是为什么呢？难道她已经答应周恒了？

或许是因为真的在意了，才会患得患失，才会总缺少点自信，久经沙场的傅逸生在莫语涵面前也不能免俗。

这么僵持了一会儿，莫语涵对周恒说："你先回去吧。"

她都发话了，周恒也没理由再留下来，尽管也会担心，也会吃醋，但面上他还维持着胜利者的姿态，大大方方地跟傅逸生挥了挥手告别。

目送着周恒的车子离开，良久，傅逸生才收回视线，再对上莫语涵时，他问："你爱上他了吗？"

莫语涵沉默了片刻说："这和你已经没有关系了。"

傅逸生自嘲地笑了笑："我突然就想到一句话'出来混早晚是要还的'。所以我现在是在接受惩罚吗？"

莫语涵一直觉得自己已经放下傅逸生了，可是如果真是那样，此刻听他这么说时为什么会觉得有点心痛呢？

害怕被他看出端倪，她不想多停留，径自朝着傅逸生身后的公寓大门走去。然而就在她从傅逸生身边经过时，手臂被他一把拉住。

"我知道你还在怨我，我也不指望你现在就回到我身边，但是我想知道，你要怎样才能原谅我？"

"你要原谅？"莫语涵转过头看他，"那就从铭泰离开。"

她原谅他的条件竟然是让他主动从铭泰离开，她果真这么不想见他吗？

傅逸生死死地盯着她，企图从她的眼睛看进她心里，看看她内心深处最真实的想法到底是什么。

然而，她并没有给他机会。

她别开视线说：“好好考虑一下吧。”说着便抽出手走进了公寓大门。

莫语涵离开良久，傅逸生才动了动手指，那种心脏抽痛，四肢麻痹的感觉他绝对不想体会第二次，他终于明白为什么那个词会叫作“心痛”，因为心真的会痛。

开着车离开，傅逸生却没有回家，银色的Q7在空荡荡的街道上穿梭，最后停在了一家酒吧门前。

他的心痛得静不下来，思绪疲惫却仍不愿意休息。或许只有酒精的力量能让这一切先暂停下来。

这不知道是今晚的第几杯酒，眼皮终于开始发沉，脑子里的节奏似乎也慢了下来，手上的打火机有一下没一下地发出吧嗒吧嗒的声音，像是在提醒着他，不能在这里醉倒。

将杯子里最后一点褐色液体一饮而尽，他再抬起头时，正对上对面吧台一个姑娘的视线。其实他早就注意到了，那姑娘从他进门起就盯着他。他假装没看见，他今天实在没心情理会这些不相干的人。可那姑娘见他看过去，竟然从椅子上下来，朝他走了过来。

“不请我喝一杯吗？”

傅逸生只觉得头疼。

一只纤细的手攀上他的肩膀，她仰视着他，眼神迷离又不羁。

傅逸生这人有点洁癖，和一般的人都会保持恰到好处的距离。如果是了解他的人，不难猜出此刻的他已经是忍到极限了。

他勾起嘴角笑了笑，朝着酒保做了个手势给那姑娘加了个杯子。不就是要杯酒吗？是不是可以把手拿开了？

可是明眼人都知道，这不是一杯酒就能解决的事。一个是火辣性感、风情万种的独身女孩，另一个是看上去心情有点不佳，但绝对沉稳帅气的独身男人，两个人在酒吧里遇见了，攀谈上了，怎么可能就是一杯酒的事?

酒保将一杯酒放在女孩面前时，那暧昧的一笑就足以证明一切了。

可是这个时候，傅逸生却不动声色地拨开那只手，捞起椅背上的外衣起身：“慢慢喝。”

那姑娘还没来得及从错愕中回过神来，他便已淹没在舞池的人群当中。

傅逸生缓步走出酒吧，走得不算快是因为刚才喝进去的那些酒精已经开始发挥功效了。酒吧外夜风微凉，他却浑然不觉。

门口有人问：“需要代驾吗?”

他摆了摆手，径自上了车。

29

之后的几天，莫语涵再没见到傅逸生。想起那天晚上的对话，她会忍不住自嘲地想，那时候她竟然真的有期待，也有为难，不知道傅逸生真的提出离开铭泰的话自己会怎么做。可是她哪来的自信，认为他真的愿意为了自己离开呢?

“莫总，开会了。”

莫语涵回过神来，起身朝会议室走去。公司渐渐做大后，每个月会召开一次例会，公司上下各区的销售经理以及负责渠道和营销的同事都在，一方面是汇报上个月的销售情况；另一方面，关于后续的销售计划、营销方案都会在会上讨论。

人到齐了，各区经理开始做汇报。莫语涵坐在会议室的首位，却总有些心不在焉。这时候，放在桌子上的手机突然响了，她看了眼来电显示是顾琴琴，犹豫了一下接通电话。

她尽量压低声音：“什么事儿?我开会呢。”

电话那边却好像完全没有领会到她这边的情况，扯着嗓子喊道：“语涵，出大事了!”

会议室里静悄悄的，顾琴琴的声音通过莫语涵的手机听筒传了出来。正在做汇报的销售经理听到这句，不由得停下来看向莫语涵，似乎是在用眼神询问她要不要继续。

自从那晚傅逸生走后，莫语涵一直觉得心慌慌的，总觉得有什么事情要发生，此时听到顾琴琴这么说好像验证了她的预感。

她问：“什么事？”

“傅逸生出车祸了！”

几乎是同时，莫语涵从椅子上弹了起来：“什么时候的事？”

“前几天的一个晚上……这些天陆浩不是出差了吗？他今天刚回来，才听说这个，我也是……唉，语涵你要有心理准备，我听说他那辆车差不多是报废了……”

莫语涵边听边往会议室门外走去，听到这句话脚步不由得慢了下来，半晌，她叹了口气：“我知道了。”

听到身后有人叫她，她回头扫了眼会议室的众人：“不好意思各位，今天有点突发情况，会议时间我会让人另行通知各位。”

问清了地址，莫语涵马不停蹄地赶去医院。她也不知道自己为什么这么匆忙，见了面又要说什么，但是想到这么久了傅逸生还没出院，那么铁定伤得不轻。

在去医院的路上，莫语涵焦急地看着车窗外，瞥到与她匆匆擦肩而过的路人，突然就想到最后一次赶去医院见莫景铭时的情形，差不多也是这样。

心里那道防线彻底崩溃了，她在乎的人怎么都一一离她而去？而直到这一刻，她才意识到，原来在她心里，她还是在乎傅逸生的。

VIP病房在住院部的顶层，从服务到硬件装潢，都不像是医院，更像是酒店。但是无论如何，都掩盖不住那消毒水的气味，还有那种让人心情压抑的静谧感。

她走到傅逸生的病房门前，轻轻地敲了敲门，没人回应，门却因此微微敞开了一条缝隙。

莫语涵小心翼翼地将门推开，风一瞬间从半敞开的窗子灌入，薄薄的白色窗帘被吹了起来，在房间内翻飞舞动。

床上没有人，被子被整齐地折好放在床头，床单很平整，几乎没有一丝褶皱。房间内没有堆满鲜花，哪怕床头也没有，桌上空空荡荡的，也没有她想象中的凌乱文件……这里没有一丝属于他的痕迹。

莫语涵退到门外，看了眼房间号，她没有进错，确实就是这间病房，可是这里根本不像有人住过。莫语涵想起她在楼下咨询台问起傅逸生的房间号时，那个护士奇怪的眼神，难道有什么已经发生的事情是她不知道的?

心里的不安渐渐扩大，她去口袋里翻找手机，想打个电话给顾琴琴，可是手机拿出来，她却发现自己连手指都是颤抖的。

她怕了，慌了，至于为什么怕、为什么慌，她不愿去细想……

顾琴琴的号码早就烂熟于心，可是她一遍又一遍总是输不对。她正跟手机较着劲，突然听到身后有人叫她的名字。

“语涵? ”

听到这个声音，莫语涵心中先是一惊，紧接着五味杂陈全数变成失而复得的喜悦。

她回过头，正见傅逸生穿着不怎么好看的病号服站在阳光中朝着她微笑。

他很少这样微笑，但每次这样笑起来就能让周遭都感到温暖。

他没想到她会来，毕竟上次见面时她说出那么决绝的话，至今想来都让他觉得心痛和挫败。比起怨恨，更让他无法接受的是她的不信任。没有信任又哪来的依赖，她终于不再需要他了……

老杨的威逼下他没想过离开铭泰，可是在那天，从莫语涵那离开后，他真的想过离开。然而新领域拓展并不顺利，传统领域合作方也因为铭泰高层的动荡而动摇了合作的想法，老杨还在董事会上动作不断……现在还不是他离开的时候。

车祸后他一直没让公司的人知道这事，就是怕有人趁机做文章，也是最近确认他没什么事了，才让陆浩知道。

本来这场意外怎么看都不是好事，但是今天见到莫语涵，他竟然觉得是自己赚到了，看来她还是在意他的。

“你怎么来了？”

据说是出了很严重的车祸，可是傅逸生除了右手臂打了石膏，其他似乎没什么大碍。莫语涵回过神来，说：“来看看你死没死。”

傅逸生上下扫了自己一眼，笑着问：“所以是让你失望了，还是放心了？”

“不管怎么样吧，好歹你也是公司的大股东，你是死是活我总得弄清楚。”莫语涵顿了顿说，“不过现在既然见到了，那我就先回去了。”

她刚要离开，却被傅逸生挡住去路。

他低头看她：“别骗自己了。”

莫语涵不明所以。

傅逸生说：“你似乎很担心我。”

这也是她对自己最失望的地方，可是偏巧被傅逸生看出来了。

半晌，她笑了笑说：“不是你想的那种担心。”

虽然从听说他出事的那一刻起，她就已经慌得体面全无，但是刚才进病房以后的一切，她自认为处理得还算不错。不过她不敢确定，继续和傅逸生这样下去她还能不能全身而退，所以匆匆告辞便要往外走。

而这一次，人还没走到门口，她就被身后的人猛地拉了回去。她只觉得额头一痛，整个人便结结实实地撞进了某人的怀抱。

她连忙推开他：“你干什……”

可是她的话还没说完，就被一双温软干燥的唇堵了回去。他难得像这样吻得霸道、不留余地，几乎将她所有的理智吻掉。

莫语涵想，下一秒再推开他吧，可是一秒又一秒，当两人都快窒息时，是傅逸生稍稍离开了她。

他双手捧着她的脸，像捧着这世间最珍贵的东西。

他声音喑哑地说：“车子冲出马路时，我第一个想到的就是你，你不知道我当时有多不甘心，不是不甘心就这样死了，而是不甘心就这样离开你，更不甘心还没看到你幸福就离开。”

见莫语涵不说话，他低声问：“你心里还有我对不对？”

莫语涵叹了口气，退出他的控制范围：“既然我们是因为铭泰走到了一起，那么也好，就维持这样，只有铭泰一个纽带，你继续做你的傅总，公司继续靠你赚钱。你不是一个好丈夫，但是不可否认，你是个好的舵手。铭泰需要你，但是莫语涵不再需要你了。”

说这些话的时候，她始终低着头不敢看他。她想把最残忍的话说给他听，以为报复过后会有快感，可是她怎么也想不到，自己竟然也被这些话伤得体无完肤。

30

这天晚上X市开始下雨，莫语涵躺在空荡荡的房子里，听着雨声渐渐入睡。

梦里也下了雨，她跟着傅逸生走出图书馆，见下了雨，两人各自把伞打开，他只回头看了她一眼，确定她还在身后，便冲入了雨中。其实那个时候，他们已经在谈恋爱了，而且雨也不是很大，图书馆外随处可见亲亲热热共撑一把伞的小情侣。梦里的莫语涵挺不高兴的，甚至觉得很委屈。一路上她憋着气，不愿与他说话。

直到经过宿舍门前那块施工凹地时，她才不得不停下脚步。面前的路积满了雨水，莫语涵低头看着脚上那双崭新的白色帆布鞋，有点犹豫。那时候，已经走出很远的傅逸生似乎终于意识到身后还有个人，他回头看向她，立刻就明白过来是怎么回事。他也只迟疑了一瞬便又折回来，皱着眉，满眼遮掩不住的不耐，刚毅的面庞在夜色中显得异常冰冷。

她以为他会说她娇气不懂事，可是下一刻她便被一只有力的臂膀拦腰提了起来。

他轻轻松松地将她捞起，又轻轻松松地把她送到没有污水的干净路面上。

“以后下雨天别穿这种鞋。”

虽然还像是在训话，但听在莫语涵耳朵里已经完全不同了。

她嘟了嘟嘴，说：“我不。”

一切都仿佛发生在昨天，一切又恍若隔世。

手机响了，梦里的少男少女都消失了，只有雨声依旧。莫语涵迷迷糊糊地接通电话，是顾琴琴，告诉她一会儿会来。

挂上电话，莫语涵彻底清醒了。她坐起身来，看了眼外面湿漉漉的天气，意识到就在刚才，她又做了那个梦。

她连忙从床上爬起来，打开柜子，在药箱的后面找到了那个破旧的鞋盒，掀开盖子，正是她昨晚梦中穿着的那双鞋。这么多年来，她一直将其保存得好好的，就连离婚后都是如此。

她突然觉得挺可笑的——她将自己和傅逸生的每一个瞬间都过得像一个盛大的仪式一样，最终却惨淡收场。但是不可否认，想起那时候的自己和他，她觉得一切还是挺美好的。

她不后悔爱上那个人，也庆幸他给了她很多美好的记忆，她甚至可以确定，直到此刻，她的心里还有他，可是那又能怎么样呢？破镜无法重圆，她应该清醒，他们分手的姿态并不难看，她还可以悄悄地把他藏在心里的某个角落，等着某一天，他自己消失。

“听说傅逸生昨天下午出院了。”

莫语涵想到她去的时候病房里整洁的样子，还害她担心了半天，原来是早就准备好要出院：“估计也没什么事吧。”

“谁知道呢，车祸现场那么吓人，就算他外表看上去没什么不对劲，但谁又能保证看不见的地方有没有留下后遗症？对了，你昨天见到他了吧，他状态怎么样？”

“挺好的，胳膊上打了石膏。”

“那还真是万幸……对了，你看到那个校庆通知没？”

“校庆？”

顾琴琴掏出手机给她看，原来他们班的微信群里，班长已经发过通知了，只是莫语涵没注意。

D大是一所老牌名校，每五年一小庆，十年一大庆，百年校庆可想而知是非常隆重的。莫语涵上学时曾赶上过一次小庆，那时候她和傅逸生还有周恒都是学生会的，而那个学期学生会最重要的工作就是承办校庆的有关活动。

那时候分配到部里的活儿多数是体力活，部里本没指望她们女生干得了什么，便给女生们放了假。然而莫语涵怎愿错过跟傅逸生私下接触的机会，她自告奋勇地包揽了租借音响设备的任务，部长一高兴就特意把她和傅逸生分到了一组。

傅逸生搬着设备进进出出，莫语涵一直像个小尾巴一样跟着他进进出出。已经够忙了，她还在一旁添乱，最后“千年冰山”也有点吃不消了。

傅逸生无奈地说：“你能不能在旁边老实一会儿？”

被责备的莫语涵却望着他扑哧一笑。

“脑子坏了？”

莫语涵也不生气，笑呵呵地从小包中翻出面巾纸，轻轻地将他鼻尖的一抹黑痕擦去。那时候她还没有把他追到手，看着他面红耳赤却强装淡定的模样，她心里很有胜利的快感，那也是她第一次意识到，被外人传得如何冷情的傅逸生，或许只是个有点腼腆的大男孩，他也会有常人的情绪，也会紧张，会心动，或许还会在未来的某一天爱上一个人，并为她痴狂……

“我听说很多校友都会从外地赶来参加校庆，啧，到时候一定很热闹……语涵！语涵！你在听吗？”

莫语涵回过神来：“我下个月会很忙，不一定有时间去，你找周恒一起吧。”

“再忙连半天的时间都抽不出来吗？百年校庆啊！错过就再也没有机会了！周恒我早问过了，那天他有事去不了！”顾琴琴突然意识到什么，神秘兮兮地说，“你是在介意傅逸生吧？不用担心，他不会去的。”

莫语涵诧异地瞥了好友一眼：“你怎么知道？”

“你忘了？你家亲亲姐妹我已经打入敌人内部了，这可是最新鲜的敌情啊！陆浩说傅逸生那天要去海南出差。”

“哦，那不正好吗？老板都不在陆浩也不会有什么事，让他陪你去正好。”

顾琴琴冷笑：“就是因为傅逸生不在，陆浩才不在，你见过老板一人在外面出差的？去嘛去嘛！求你了！傅逸生不在你怕什么？”

莫语涵被顾琴琴磨得够呛，只好说：“反正是下个月，到时候再说吧。”

在接到老杨的电话的时候，莫语涵正和周恒在赶去见客户的路上。事实上，自从上次老杨中途倒戈，反悔解除傅逸生CEO职务一事之后，他和莫语涵还有周恒这边就算是闹掰了。据说当时周恒还多次去找过他，但是都没有结果。再加上莫语涵最近听说，老杨在这段时间也并不安分，搞得铭泰高层乌烟瘴气，所以这次接到他的电话时，她还是挺谨慎的。

老杨像没事人一样问候莫语涵的近况，恭喜“语涵”势头不错，在莫语涵就快失去耐心的时候，他终于拐入正题，原来他是想再引进一家来料供应商。

铭泰对供应商的把关是很严格的，虽然现在服装都是赶个潮流，很少有人真把衣服穿到破的，但是莫景铭的理念就是品质和设计同等重要，铭泰的设计团队越来越接轨国际化，那么品质也要对得起这份设计。所以老杨想增加一家来料供应商，这并不是小事。

莫语涵想了一下说：“那就让采购部门去考察，最后的结果报到傅逸生那，大家讨论一下，如果合适也没什么不可以的。”

她话是这么说，但实际上大家都听得出来，她是拒绝了——如果老杨找傅逸生说得通，又怎么会找到她这个“不问朝政”的人呢？

“这么点小事我们俩还做不了主吗？用得着找傅逸生吗？还是语涵你还对上次的事情耿耿于怀呢？”

“您说哪件事啊？”

见莫语涵装傻，老杨呵呵一笑说：“行吧，我去找傅逸生。”

等莫语涵挂上电话，周恒说：“你刚才不该拒绝他的，他要增加供应商就让他增加好了，万一后面反馈不好再找个由头踢出去不就行了吗？”

莫语涵摇了摇头：“如果我现在连拒绝都拒绝不了，到时候恐怕也踢不出去吧？再说，他增加供应商是为了什么？无非为了利。正常来说股东不会坑自己公司，但是他投资铭泰的那些钱是他的吗？那是光大的钱，赚不赚钱跟他本人关系没那么大，顶多是影响到他在光大的威望而已。但是这次他肯定是为了自己的利益来找我的。”

“话是如此，但是你这样不就等于把他往傅逸生那边推吗？万一他俩达成同盟回头挖个坑把你埋了，到时候不是更麻烦？”

说到这个莫语涵就头疼。傅逸生和光大的股份加起来将近47%，而她的股份还不到28%，如果他们真的联合起来想对她采取什么行动，她肯定是无力反抗的。就像她不去掺和铭泰的事情，并不是她真的不想去，而是现在她已经掺和不进去了。所以她才创办了“语涵”，宁愿在“语涵”上投入更多的精力，一方面可以历练自己；另一方面，说不准“语涵”会成为她出奇制胜的一支奇兵。可是眼下，即便是卧薪尝胆，她也不能为了讨好老杨，没底线地答应他的那些要求。

“莫家在铭泰的根基不是说动就能动的。”

“那傅逸生呢？他在铭泰的根基也很深啊。”

莫语涵心烦意乱地看向窗外，其实在她心里，一直抱着侥幸的想法——如果傅逸生想对她赶尽杀绝，怕是早就动手了。

第七章　四种选择

31

不久之后，莫语涵听说老杨果然去找了傅逸生，据说两人在办公室里谈了很久，而且老杨离开时心情好像还不错，看来是各自达成所愿了。

听到这个消息后，莫语涵的心情阴郁了好几天。后来她一直等着公司那边来请示她关于这件事的意见，可是一直没有人来。她以为公司现在连做做样子都免了，正为此气得够呛，可一打听才知道，这事在上会前被搁浅了，至于为什么搁浅，她就不得而知了。

聊完铭泰的那点事情，周恒才想起来自己打电话给莫语涵的另一个目的："我们班那个苏俊你还记不记得？"

莫语涵想了想，有点印象，好像也是学生会的人，当初跟周恒的关系不错。不过毕业后傅逸生在他创业阶段帮过他，所以他跟傅逸生的关系也不错。

"当然记得，我听说他现在在B市开了家公司，自己当老板了。"

“嗯，这不是过两天就校庆了，他特意赶过来，提前和大家聚聚。他现在就在金贵，我正赶过去，你在家的话，我顺路去接你一下。”

莫语涵想都没想就拒绝了：“人家是叫你去，又不是叫我去。”

周恒笑：“我就知道你会这么说。苏俊是做什么的你知道吗？”

这个问题把莫语涵问住了，她只听说他开了公司，做得还不错，但那公司究竟是做什么业务的，她倒是真不清楚。

周恒说：“他是专门做品牌营销的。‘语涵’虽然歪打正着开了个好头，但是品牌要做大还是要有专门的营销团队。我觉得公司前期完全可以把这部分工作外包出去，你觉得呢？”

确实是这样，其实莫语涵也渐渐意识到，“语涵”当前的营销策略完全不能满足它的发展需求了，确实应该把这个交给更专业的人来做，她最近也一直在考察相关的团队，但到目前为止还没有找到太合适的。

“他们做过哪些？”

“这个网上都有，很有名的那个珠宝品牌，还有内衣、家具……涉及领域倒是很多。他做这行早，有经验，在业内很有名望的，也不是是家公司找他他就接的。不过是我们的话，那肯定没问题。”

她想了想说：“可人家也没叫我，我就这样过去不合适吧？”

“这小子给我下了个硬指标，要我无论如何也要带几个女同学过去，你不就是吗？”

莫语涵笑了：“好吧，那我这就准备一下。”

金贵算得上是X市顶级的会所，苏俊衣锦还乡，很大方地订下了金贵最大的一个包间。还离着老远，莫语涵就听到里面吵吵嚷嚷的笑闹声。

莫语涵之前常听说这里，但是自己还没来过。听到包间里的声音，她半开玩笑地问周恒：“这地方不会有什么别的服务吧？”

周恒笑：“能有什么？无非就是打打牌、唱唱歌，要是真有什么也不会叫你来了。”

两人有说有笑地走到包间门口，门推开的一刹那，那笑闹声将两人的声音彻底淹没。

见到周恒，苏俊第一个迎了过来："你小子总算来了，让大家等你你好意思吗？"

周恒大概扫了眼包厢内的人，无所谓地笑了："都是老熟人，有什么不好意思的？"

苏俊随手从桌上拿起一瓶酒，一边倒酒一边说："反正你是来晚了，怎么也得自罚三杯。"

周恒推开苏俊递过来的酒杯："罚酒的事一会儿再说，你托我请的人我可是请来了。"

苏俊之前的确托周恒多请几个常来往的女同学来，此时听他这么一说，乐呵呵地问："是吗？谁呀？"

周恒笑了笑，往旁边让了一步，正好让他身后的莫语涵出现在大家的视野中。可是在座的同学，包括苏俊在内，在看到她时的表情都有点……诡异。

有那么一瞬间，众人面面相觑，然后有意无意地朝两边退让，恰巧让出了一条缝隙，让门口的莫语涵和周恒能够看到坐在后面麻将桌边的傅逸生。

原来后面的麻将桌边还坐着四个人，除了傅逸生，其他三个人听说周恒来了都站起身相迎，只有傅逸生，在莫语涵看过去时，他像没事人一样，一边抽着烟一边看手上的牌。

车祸过去一个多月了，看来他是好得差不多了。莫语涵收回视线，朝苏俊笑了笑："好久不见。"

苏俊这才回过神来，连忙迎上来："莫师姐大驾光临，蓬荜生辉呀！"

说着他经过周恒时还不忘用手肘狠狠地撞了周恒一下，那意思周恒怎会不明白？

其实他也不是故意让大家尴尬，他是真的没想到苏俊会请傅逸生来。不过转念他又觉得没什么，莫语涵早晚得适应这种有傅逸生存在的场合，毕竟他们和普通离了婚的夫妻还不一样，他们之间还有公司，也就还有千丝万缕的联系，说不准多见几次早点适应，反而能让莫语涵早点放下过去呢。

但是苏俊可不这么想。上学时莫语涵和傅逸生的事情就被传得沸沸扬扬，然而人家男才女貌大家也没什么好说的，所以他们一毕业就结婚也是大家预料之内的。可苏俊尴尬就尴尬在他和周恒的关系更近一些，所以最初在莫语涵和傅逸生的关系还不太明朗的时候，他还自作聪明地以周恒的名义写过情书给莫语涵。虽然当时他更多是想戏弄周恒，但这就相当于在那场两男一女的狗血争夺战中给自己贴上了周恒的标签。

毕业后，他创业遇到困难，辗转找到傅逸生帮忙，当时还担心他会因为之前的事情记恨自己，没想到傅逸生也不知是真忘了还是不在意，二话不说就帮了他。

他心存感激，也庆幸自己当年虽然犯过小错误，但好歹没有意气用事破坏人家夫妻感情。而且后来听说周恒这些年也没再和莫语涵联系过，他就真当以前的事情是彻底翻篇了，所以这次他请了傅逸生的同时也请了周恒。

不承想见着老同学，私下一聊他才知道，傅逸生和莫语涵竟然离婚了，而正当他庆幸自己没在傅逸生面前提过莫语涵时，周恒这小子却带着莫语涵来了……

太尴尬了！素有“暖场王”之称的苏俊都没招了。

“还打不打？”傅逸生嘴里含着烟，没什么耐心地瞥了眼站在麻将桌边发呆的三个人。

有人先回过神来，说：“来来，继续！”

周恒完全无视苏俊飞来的眼刀，拉着莫语涵往包间里走。

点歌机旁有两个女生在点歌，见莫语涵和周恒过来连忙让出地方。

“你想听什么？”周恒问。

莫语涵有点心不在焉：“随便吧。”

她这反应，虽然让周恒有点失望，但他还是笑着说：“我记得你以前喜欢陈奕迅，点首《你的背包》怎么样？话说你借我那包我现在还保存得好好的。”

说话间正赶上切歌的空当，周恒说话的声音不算大，在这时却所有人都听得清清楚楚，当然也包括那边专心打麻将的傅逸生。

周恒出国那年，莫语涵送了些本土特产给他带到国外吃，当时是随手在家里找的包，如果不是后来搬家时傅逸生问起，她几乎都忘了。

想起这些，莫语涵开始后悔自己今天出现在这里，开始坐立不安。周恒似乎看出她的不安，安抚性地在她手背上拍了拍，他这个小动作无疑让莫语涵更不安了。好在歌曲的前奏已经响起，周恒拿起话筒，不再看她。

32

趁着其他人没注意，莫语涵起身，往包厢外走去。

其实包厢内也有独立的卫生间，但是她想出来透透气。

她洗了把脸，让自己更清醒一些，想到今天来这里的目的，那么也不能白白尴尬半天空手而归，总要和苏俊聊聊再说……再不济也要约好下次见面的时间吧。

这么想着，她稍稍放松了些。可当她从洗手间里出来时，却突感头顶光线一暗，抬头一看，正对上傅逸生情绪不明的双眼。

还不等她反应过来，他伸手一捞将她拉入怀中。她试图推开他，他却纹丝不动，甚至将她更牢靠地压在后面的墙壁上。

“那么多话对别人说，就没有要对我说的吗？”

她停止了挣扎，扫了眼他之前受伤的手臂：“看来是好利索了，真是好了伤疤忘了疼啊。”

他低声笑：“托你的福。”

“我确实有话要问你——老杨提的新增供应商的事你打算怎么办？”

傅逸生当然知道莫语涵在担心什么，但是他偏不说破：“你希望我怎么办？”

莫语涵被他这油盐不进的样子气得不轻，又担心一会儿有同学从包间里出来看到他们这样，那更尴尬，于是丢下一句“随便你吧”便欲摆脱傅逸生往回走。

是她刚走出半步就又被傅逸生拉了回来，比刚才更狠、更果断……而就在他吻上她的前一刻，她听到他声音喑哑地说：“除了信任我，你还有别的选择吗？”

莫语涵眼睁睁地看着那张脸在自己眼前放大。

是啊，除了指望他高抬贵手放她一马，她竟然真的别无选择。

他吻她，她并不反抗，他撬开她的牙齿也不费任何力气，她只睁着一双毫无情欲的眼睛冷静地看着他。他闭上眼，想忘记她看他的眼神，可是那神情却像印在他的脑中一样挥之不去。

他抬手去拂她的双眼，她如他所愿闭上了眼，眼泪却顺着眼睫流了出来。

他终于放下因为忌妒而产生的那点执念，颓然地伏在她的肩窝里：“就这么让你痛苦吗？”

她没有回答“是”或者“不是”，只是说：“我们都不是小孩子了，这种游戏没意思。”

“这不是游戏，是你爱我，我爱你，我们还相爱。”

“我们现在这样，不是相不相爱就能解决的。”

“为什么？”

“你记不记得我很讨厌吃羊肉，我爸却很喜欢？”

傅逸生不知道她为什么突然说起这事，半晌应了一声。

莫语涵说：“我爸喜欢是因为他最冷最饿的时候吃到了我妈做的羊肉汤，所以他觉得那是人间美味。而我第一次吃的却是我爸这个从不下厨的人做的，又腥又臊寡淡无味，几乎是我童年时期的噩梦了。所以自那以后，不管是哪家大厨做的，只要是羊肉我都不会碰一下，因为我怕了。第一次爱上你、嫁给你，如今看来都算不上什么太愉快的经历，我又怎么说服自己再去这么做？”

傅逸生没想到自己给莫语涵带来的伤痛竟然这样刻骨铭心，他抬起头来心疼地看着她："对不起，对过去，我无能为力，但是以后……"

莫语涵朝他摇了摇头，让他后面的话再也说不出口。

她说："其实你应该学着放手了，这个世上不会有谁离开谁就活不下去的事情。我们对每个人来说都不是唯一的选择，就像一个拼图块，有四个边可以与其他的块相拼接，当一个拼图块千辛万苦找到一个匹配它的拼图块时，可能会因为许多事它们不能在一起，但是它还可以去找寻另外三个拼图块。所以我们都不是彼此的唯一。"

傅逸生冷笑："说来说去，你是打算去找新欢了？"

莫语涵不置可否。

他问她："如果我不允许呢？"

"你……"她以为自己已经说得够清楚了，一般人也应该妥协了，怎么他还是这么冥顽不灵呢！

"至少不允许你像现在这样。"

莫语涵有点生气了："哪样？"

"你可以去找你的那些所谓的拼图块，但是我们之间不可能断得干干净净。"

"你还想怎么样啊？"

"作为多年的老同学、铭泰的股东、同床共枕过的夫妻，你觉得我们断得干净吗？当然我也理解你说的那些，所以我会好好考虑去找个新欢，但是在那之前你得给我点时间，让我慢慢适应。"

虽然这要求有点无理，但莫语涵还是问："要多久？"

"不知道。先从朋友做起吧？"

"朋友"这个词可真是世间最暧昧不明的一个词，无论是点头之交还是莫逆之交都算是朋友。所以听到傅逸生提出这个要求，她几乎是想都没想就同意了。

傅逸生笑了："真的可以？"

"是的。"莫语涵甚至昧着良心说，"其实我一直希望是这样。"

他笑意更甚："那好。既然是朋友，电话应该要接，信息应该要回，偶尔也该见个面、吃个饭什么的……不然哪算得上是朋友？"

“这……没必要吧？”

“有必要。”

“那我反悔。”

“你确定？”

“我确定。”

“关于老杨的联盟提议，我拒绝了，包括他那个什么关系户供应商和许给我的那些好处，我也拒绝了。”

傅逸生没头没尾地说这么一句，倒让莫语涵一时间没反应过来。待她听明白他的意思时，她困惑了。以他的能力，还有时至今日他在铭泰的威望，他完全可以借着老杨的手把她踢出局。届时铭泰不但是他的囊中之物，而且她相信，甚至不会有人对他这次“谋朝篡位”说什么。

说来或许卑鄙，但是商场如战争，他不正该如此吗？可是他选择拒绝，原因是什么她大概猜得到，但还是想要问问他：“为什么？”

她听到傅逸生的回答是：“除了你的感情，你的其他我都不要。”

周恒唱完歌发现莫语涵并不在包间内，回头再看，傅逸生也不在，他心里立刻就有了点不好的预感，一出门果然就看到走廊深处两个交叠在一起的身影。

垂在身侧的拳头紧了又紧，他太失望了，太矛盾了，就快没有耐心了，不知道要等她到什么时候……所有的情绪一股脑地涌上心头，但是最终那双拳头又渐渐松了开来。

他无比克制地叫了一声她的名字。他知道，他之所以能这样全是因为在乎，在乎到不得不小心谨慎地维持两人的关系，让她没有压力，也不会厌烦，直到水到渠成的那一刻。可是水到真的可以渠成吗？

听到声音，那对身影总算分开了。莫语涵慌里慌张地从傅逸生的臂下钻出来，快步向他走来。

周恒勉强扯出一个微笑，故意不去看远处的傅逸生：“这地方大，怕你迷路，我就出来看看。”

“哦，我……不太舒服，想回去了，可以吗？”

周恒问：“哪里不舒服？”怕是“旧疾”又发作了吧？

莫语涵看了他一眼，没说什么。

周恒笑了笑说：“那我送你回去吧。”

33

莫语涵还没来得及再去联系苏俊，第二天苏俊却自己找上门来了。

他在电话里再三道歉，说之前没听说她和傅逸生的事，昨天才搞得大家都尴尬。其实莫语涵已经渐渐适应这种尴尬了，毕竟傅逸生说得对，他们有太多的交集让两人没办法断得干干净净，那么就该做好心理准备面对这种尴尬。

“你有什么好道歉的，我昨天不辞而别才该道歉，主要是我昨天确实不太舒服。”

“是啊，昨天都没机会聊聊，这几天找个时间再聚。”

两人东拉西扯了半天，莫语涵渐渐切入主题，谈到了“语涵”的品牌推广问题。她本来以为自己需要花很大工夫向苏俊介绍“语涵”，没想到她才只说了个开头，苏俊那边就说这几天会出个方案给她，等校庆过后两人再细聊。

挂上电话，莫语涵第一次体会到和熟人合作的好处，至少节省了不少沟通成本。

接下来的周末，就是D大建校百年的日子。按照约定，顾琴琴早早地来接莫语涵，而两人的车子刚到D大附近，就开始寸步难行了——D大四周大小路段全因为校庆的事情堵得水泄不通。

好不容易从一个小巷子里拐出来，两人决定找个地方停车，走去学校。而这一路上，三米一个小广告牌，十米一条大条幅，随处是“欢迎××届校友重回母校”的字样。

顾琴琴感慨："有钱啊，大阵仗啊！"

莫语涵看着熙熙攘攘的人群，却在担心另外一件事："你确定傅逸生不会来？"

"是啊。"顾琴琴抬手看了眼时间，"这会儿飞机都该起飞了。"

莫语涵这才放心地点了点头。

顾琴琴拍了拍她的肩膀："反正你今天来就对了，你看看这乌泱泱的人，返校的校友可不少，说不准就能遇上你以后的合作伙伴。对吧，我们的大企业家莫总？"

莫语涵被顾琴琴一本正经的样子逗乐了："叫莫总就行，大企业家暂时还谈不上。"

"你们家基因好，我看也就是早晚的事儿。"

说话间，两人到了学院礼堂。因为堵车耽误了点时间，她们赶到时，礼堂里已经坐满了人。她们刚找到座位，主持人就宣布典礼开始了。

其实所有的典礼都差不多是那几个环节，枯燥乏味，没什么新意。但是坐在礼堂里，听到久违的校歌旋律，莫语涵却忍不住想起多年以前。

毕业那年，也是在这里，傅逸生是优秀学生代表，要上台发言，所以没有跟她坐在一起，而她成了茫茫人海中仰望他的那个人。

当时看着台上的傅逸生，她心里美滋滋的，觉得自己是这个世界上最幸运的人。但实际上那时候莫语涵正处在和莫景铭抗争的阶段，莫景铭甚至学电视剧里的那一套断了她的经济来源。不能随便花钱，对一向大手大脚的莫语涵的确是个考验，但是那又怎么样，在那个有情饮水饱的年纪，即便两个人都一穷二白，即便看不到未来，但是她依旧开心，她甚至觉得有生之年能够为爱疯狂一次，都是人生幸事。

想到这些，莫语涵凄凉一笑，当初她怎么就那么单纯地认为傅逸生是跟她一样的呢？

校庆结束，莫语涵班上的辅导员，也就是现在的院办主任张老师，又张罗着大家去长江边吃鱼。上学那会儿，张老师负责两个班，莫语涵他们班和隔壁傅逸生他们班。莫语涵和张老师关系不错，原本想着反正傅逸生没来，她正好跟张老师叙叙旧，可是临出会场前她竟在靠近门口的座位上看到了某人。

不知道他是什么时候来的，又是什么时候在人群中找到了她，在她注意到他的时候，他正微笑着注视她，好像就是在等她。

身边的顾琴琴也看到了傅逸生，不等莫语涵兴师问罪先叫起冤来：“我真不知道他怎么会出现在这，难不成是陆浩骗我……哎我说你那是什么眼神，好像不是很相信我？”

莫语涵磨磨蹭蹭地往前挪着步子，几乎是咬牙切齿地说道：“你前科累累！我怎么相信？”

“真不是我……”

“回头再跟你算账！”

每往前走一步，莫语涵都觉得心跳更快了，她不知道自己在怕什么，明明那天在金贵的时候她已经说得很清楚了，他们现在只是……朋友关系，那就当朋友来相处吧！

当莫语涵走到傅逸生跟前时，他很自然地站起身来跟着她们往礼堂外走，但是一句话也不说。

莫语涵想着一会儿出门就找个由头先离开，可他刚出了门就被守在外面的张老师看到了。

“看你们也没开车，我车上还有俩空位，正好搭美女。咦，逸生也在。”

傅逸生跟张老师打了个招呼说：“我开车了。”

“那好，地方你知道吧？咱们到那会合。”

其实那天从金贵离开后，莫语涵就大概猜到，不出一个晚上，她离婚的消息肯定就传遍他们系了，今天再看张老师这反应，莫语涵并不觉得意外。不过这样也好，免得再像上次那样，尴尬。

吃饭的地方定在一家临江的大酒店。他们两个班来了二十几个人，张老师特意选了个放得下两张桌子的包间。

进包间的时候，莫语涵特意放慢了脚步，看着傅逸生在几个男同学的簇拥下先进去坐定，她才选了另外一桌坐下。

大家都是聪明人，饭桌上都心照不宣地不在莫语涵和傅逸生两人面前提起彼此。莫语涵悬着的心也渐渐放下来，想着应付一会儿就可以溜之大吉了。

然而好景不长，酒一喝多，理智这种东西就没了，隔壁桌陆陆续续有人过来敬酒，有的是走个过场，有的却是别有用心。

上学那会儿追莫语涵的人不少，惦记她的人也不少，眼下知道她又是单身了，哪怕隔壁桌那位还看着，也阻止不了有些人借着酒劲壮着胆子来灌她酒。

这人莫语涵都叫不上名字了，依稀记得他是某门课的课代表，打过几次交道而已。当年他还挺腼腆的，可如今一看，完全不是那么回事了。

“我们好歹同窗四年，你说你连我叫什么都说不出来，是不是该罚？

“你那时候没少抄我的作业，连个‘谢’字都没说过，是不是该罚？

“毕业后老同学为什么不联系了，瞧不起我们这种工薪阶层是不是？”

顾琴琴见势不妙，有心替莫语涵挡酒，但那人也不知道是真醉还是装醉，说什么都一定要莫语涵喝，不喝不肯罢休。

酒喝下去的时候，莫语涵以为自己没什么事，可当她迈着不怎么稳当的步子走出包间时，她才意识到，自己应该是醉了。

她回头看了眼包间的方向，顾琴琴正张扬跋扈地嚷嚷着要替她报仇，其他的同学似乎也有着喝不完的酒、说不完的话，她觉得头昏沉沉的，有点困。

再醒过来时她才发现自己刚才竟然坐在马桶盖上睡着了，而当她整理好自己再回到包间时，愣住了。

她明明觉得自己只睡了一小会儿，怎么大家都不见了？

看着满桌的狼藉，她突然有种想哭的冲动。

第八章　旧梦重温

34

莫语涵迷迷糊糊间觉得只过了半个小时，而实际上她已在卫生间待了将近一个小时，就在这段时间里，同学聚会已经结束了。

或许是以为她已经离开，或许是根本就忘了她的存在，总之当她从卫生间出来的时候，所有人都不见了。她从包里翻出手机，打给顾琴琴，可听到的是“用户已关机”的提示音。

莫语涵晃晃悠悠地走出饭店大门，依稀感觉脸上湿湿凉凉的。酒精让她的反应有点迟缓，过了好一会儿，她才意识到竟然下雨了。

她站在雨中思量着要怎么回去，正在这时不远处来了一辆出租车，她正要走过去，却不慎一脚踩空。眼看着她整个人就要跌入身前的水坑中，一只温热有力的大手很及时地将她拉住。而此时刚才那辆出租车正从她面前经过，路过那个水坑时，溅起半米来高的污水打在了她身上。

今天真是倒霉透了……

她心里正郁闷着，听到身后有人问：“还打算在雨里站多久？”

她这才想起来，刚才好像有人拉了她一把。她抹了一把脸上的雨水，回头看那人。他背着光，五官模糊，情绪不明，但那轮廓，还有刚才说话的声音，都是她再熟悉不过的。

“我送你回去。”他说。

“好。”

见她答应得这么痛快，傅逸生不禁多看了她一眼，见她眼神迷离举止缓慢，又想到她刚才被灌了不少酒，猜到她应该是真的醉了。

“你有车吗？”她问。

“有。”

“太好了。”

“但是不能开。”

“为什么？”

“我也喝酒了。”

这地方又偏又远，还赶上这么大的雨，无论是找代驾还是打车都很费劲。傅逸生只好打给老郭，但是从市区到这里，眼下这种情况没个四十分钟怕是不行。

莫语涵已经站都站不直了，他拉着她找了个地方坐下，等着老郭来。

他回头看了眼她半湿的衣服，问：“冷吗？”

她迟缓地点了点头。

他脱下身上的西装外套盖在她身上：“现在呢？”

“嗯。”

“‘嗯’是什么意思？”

她没再理他，看得出来，她已经很倦了。

傅逸生也不再说话，安静地等着老郭来。

过了差不多半个小时，老郭的电话打了过来。

傅逸生边接通电话，边往门外看去：“这么快就到了？”

电话那边老郭抱歉地说：“不好意思啊傅总，今天下雨，赶上堵车了，我出来这半天就没挪动地方，您再等我一会儿。”

傅逸生回头看了眼身边的人，她竟然已经睡着了。他想了想说：“算了，你先回去吧。”

“啊？那您怎么回来？”

“不用管我了。”

挂上电话，傅逸生走到前台：“还有空房吗？”

“有，您要几间？”

他顿了一瞬说：“两间。”

“不好意思先生，现在我们没有两间单人间，套房可以吗？也有两个房间，但是只有一个卫生间。”

“可以。”

开好房间，傅逸生去叫醒莫语涵。

听了他的安排，她颇为不满意：“我不要住这里，我要回家！”

她的声音不小，在将近午夜时分的酒店大堂中更是清晰。好在这酒店的工作人员还算训练有素，即便听到什么、看到什么也不会表现出来。

傅逸生还试图跟莫语涵好好解释一下，莫语涵却撒起酒疯，怎么也不肯配合。末了，他只能强行将她带去房间。

趁其他人不注意，他直接将她横抱起来，迅速闪进电梯门内。

莫语涵一路叫闹踢腾着，傅逸生只是死死地扣着臂弯中的人，直到进了房间，才将她放下。

他简单扫了一眼房内，问她：“你要哪一间？”

莫语涵不说话也不看他，无声地抗议着。

其实傅逸生也压着火气——如果今天不是他在，她要怎么办？万一出点事呢？她到底懂不懂得照顾自己？不过见她一身狼狈，又一脸委屈，他的火气也就消了。

他叹了口气，问：“洗澡吗？”

莫语涵依旧不说话，他转身走向卫生间去放水。

在他转过身背对着她时，她才抬起头来看向他。

他的西装外套还在她身上，所以他此时只穿着一件白色的衬衫，不知道是出了汗，还是刚才也淋了雨，衬衫似乎有些潮湿，紧紧地贴在他身上，显出他挺拔结实的身材。

莫语涵不由得就想起过去的某些画面，而当她意识到自己对那些事似乎还有些怀念和眷恋时，傅逸生从卫生间里走了出来。

“水放好了，去洗吧。”说话间，他顿了顿，“脸怎么这么红？淋感冒了？”说着也不等莫语涵回话，便走过去。

那只温热的手伸向她的一刹那，她条件反射地想躲开，但是傅逸生的速度更快，手贴在她的额头上试了下温度，并没有立刻拿开。

他若有所思地低下头看她，她脸色依旧潮红，目光正停留在他的第二颗衬衫纽扣上。

莫语涵觉得自己一定是疯了，不然不会在这种时候想到自己曾经无数次“亲口”替他解开过那颗扣子……

他不由得笑了，弯腰一把将她抱起，在她还在愣怔之际已将她抱坐在浴缸的边沿上。

水汽氤氲着整个浴室，让人有濒临窒息的闷感，但是心底的那团火越烧越旺，或许只需要一个吻，这个房间就会被点燃。可是傅逸生只是将一条毛巾挂在莫语涵的脖子上，揉了揉她额顶散乱的发说：“好好洗个澡吧。”

看着他走出浴室关上门，莫语涵陡感无力——原来时至今日，自己对他仍旧没有免疫力，至于之前说出的那些决绝的话，如今看来，更像是说给她自己听的。

她试图忘却，试图远离，可是当这样一个无助的夜晚，他突然出现在她面前时，那种庆幸的感觉让她意识到，自己怕是忘不掉这个叫傅逸生的男人了。

她脱掉衣服，整个人松松垮垮地躺进浴缸里，温热的水让她的血液重新流淌起来。脑子再一次混沌起来，她渐渐失去了意识，直到耳边传来一声巨响。

眼看着源源不断的水从浴室的门下流入客厅，傅逸生连忙去敲浴室的门，依稀有水声却听不到人回应。水还在不断地从门下流出，情急之下，傅逸生直接将门踹了开来。

狭小的卫生间内早已腾满水汽，他在一片氤氲中找到了躺在浴缸里睡得迷迷糊糊的莫语涵。他想也没想就上前将她捞起：“你能不能让我省点心？”

莫语涵还没搞清楚状况，已是一阵天旋地转，被人裹着浴巾扛出了浴室。

他把她扔在床上，动作算不上多轻柔，她疼得哎哟一声，再坐起来时，也是一脸委屈：“太困了……”

说话间，浴巾从她身上滑落，她连忙往上拉了拉。

傅逸生没什么好脸色，一言不发地出了房间，过了一会儿再回来时，手上多了一条浴袍，还有一条小毛巾。

他把浴袍递给她：“穿上。”

莫语涵接过浴袍，背对着他坐在床边，小心谨慎地拿掉浴巾……等穿好浴袍正要起身时，她感到一只手按住她的肩膀，又将她按坐在床上。与此同时，他正轻轻替她擦拭头发。

她突然就安静了，一句话也不说，一动不动。她静静地坐着，仔仔细细地感受着他微凉的手指穿过她的发丝，那种温柔的错觉，让她着迷。

就这样过了不知多久，终于梳顺了她的每一根头发，他最后想把她已经半干的长发全部拢在颈后，而这么做时却无意间触碰到了她颈后的皮肤。

明显地感到手下的人一阵战栗，他抬起头，正看到对面镜子中的她眼神迷离面色潮红……已经一整个晚上了，他给过她很多次机会，而这一次，他想给自己一次机会。

他低头吻上她的发顶，而刚刚还拢着她的长发的手，也随着那个吻一点点地探向她半敞的浴袍内。

这一刻，莫语涵似乎感到自己心中那颗悬着的大石终于落了下去——她总觉得今晚会有什么事发生，而这一刻，它终于开始了。

他原本是想趁着还清醒的时候甩手走出房间的，可是总有一丝不甘牵绊着他。她原本也想就这么让他离开的，可是总有一点不舍让她忘掉坚持。

刚穿上的浴袍渐渐滑落，露出她美好的锁骨和若隐若现的乳峰。他一路小心翼翼地吻下去，痴迷，忘我……

夜的寒凉伴随着凄厉的雨声包裹着一段情愫，当他叹息般轻唤她的名字，时光仿佛倒流，回到了从前，回到了只有他和她的时候。她不可抑制地紧紧攀附纠缠着他，在他大滴大滴汗珠的浇灌下，成为这一夜唯一绽放的玫瑰。

35

夜总是能放大欲望，吞噬理智，更何况还有酒精这种东西在助阵。当明晃晃的阳光透过窗子打在莫语涵的脸上时，她终于回到现实。好马不吃回头草，她当真算不上什么好马。

她轻轻拿开傅逸生搭在她身上的手臂，蹑手蹑脚地下了床。她冲进卫生间，简单洗漱了一下，拿起昨晚脱在这里的衣服换上——虽然皱巴巴的，但好歹早就干了。

最后在对着镜子去拉身后的拉链时，她看到背上竟然有几处红痕。紧接着，昨晚某些少儿不宜的画面立刻出现在她的脑海中。想到昨晚某人是攻城略地，她却是连连溃败，她就恨不得抽自己一顿。

丢人，太丢人了！

好在，他还没有醒，她可以在那之前将昨晚的一切从彼此的记忆中剔除。

从酒店里出来，莫语涵正愁叫车要好久时，周恒的电话打了过来。

“我刚落地，昨天的校庆活动怎么样？”

“不怎么样……哦对了，你还在机场？”

“对啊，刚拿到行李。怎么了？”

“你怎么回市里？”

周恒不知道莫语涵为什么突然问这个，不过还是说：“开车，我出门的时候把车停在机场的停车场了。”

“太好了。”

莫语涵所在的这家酒店离市区很远，叫车很不方便，就算能叫到也要等好久，而在这段时间保不齐傅逸生就醒过来了。不过这里离机场不算远，如果周恒现在过来的话，估计用不了一刻钟就能赶到。

莫语涵报了自己的地址，便等着周恒开车来接。

周恒来接莫语涵时，不用她说，他也知道她昨晚肯定是住在这里了。至于她为什么留宿酒店没有回家，他没有多问。

他不问，莫语涵自然也不会主动去说。两人随便聊了聊昨天校庆的事情，但是谁也没有提到傅逸生这个名字。

傅逸生的作息很规律，无论上不上班都是到时间就会醒来。

他醒来时，天已经大亮，但是看得出还是早晨。休息日的早晨，窗外鸟叫的声音都有些慵懒，他的身体内却还留有昨夜亢奋之后的记忆。

想到某人，他忍不住笑了，可是当他发现整个房间内只有他一个人的时候，笑容凝固了。

她逃了，一声不吭地逃了。

如果此时的傅逸生还能勉强理解莫语涵是害羞别扭才会不辞而别的话，那么当他看到床头柜上那一沓钞票时，他觉得自己的感情非但没有得到尊重，就连作为男人最后的尊严也没有了。

他没好气地拿起那沓钱，有零有整，八成是把她身上所有的现金都留下了。什么意思？肯定他昨晚的“劳动”吗？

傅逸生洗好澡，穿戴整齐，收起那些“酬劳”，出了门。办理退房时，见前台还是昨晚帮他们办理入住的那个女孩，他犹豫了一下，虽然觉得不合适，但还是忍不住问：“请问……有没有见到昨晚跟我一起来的那位小姐？”

那女孩早就看到莫语涵被另一个男人接走了，眼下见傅逸生这么问，不免生出点同情心来："呃……早上有位先生来将她接走了。"

傅逸生点了点头，收起自己的卡欲离开，可想到那姑娘同情的眼神，又很不甘心。

他又退回去说："她是我老婆，来接她的是……是司机！"

他这越描越黑的举动太让人尴尬了，而且当那姑娘听到对方只是个司机的时候，看向傅逸生的目光已经不能用同情来形容了，那简直可以说是怜悯……

傅逸生见状已经不想再说什么了。出了门，他抬头看了眼酒店的招牌，决定永久拉黑这家酒店，此生不再光顾！

上了车，他拿出手机，想了许久还是决定给莫语涵打个电话。当听筒里传来嘟嘟的等待音时，他还在告诉自己，只要她接通电话，那今天早上的事情就一笔勾销。

而就在这时，那嘟嘟的声音被"您所拨打的用户正在通话中"取代了——她竟然挂他的电话！

周恒见莫语涵挂电话的举动忍不住问："怎么不接？"

"骚扰电话。"

他笑着瞥了她一眼，她大概还不知道，她那紧张的表情早就把她出卖了。打电话的是谁，昨晚发生了什么……周恒越想越觉得心凉。

傅逸生气得想摔电话，但还是强忍着怒气给莫语涵发了条信息。

莫语涵的手机又响了两声，不过还好只是短信。她打开看了一眼，脸瞬间就红了。

傅逸生问："对我的服务，满意吗？"

身边的周恒见状笑着问："又是骚扰电话？现在这些人可够执着的啊。"

"是啊……"说着，莫语涵连忙点了"删除"。

可就在这时，又进来一条短信。

傅逸生说："提提意见呗，方便我下次改进。"

这男人是怎么了？莫语涵简直要抓狂。这一次，她干脆直接关机，把手机丢进包里，世界终于安静了。

进市区的时候，很不凑巧遇上了堵车，好半天时间车子才往前挪动几米。车上的两人都挺不耐烦的，莫语涵是累，周恒是躁。而就在这时，伴随着咣当一声，车子向前一冲，又猛然停了下来。

“Shit！”周恒骂骂咧咧地推门下车。

莫语涵这才意识到，他们是被追尾了。

降下车窗，莫语涵依稀听到周恒的声音：“大姐你技术不错啊！我几乎停在路上还能被你追上，了不起！了不起！”

莫语涵没有玩笑的心情，这样一来，她估计得中午才能到家了。

她百无聊赖地靠在椅背上，想借此机会再休息一下，可是车后面一男一女的声音吵得她全无睡意。

她一歪头，正好能从后视镜中看到两个人的影子。

那女孩个子很高，只比周恒矮半头，身材纤瘦又不失性感，一条深蓝色的牛仔裤紧紧地裹着漂亮的大长腿，而且虽然看不清那女孩子的正脸，但光看侧脸也可以推测出是个漂亮的姑娘无疑。

周恒对美女不是一向很客气吗？今天怎么这么寸步不让的？

不知过了多久，两人终于不吵了。莫语涵以为事情已经解决了，见周恒回到车上就随口问了句：“搞定了？”

“她脑子有病！非说我的车倒溜！等交警来，继续掰扯！”

莫语涵无比惊讶，难不成撞得很严重？

见她这表情，周恒有点抱歉地说：“要不你一会儿先打车回去吧？我这还不知道要搞到什么时候。”

确实也只能这样了。正当莫语涵想问问情况到底怎么样时，身边的车窗突然被人拍响，是刚才那姑娘。

莫语涵降下车窗，还以为她是要和周恒交代什么，没想到她却对莫语涵说：“我就想看看倒霉蛋长什么样。你这么好看干吗不找个真男人？”

莫语涵还没反应过来，周恒已经暴跳如雷了：“你是不是有毛病？”说着就要推门下车。

还好莫语涵一把拉住他：“算了算了，你这车也不便宜，估计小姑娘也有困难吧，要不你就自己修得了。”

“如果刚才她态度好点求求我，我还可以考虑，但是现在，免谈！而且她看上去也不像个缺钱的。”

“那就是……看上你了？”

周恒笑着看莫语涵一眼，话里有话地说：“那也不奇怪，你觉得无关紧要的东西可能在别人眼里无比珍贵呢，就像你觉得不可或缺的，可能也未必如此。”

这话究竟是说给莫语涵的还是说给周恒自己的呢？

莫语涵看向窗外，女孩的车子正好从他们旁边开过去。莫语涵想，即便是自己都动过放弃的念头，想必周恒也曾动摇过吧，或许他只是缺个契机，缺个最后让他心甘情愿放弃过往的动机。

36

自校庆那天过后，莫语涵陆续收到各种鲜花礼物，还有一些所谓的意外惊喜……但实际上总是让她非常尴尬。

就比如此刻，她坐在电脑前看着苏俊发过来的策划案，注意力却怎么也集中不起来。不用看也知道，外面格子间里的那几个肯定也跟她一样，心不在焉、假模假样，恨不得直接望穿她办公室的墙，看看她究竟在干些什么。

小玲蹑手蹑脚地进了办公室。

莫语涵瞥了她一眼，问：“有事？”

小玲支支吾吾地说：“莫总，那些气球……”

听到“气球”两个字，莫语涵的眉头立刻皱了起来：“店里很闲吗？”

“不不，很忙。”

“你们没事做？”

“有有有，很多。”

“那还不去干活？”

“可是那些气球……那些气球缠到咱们店的广告牌上了，不知道怎么搞的，有地方短路了，门前那些装饰灯都不亮了。行政的崔经理带着人都去新店那边了，我就来问问您该怎么办。”

莫语涵一愣，紧接着更抓狂了：“打电话问他们啊！问我我怎么知道？”

“是是是。”小玲一边应着，一边瑟瑟发抖地退了出去。

莫语涵心烦意乱地看了眼办公室外面飘着的那些心形气球，掏出手机打给了某个罪魁祸首。

傅逸生的声音悠悠地从听筒里传了出来：“喜欢吗？”

莫语涵冷笑：“喜欢，当然喜欢，所以我也有东西要送给你。”

这倒是让傅逸生有点意外，他挑了挑眉：“什么东西？”

“明天吧，明天应该会出现在傅总的办公桌上。”

虽然潜意识里觉得事情不会这么顺利，但是他也忍不住充满期待，毕竟莫语涵还是爱他的，说不准就真的回心转意了。所以当他收到所谓的“回礼”时，整个人都是蒙的。

他把新来的助理小唐叫了过来，指着那张某灯具城开具的发票问：“这是什么意思？”

小唐战战兢兢诚惶诚恐：“放气球那天风有点大，据说是咱们放的气球挂到霓虹广告牌上了，不知道缠到了什么东西，‘语涵’门店上面的灯全部短路了，这应该是换新灯花费的钱。”

“蠢！”他想了想，把发票扔给小唐，“按照上面金额的双倍打给‘语涵’，这笔钱从我账上扣。”

小唐连忙应下，想了想又问：“可是为什么要双倍？”

傅逸生瞥了眼办公桌上那张双人合照，像是想到什么让他心情不错的事，说：“说不准下次又会弄坏什么东西。”

莫语涵听说傅逸生打了双倍的赔偿金过来，也没客气，直接吩咐下面的人，正好圣诞节就要到了，用多出来的钱给大家买礼物，就当是傅逸生送给大家的好了。

“语涵”这边刚置办完员工的圣诞礼物，铭泰那边傅逸生突然又说，之前搞错了，要把多打过来的钱要回去。

已经花了的钱哪有还回去的道理？莫语涵立刻找人去表达了一下自己的意思——发票金额并不代表他们要求的赔偿金额，毕竟换新的灯具只是一方面，造成的“形象损失”就不好估计了，但是鉴于之前傅逸生认错态度良好，自觉地多赔偿了，所以关于赔偿金额的事情，“语涵”也就没追究，现在想要回去，那肯定是不可能的。

这话传到傅逸生那，傅逸生当然不认，他认为之前莫语涵根本没说清楚，而且坏了几个灯就说影响形象，未免有点“讹诈”的嫌疑。

莫语涵说傅逸生诬陷，傅逸生又说莫语涵耍赖……眼见着就要到发律师函交涉的地步了，小唐恨不得说这钱他来出，只求总裁们消消气，但这一次傅逸生和莫语涵统一了战线——两人都无比“坚持原则”，一步不肯退让，更不接受和解！简直可以说是几个气球引发的血案。

不过莫语涵和傅逸生倒是因为这事联系得更频繁了。

这天莫语涵正要离开公司，顾琴琴却突然出现，两人就到高校对面的小吃街去吃米线。

其实顾琴琴这段时间很忙，有很长一段时间没有见过莫语涵了。

莫语涵就随口问道：“又不是周末，今天怎么跑过来了？”

“你猜我今天白天见到谁了？”

“谁啊？你前男友？”

“嘁，那有什么好惊讶的……我今天见到周恒了！”

莫语涵还当是什么大新闻：“见到他有什么好稀奇的？”

“见到他是不稀奇，可是见到他和一个女孩子喝下午茶这就很稀奇了。”

“很亲密？”

“那倒没有，不过我以一个过来人的身份打赌，他俩的感觉不对劲！而且这都多少年了，我可是第一次见周恒身边有其他女孩。”

不知道为什么，当顾琴琴说起这些时，莫语涵脑中出现的正是那天出现在他们车窗外的那张脸。

“短头发吗？”莫语涵随口问道。

“哇，你怎么知道？”

“随便猜的。”

见莫语涵对自己带来的八卦不怎么感冒，顾琴琴也觉得挺没劲的：“我说语涵，你怎么就跟正常人不一样啊？多年的盲目爱慕者如今要迷途知返了，你好歹也该失落一下吧？”

莫语涵没好气地睨了顾琴琴一眼：“你来就是为了看我失落啊？那好吧，我告诉你我现在特别失落。”

周恒有可能爱上了别人，这事的确让莫语涵感到有一点点失落，但更多的是解脱。更何况，周恒还是她的朋友，他能幸福、得偿所愿，她当然替他高兴。

“算了，不说这些了。我刚才在你们店里等你的时候听说你最近和傅逸生闹得不可开交啊。”

提到这事莫语涵就来气：“我以前真没发现他这人这么小气！”

顾琴琴听莫语涵讲了气球事件的前因后果，笑得前仰后合：“你确定他是在意那几万块钱，不是另有所图？”

莫语涵怎么没想过，但是……

“如果真是那样，那不是应该表现得大方一点吗？这样反而给我留下斤斤计较的印象。不知道这些年铭泰是怎么经营起来的！”

顾琴琴依旧笑：“我只能说，是我们傅总套路太深，而你又道行太浅。”

“什么意思啊？”

“没什么，你们俩这样也挺好。对了，我妈说今年过年让你去我们家。”

听到这话，莫语涵拿着筷子的手顿了一下。莫景铭去世，她又离了婚，在这座城市里她真的一个亲人都没有了，好在还有闺密替她着想。

可是她还是拒绝了。

“谢谢你琴琴，不过我还是不去了。你也说过，每年过年你哥嫂都回去，你妈挺累的，我就不去添麻烦了。”

顾琴琴没好气地白了她一眼：“说什么呢？你一个人有什么意思吗？去我们家人多，还能凑桌麻将，就这么定了啊！”

莫语涵笑了笑：“那到时候再说吧。”

送走了顾琴琴，莫语涵的电话突然响了。她拿出手机，看到来电显示，不由得有点迟疑，不过最后还是接通了。

“妈。”

电话里傅母的声音还是那样温暖柔和：“还没回家呢？”

“嗯，正要回去。”

“我没什么事，这不是马上要过年了吗，你们俩什么时候回来？”

莫语涵不由得停下脚步，抬眼望去，这才注意到，满街张灯结彩，真的就要过年了，小时候最期待的日子，如今却是她最害怕的日子，在别人都阖家团聚的时候，她却没有人可以团聚了。

半晌，她深吸一口气，对着电话那边说：“妈，今年我可能回不去了，公司刚起步，有很多事情要处理。还有我刚答应我同学，去她那玩，所以……”

“语涵。”

“嗯？”

“你不用骗我了，我今天先打给逸生的，那小子已经跟我坦白了。”

“妈，对不起。”

其实傅逸生并没有主动和傅母坦白，是傅母要他们回家过年的时候听出傅逸生的为难，再联系之前的事情也就猜出了个大概，她一逼问，两人还真是离婚了。至于傅逸生为什么不愿意说，一方面是担心她接受不了；另一方面，他似乎潜意识里总觉得莫语涵还会回到他身边。但是傅母知道，像莫语涵这么实心眼的孩子，真到了离婚这个地步，恐怕再回头就难了。

不过傅母还是试图劝她："语涵，听说是你提出离婚的？我不知道你们之间发生了什么，但从逸生的话里我听得出，是他不对。你的决定我不干涉，我只是替他惋惜。逸生他爸爸去世早，是我把他惯坏了，已经得到的东西他从来不懂得珍惜，包括感情……"

"妈……也不全是那样，不光是逸生的问题，我也有责任。"

"唉，你不用瞒我了，你对逸生怎么样妈是最清楚的。不过，我自己的儿子我很了解，逸生他是爱你的，或许早就是这样，只是这孩子不善于表达，也或许是他真的后知后觉。无论如何都是他没有好好珍惜你。现在妈就问你一句话，你还能再给他一个机会吗？"

可以吗？莫语涵在心底也这样问自己。

其实在离婚的最初，她是真的痛下决心要与这个人一刀两断了，可是在那之后的这段日子里，尤其是那个雨夜过后，她发觉自己的决心根本就是根基清浅，不知不觉就被动摇了，到最后演变成为了拒绝而拒绝，至于是否真的不愿再与那人有所瓜葛，现在的她也说不清楚。

见莫语涵不说话，傅母又叹了口气："你这孩子的脾气、性格我也了解，如果不是把你逼到了绝境你是不会这么绝的，所以这次我拉下这张老脸来替他说和也没抱什么希望，现在看来我预想的是对的。既然如此，妈只希望虽然咱之间的婆媳关系不存在了，但是你还是妈的女儿，有空就回来看看我，如果不想见逸生，那就趁他不在的时候回来，好不好？"

莫语涵吸了吸鼻子，说："好。"

都说爱情是两个人的事，婚姻是两家人的事，莫语涵与傅逸生，除却感情还有着千丝万缕的关系，比如傅母，比如公司，比如他们共同的朋友和同学……与前男友不同，前夫绝对是个永远避不掉的存在。

37

在年前的最后一次公司大会上，傅逸生见到了许久未见的谭晶晶。

自从上次莫语涵出事故以后，傅逸生就找了个由头打发走谭晶晶，当时潭晶晶一直希望见他一面，而他对她已经失望透顶，厌烦透顶，自然不会见。后来谭晶晶就消失了，也没人说起她的去处，如今看来真的是去投奔老杨了。

“好久不见，傅总。”

傅逸生面无表情地扫了她一眼，走到自己的位置上坐下。

讨论完公司的例行事务，杨明就向大家介绍了谭晶晶：“这是我们公司的谭经理，大家不陌生吧？以后我不方便的时候，铭泰这边的事情就由她来帮忙对接，希望大家多多支持啊。”

其他人不知道谭晶晶离开铭泰的真正原因，只知道她和老杨之间关系暧昧。之前多有瞧不起她的人，但如今见她要代替公司第二大股东来处理公司事务，表面上肯定免不了客气寒暄。只有陆浩，他看了眼傅逸生，果然见他脸色不好。

会议结束，陆浩跟着傅逸生去了他的办公室：“你说老杨是什么意图？”

“能有什么意图？盯着他那点钱呗。”坐回椅子上，傅逸生疲惫地揉了揉眉心。以前老杨是有事的时候才会来铭泰，这次明摆着是让谭晶晶在铭泰办公了。

“那我们怎么应对？”

傅逸生想了想，笑着说：“一个谭晶晶而已，掀不起什么大浪来。”

“我是担心语涵那知道后……”

这话倒是提醒了傅逸生，他便说：“她知不知道，就看你能不能管住你那张嘴了。”

“凭什么都推到我身上啊？语涵也是股东，万一开会的时候遇见呢？”

“遇见再说遇见的事情……不过看来公司这边也得好好整顿整顿了，总有些莫名其妙的人指手画脚，让人看着心烦。”

果然没几天，陆浩就来找傅逸生：“谭晶晶要求看账本，说是去年一年没有赚到钱，怎么也得给光大那些股东一个交代，怎么办？”

傅逸生正在看文件，头也不抬地说：“谁说没赚钱？”

“这不是跟他们的期待有差距吗？不过给他们看看也没关系吧，毕竟光大是第二大股东。”

“我看查账是假，想讹人才是真的。”

“什么意思？”

傅逸生想了想说：“你先找个理由打发了谭晶晶，哪能她要求怎样就怎样？”

陆浩还是有点顾虑：“虽然她不算什么，但好歹背后是光大，得罪了光大后面也不好办，尤其是你在董事会上，会很被动的。”

“这个你不用担心，先按我说的做。”

查账的事情搞得沸沸扬扬，最后还是老杨亲自找到傅逸生的办公室来。

这一次老杨直接没给傅逸生好脸色：“傅总，听说我想查个账都很难啊？你还把我这个股东放在眼里吗？”

傅逸生早就猜到他会来，就算把账本痛痛快快地给谭晶晶看了，他也会来。他的目的是什么傅逸生再清楚不过，所以见他态度不善，傅逸生也不生气，笑呵呵地说：“消消气，喝杯茶慢慢说。”

老杨冷笑：“我看你也是贵人多忘事，忘了自己是怎么留在铭泰的了。”

“不就是要查账吗，至于发这么大火吗？账本可以给你看，但是情况就是你知道的那样，赚是赚了点，但是不多。”

“你当初可不是这样答应我的。”

“我又不是活神仙，预测也有偏差。”

“那我不管，既然你当初答应我了，那就得按照当初答应给我的结算，大不了就你自己吃点亏呗。”

“不合适吧？投资这事儿本来就是有赚有赔，哪能好事都让你杨总赶上，再说，这不是也没赔钱吗？”

“那这么说就是一点余地都没有咯？”

“你要什么余地？”

老杨气得拍案而起：“既然如此，你别后悔！”

莫语涵没想到会在“语涵”见到老杨，毕竟经过之前的几次，两人之间的关系已经很微妙了。

老杨说：“语涵啊，你这公司经营得不错啊，早知道我当初投资你好了，现在早就做大了。”

“小公司，哪入得了杨总的眼。”

“听说你这第一年就是开门红啊，同样是做化妆品，铭泰就做不起来，果然管理者的策略起到很大的作用啊。”

听到这话，莫语涵就算再迟钝也听出来了，老杨和傅逸生八成又闹掰了。

果然，就听老杨又说：“你有这能力，也不能不管铭泰啊。”

“语涵”的规模和铭泰简直没法比，她能做到现在这样有一半是靠朋友帮忙，另一半是靠运气，老杨这样说，除了恭维她，恐怕还有别的意图。

莫语涵说：“铭泰有您在，我还有什么好操心的？”

老杨叹气，像是很体谅她：“也是，铭泰现在也不是莫家的天下了，你又这么长时间不过问公司的事务，回去难免会有让你不舒服的地方。”

莫语涵没有接他的话：“要不带您上去参观参观？”

“好啊。”

莫语涵引着老杨往楼上走。“语涵”所在的位置本来就是一栋写字楼，一楼有少量的店面，上面几层都是一些公司在用。自从“语涵”渐渐做大后，莫语涵已经租下了门店上方对应的二层和三层，虽然和铭泰那种大公司没法比，但是一看也是初具规模了。

老杨边参观边感慨：“之前我有幸见过几次老莫总，虽然只是很浅的接触，但也看得出老莫总有着很难得的商业判断力，做起事来也是雷厉风行。现在再看看你，真是有乃父之风啊。”

莫语涵笑："您过奖了，比起家父我还是差远了。"

"年轻人也不能太谦虚了……"老杨话锋一转，"不过铭泰那边你真的打算拱手让人了？就没考虑过亲自去管理吗？毕竟你在这边也历练一段时间了。"

她去管理，那傅逸生何去何从？老杨此行的目的莫语涵是彻底明白了。

见她不说话，老杨语重心长地说："上次真不是我想反悔，实在是时机还没成熟，也没找到合适的人选来取代傅逸生，毕竟这么大一家公司，CEO不是那么好当的。"

当铭泰的管家人并不容易，这一点她一直知道，所以为了铭泰的未来，她也很有自知之明从来没打过这样的主意。

她笑着和老杨周旋："您可真看得起我，不过我觉得现在这样挺好的。"

"你不会是顾虑傅逸生吧？你放心，只要你这里点头，他那边我来处理。"

莫语涵笑："您不是挺看好他的吗？"

老杨也知道莫语涵在挖苦他，但是人生如戏，该演的时候还是得演。他叹了口气说："有什么看好不看好的，拓展领域非同小可，本来就是很大一件事，再更换CEO人选对公司影响太大了，我也是为公司考虑，平稳过渡一年，并不是不想换人，而是在等时机，我看现在就可以。不过这事还得看你的意见，你先好好考虑一下吧。"

老杨走后，莫语涵托人问了下铭泰近期发生的事情。知道来龙去脉后，她不免有些惊讶——虽然知道傅逸生和老杨早晚会闹掰，但是她完全没想到会这么快，毕竟老杨是成事不足败事有余，现在就跟他闹掰，对傅逸生一点好处都没有。难道他认为自己铁定会跟他站在一边吗？莫语涵很快就有了答案，以她对傅逸生的了解，他这人非常谨慎，没有把握不会轻易去赌，那么他这次这么做是为什么呢？

38

转眼就到了年底，莫语涵拒绝了顾琴琴的好意，决定一个人在家过年。有些事情看得淡一点，也就没那么难了。只不过当窗外鞭炮声四起，电视里传来各种阖家团聚的欢闹景象时，她还是免不了触景生情。

与此同时，傅家母子的年也过得不是滋味。

傅逸生帮着母亲包饺子的时候也是心不在焉，总是想到莫语涵，不知道她此刻在干什么，吃饭了没有，心情怎么样……

他记得莫语涵最喜欢吃母亲做的饭，说是有家的味道。初听这话时，他还觉得她是有意讨好自己，毕竟莫语涵从小生活环境优越，什么样的珍馐美味没有尝试过，又怎么会偏爱那几道再简单不过的家常菜呢？但是如今看来，他那时真是太不了解她了。其实很多时候，人们觉得食物好不好吃，和这食物本身并没有太多关系。

傅逸生捏好一个白白胖胖的饺子，发现已经包了不少，可是剩余的馅和饺子皮还有很多。

他问母亲："怎么弄了这么多？"

傅母眼也不抬，继续包着饺子说："一不小心弄多了，剩下了也不好，干脆这样，包好了你给语涵送去一点，她也不会做饭，速冻饺子实在没什么好吃的。"

听到母亲这话，傅逸生很意外。毕竟从这到X市开车要将近两个小时，现在已经很晚了，去了就意味着要留母亲一个人在家跨年了。

母亲像是读懂了他的心事，说："你说吧，今天这家里有没有你有什么区别？你一直心不在焉的，连个话也不陪我说……"

"妈，我……"

"行了行了，想到语涵我也怪心疼的，她爸爸才过世，她一个亲人都没有了，现在一个人还不知道怎么过呢。我今天困得很，一会儿就去睡了，你要是有精力就去看看她吧，这样我也能放心。"

听到母亲这么说，傅逸生立刻笑了："那好，我去看看她就回来。"

"还回来干什么？大半夜的送饺子上门人家还不留你住一晚啊？那你也太失败了。"

“知道了，谢谢您，妈。”

傅逸生到的时候莫语涵正因一阵又一阵的鞭炮声辗转反侧，很长一段时间没有听到敲门声。

傅逸生按了门铃，没有听到门内应该应时响起的门铃声，然后改为敲门，但又不敢太大声，怕惊扰了邻居。

敲了足足有五分钟，始终听不到门内有什么动静，他突然开始烦躁不安。说实话他不太觉得莫语涵会出什么事情，可就是担心，说不清是担心自己远道而来却有可能见不到她，还是担心这个除夕夜她有了新的去处。

他拨了她的电话，提示关机，又拨了家里的固定电话，好在这一次电话响了没两声就被人接起。

傅逸生在心里悄悄地松了一口气。

“开门！”

“什么？”

“外面好冷啊，语涵，开门！”

莫语涵以最快的速度清醒过来，又以最快的速度冲下床去开门。

当看到傅逸生风尘仆仆披着遮掩不住的疲惫站在她面前时，她才确定这不是在做梦，此时此刻，那个本该在两百多公里以外的人真真切切就在眼前。

莫语涵没有意识到自己有多惊喜：“你怎么来了？”

“不请我进去吗？”

莫语涵渐渐冷静下来，这才意识到自己的表现好像……太热情了。

她立刻敛起笑容，将他让进门，瞥到他肩头的雪花，有点意外地问：“下雪了？”

“嗯，还不小。”傅逸生将手里的食盒递给莫语涵，“吃饺子没有？妈让我送点给你，你最喜欢的馅。”

“其实我吃过了。”

“哦，这样啊，那你就先冻起来，留着明天吃吧。”

莫语涵接过食盒说：“嗯，妈一个人在家？”

这就赶他走了？傅逸生苦笑：“是啊……那没什么事我就先走了。”

他为了让母亲放心，所以才说会住在语涵这里，可是他和莫语涵的关系他自己最清楚——不管现在怎么样，至少离婚那会儿她是下定决心要跟他一刀两断的，所以要想让她回心转意没那么简单。虽然还爱她，但如今他只想尊重她的意思，一切都按照她的心意来。

他正打算离开，却听莫语涵说：“开了这么久的车，你饿了吗？要不……吃点饺子再走？”

这么晚、这么远、这么大的雪，他开车过来，却只是为了给她送盒饺子……她忍不住鼻子发酸。她转过身往厨房走，极力掩饰自己的情绪，心里还在提醒自己留他只是怕他路上出事故，但其实她明明白白地知道，内心深处她是真的不希望他走，她想让他留下来陪陪她，哪怕一会儿也好。

见她已经点火烧水，打算煮饺子了，傅逸生有点惊喜地脱掉外套跟进了厨房：“还是我来吧。”

莫语涵点了点头，自顾自地打开盒盖，白白胖胖的漂亮饺子一个贴着一个摆放得很齐整，一看就知道是出自傅逸生之手。

离婚前他们在家里吃饭的次数有限，但只要是在家吃饭，就是傅逸生下厨。莫语涵帮不上忙，但她依然喜欢站在他身边，喜欢看他专注的模样。

可是，眼下的情况变了，莫语涵的新居傅逸生一点也不熟悉，饺子煮好了，他连找了两个橱柜都没找到盛饺子的笊篱。

莫语涵会意地拉开最下面的橱柜拿出笊篱递给他，又从旁边的橱柜拿出两个小碗以及醋和辣椒。

傅逸生看到她抱着碗筷和调料瓶子有些艰难地起身，正要去替她关上柜门，但见她直起腰来自如地向后一抬脚，棉拖鞋的外侧准确无误地擦过柜门上的把手，叭的一声，柜门受力轻轻合上。

这个动作一气呵成，轻巧迅速，他突然意识到他的语涵已经不是厨房里的移动障碍物了。

煮了两大盘饺子，最后只剩了小半盘。傅逸生放下筷子，才意识到自己刚才是真饿了，抬起头才发现莫语涵吃得很慢，因为她咬一口饺子就要观察一会儿。

“不好吃？”

“不是。”

“那怎么不多吃几个？”

“怎么没有花生米？”

傅逸生一听这话，不由得笑了。

在他的家乡，每年大年初一的饺子里都要包进一两枚硬币，老人们说吃到硬币的人就会在新的一年里有好运，后来渐渐演变成在饺子里包花生米了。每年的初一，莫语涵最在意的就是能不能吃到包着花生米的饺子。

“这次忘了。”想到包饺子时，他和母亲都心不在焉的，他心里也难免苦涩，“一个迷信的说法而已，何必那么在意？”

莫语涵不再接话，只是点了点头。

一时间餐厅里安静极了。

其实两人心里都藏着话，但都不知道要从哪里说起。

过了一会儿莫语涵看了眼窗外，雪还在下。

“雪还那么大……要不，就别回去了？”说话的时候，莫语涵故意没去看傅逸生，半天等不到他的回应，她才去看他，看到他嘴角挂着笑意说了声“好”。

莫语涵为他铺上新的床单和被罩，就连枕头也是新的。

傅逸生看着这个布置简洁的房间，想从这房间中寻找到她的蛛丝马迹，可是这房间太简单了，双人床、床头柜以及大立柜，比宾馆都不如。

任何人的痕迹都没有，这间房间是崭新的。

直到听到隔壁的关门声，傅逸生才关了灯躺上床。

没想到这一年才刚开始，他就这样忙碌了。

新年的钟声敲响时他正在赶来这里的路上，然后如他所愿地看到莫语涵错愕却有些兴奋的表情。他回想着她吃饺子时心满意足的样子，还有她小心翼翼让他不要走时的神情……他终于可以欣慰地告诉自己，母亲说的另一种可能性是不存在的。

傅逸生欣慰地叹息，闭上眼，脑子里翻来覆去都是母亲说的那些话。

他记得母亲说：“为什么你这么笃定语涵一定会回到你身边？”

“我爱她，她也爱我。”他理所当然地回答。

“你怎么知道她现在还爱你？”

傅逸生一时语塞。

傅母说：“就算语涵还没变心，那么她为什么就得回到你身边？难道说爱你就要跟你在一起吗？如果你们是初相识的小情侣，彼此相爱，那么她不嫁给你就是她不对，但是在经历了那么多事情以后你怎么还能这么确信她会回到你身边呢？

“没错，人对喜欢的东西都有欲望，就拿前段时间你们公司买地那事来说，你看上的应该不止一块吧？但是你全部拥有它们了吗？再比如，你小的时候很喜欢背着我买游戏光盘，你也不是每次只看上一款游戏吧？但是你会将你觉得不错的全数买下来吗？所以喜欢的未必就要拥有，有欲望也未必就一定要占有。对于有些喜欢的东西是没能力拥有，对于有些东西则是没那么喜欢，时间长了那种拥有它们的欲望也就淡了。语涵对你，或许就是这样。”

傅逸生不得不承认，母亲说的他从来没有想过。

“妈，您是要我放弃吗？可是，我舍不得。”

“唉，哪有当妈的愿意看到儿子难受心痛的？更何况语涵是这么好的姑娘。妈只是希望你能设身处地地替她想想。想想过去妈是怎么教你的，多替别人想想对自己也有好处，对亲人该是这样，对爱人更是如此。但是，如果她真的不爱你了，那么就放过她也放过自己吧。”

母亲的每一句话都是真理，最后一句更是正中他的要害。然而，无论如何他都不会放弃她，因为他害怕，害怕失去她，更害怕别的人不能给她幸福，害怕她在他庇护不到的地方受到伤害，这种心情就像嫁女儿一样，只是并不甜蜜。

他不能放心地将她的幸福交付给任何一个除了他以外的男人，所以，他一点都不想放弃。

第九章　爱你如初

39

这一夜莫语涵睡得特别踏实。

早上，她一出房门就闻到早餐的香味，傅逸生正穿着她的花围裙立在灶台边煎香肠。

他抬头看她一眼："你的牛奶过期了，我刚才去买了新的。"

"那你怎么进的门？"

"你把钥匙放在鞋柜上的花盆里了。"

她的这些小习惯他还记得这么清楚，莫语涵倚在厨房门边看他做饭，脑子里突然就想到一句话：或许情人真是老的好。

不知道是谁说过，未来永远比过去重要。过去她神经大条，但也算过得快乐，后来的事情出乎她的意料，她也在这种毫无防备的情况下被伤得体无完肤。可是，眼下她拒绝他、远离他，这种对意愿和欲望的虐杀难道就不是伤害吗？

她想要的幸福无非就是这样，睁开眼时就看到这个她爱的男人在厨房里为她忙碌着，这种幸福卑微，却实实在在。

“站在那干什么？过来帮忙。”

虽然莫语涵一点也不饿，但是这并不影响她的食欲，毕竟让傅逸生做一次早餐，那实在太难得了。

干掉了一大杯牛奶、一个煎蛋、一根香肠和三片面包后，她才满足地抹了抹嘴：“一会儿早点回去吧，不要让妈一个人等太久。”

傅逸生点了点头：“这几天你怎么过？”

“休息休息，难得清静。”

“没约什么朋友？”

比如周恒。但傅逸生没有明说。

“琴琴他们都回老家了，约谁去？不过也就一周的时间，很快就过去了。”

“我过两天就回来了。”

“怎么这么早？”

“公司事情多。”

提到铭泰的事情，莫语涵犹豫了一下还是问：“你和老杨……是不是闹掰了？”

傅逸生笑了笑：“怎么？他又来找你求助了？”

傅逸生特意说了“又”，莫语涵也笑了，其实把公司搞成今天这样，她也有责任，如果当初她稍微冷静一点，或者早一点让自己强大起来，哪有老杨什么事？

想到这里，她觉得自己也确实该给傅逸生表个态了：“以后你们俩的事别来烦我。”

“那咱俩的事呢？”

刚才还在说公司和老杨，突然又说到他俩，莫语涵的心突突猛跳了几下：“咱俩什么事？”

“我记得咱俩还有点债务关系吧？”

经傅逸生这么一提醒，莫语涵才想到之前气球事件那场闹剧。

她不禁埋怨：“没见过你这么小气的人。”

“新年新气象，既然重新恢复邦交了，那笔钱不还就不还吧。”

大年初一的早上，陪着莫语涵吃过早饭后，傅逸生赶回了家，又在大年初三的时候赶回了X市。

莫语涵知道他回来，也知道他一定很忙，因为自从初三以后，他再联系她的时候往往都是凌晨时分了。

聊多长时间，聊点什么，这都不重要了，重要的是，两人的关系在不知不觉中变得很暧昧，就像是一段感情未确立前那段时间，让人对明天充满期待。

新年假期过后没多久，莫语涵接到了傅母的电话。

“我在X市了，语涵。”

“怎么也没跟我说一声？我好去接您。”

“你们都忙，我又不是七老八十了，可以自己打车来。”老太太说着语气陡转，“也就是我闺女、儿子在这里，不然我可真不喜欢这，噪声污染这么大，在外面说话声音都要比平时高八度，交通也不方便，要不是逸生非要我来做个什么检查我也不愿意来。”

听到这里，莫语涵不由得心里一紧：“做什么检查？”

“别担心，其实没什么事情。”傅母轻笑，“就是每年的身体检查，今天白天刚检查过。其实以前都是在家里做，这次我查都查完了逸生又说家里的医院不如这里的好，非要我来这里再查一次，我拗不过他就来了……正好来看看你们。”

莫语涵悄悄松了口气：“逸生是对的，这方面您还是得听他的。”

“所以我就来了。你有空就过来陪陪我吧，我一个人也懒得出去转悠。”

“好啊。”

“别光说好，明天下午有空吗？晚上妈给你做几道爱吃的菜。”

莫语涵想了想，明天公司的确也没什么事，只不过离婚之后她还没回过那栋房子。但是她也实在不好拒绝老太太，犹豫了一下，她还是说：“那明天下午见。”

第二天，莫语涵是下午过去的，傅逸生还没从公司回来。

看得出，傅母见着她很高兴，从她进门起就没闲着，忙着给她切水果、倒茶水。

莫语涵有点不好意思：“妈，您歇会儿吧，我不渴。”

大概是见莫语涵有点拘束，傅母随口说道：“怎么在自己家还这么拘束？”

话说到一半，两人都意识到不太对，傅母叹了口气，莫语涵岔开话题，拿出自己带来的护肤品给傅母：“妈，我们公司做的，您试试。”

提到莫语涵创立的公司，傅母特别好奇，拉着她问东问西，两人说说笑笑刚才那片刻的尴尬倒是很快就被遗忘了。

准备晚饭的时候，莫语涵帮着傅母打下手，结果一不小心弄了一身番茄汁。

傅母见了连忙说：“还是我自己来吧，你快去房间换件衣服。”

“房间？”哪个房间？这个家里还有她的衣服？

“哦，我在之前你俩的房间里看到几件女式的衣服，应该是你之前留在这里的吧？快去吧。”

卧室的大床上铺着深蓝色有暗格的床单，那是有一年春天她跟琴琴逛街时买的，化妆台上摆放着她离开时未及带走的化妆品，床头柜上的半瓶安眠药已经过期……

她打开她原来的衣柜，让她意外的是衣柜里满满当当的，都是女装，难怪傅母会以为是她留在这里的。

她拿出一件来看，是她的尺码，商标还在。

一个不细心的人做不到这一点。不过莫语涵知道他这样做绝不是为了祭奠他们的感情，他从来不是个感性的人，他是那种做每一件事情都会讲实际效用的人。她知道，他随时准备着迎接她回来。

“找什么呢？”

莫语涵被突然响起的声音吓了一跳，不知道什么时候他已站在她的身后。

她转过身，傅逸生正居高临下地含笑看着她。

“我找件衣服。”

傅逸生笑了笑，摊手从她身后的衣柜中随便拿出了一件家居服：“就这件吧，穿着舒服。”

这件其实跟她以前在家里常穿的一件款式挺像的，就是颜色更鲜亮，显得气色好。

果然傅母见到她眼前一亮：“语涵的眼光一直不错，连件家居服都这么好看。”

莫语涵没有应声，而是去看傅逸生，发现他看着自己的目光似乎过于柔和了。

不过吃晚饭的时候，莫语涵发现傅逸生今天情绪很一般，话少，胃口也不好，问起来却说是公司的事情让他操心。但莫语涵知道，傅逸生很少把公司里的情绪带回家里，尤其是傅母也在的时候。

吃过晚饭，傅逸生要亲自送莫语涵回去，莫语涵推辞了半天，毕竟一个城东一个城西，一来一回至少得一个小时，傅母今天又刚到，他应该多陪陪她才是。可是傅逸生坚持，莫语涵也就没再说什么，她隐约觉得，他是有话要对自己说。

出了那扇门，傅逸生的情绪就彻底垮了下来。莫语涵看出他有心事，但又不知道该从何问起。上了车，她没话找话地问：“听说妈是专门来体检的，体检结果什么时候出来？”

傅逸生没有回答她的话，只是专注地开着车。莫语涵以为他在想自己的事情没听见她说的话，也就没再追问。就当她都快忘记这个问题时，他才缓缓开口：“已经出来了。”

“什么已经出来了？”

傅逸生把车子靠边停下，借着稀薄的月光，看着莫语涵说：“不知道你注意到没有，妈的嗓子有点哑。”

经傅逸生这么一提醒，莫语涵想起来，还真是这样，尤其是早上傅母打电话给她的时候，特别明显。

“是不是感冒了？”

傅逸生苦笑：“如果是这样就好了。”

莫语涵心底陡然生起不好的感觉：“那是……”

“医生说有东西压住了她的声带。”

莫语涵怔怔地消化着这个信息，突然就想起一年多以前，医生告诉她莫景铭时日无多时的情形。怎么她在意的人都会遇到这样的事情？

她努力搜肠刮肚，想说点什么安慰一下傅逸生、安慰一下自己，可是直到此刻她才意识到自己多么不擅长应对这种场合。

干燥温热的手指从她脸上轻轻拂过，她抬起头来，见他温柔地看着她，这才发现自己竟然流泪了。

她连忙擦了擦脸，勉强挤出一个笑容。

傅逸生也笑了：“我才说了这么一句，你就哭了，还让我怎么说下去？”

莫语涵也觉得自己太没用了，哽咽着说：“我是担心……”

担心什么，她没有说下去，但傅逸生都懂。

“妈比我们想得开。”

“可是……”

“别担心，说不准是良性的。”

“对对，一定是的。”

傅逸生见她这认真的样子，不由得又笑了：“无论如何，她得在X市接受治疗了，以前她在这就待不住，还好有你在她还不算寂寞，现在她一个人肯定更不高兴了，如果可以……不耽误你的工作的话，多抽空来看看她吧。像今天这样，我感激不尽。”

傅逸生说这些话的时候声音暗哑，莫语涵几乎能猜到这几天他是怎么过来的。

她低着头，满心担忧和沮丧，也怪他该客气的时候不客气，不该客气的时候瞎客气：“这时候还说这些干什么？不用你说我也会经常去陪她。”

“如果让妈知道你这么说，她一定觉得自己是因祸得福了。”

40

那天之后莫语涵几乎每天都去看望傅母，有时候傅逸生也在，不过多数时候只有她和傅母两人。

这天两人坐着闲聊的时候，傅母问莫语涵：“你和逸生打算什么时候复婚？”

这个问题倒是把莫语涵给问蒙了，她和傅逸生的感情状态她自己都说不清楚，公司的事情、傅母的病情，都让他们没来得及去想这个问题。

“婚姻是很神圣的承诺，我们这次都不想太草率了。”

“是这个道理，只是……”傅母叹了口气，“只是不知道我这把老骨头能不能等到那一天了。”

这话着实让莫语涵惊了一下：“妈您说什么呢？”

“我说错了吗？你老实告诉我，我的检查结果是不是有什么问题？”

“能有什么事？您想多了。”

“是吗？你和逸生总是背着我嘀嘀咕咕的，而且你那么大一家公司不管，天天往我这跑，怎么会没有事？说吧，妈承受得住。”

莫语涵见状，也知道瞒不住了，叹了口气说：“也不见得是什么坏事，现在所有的情况都还不确定，按照医生的意思，估计得让您做个手术。”

傅母点了点头，没再说话。

这天没等到傅逸生回家，莫语涵就先被傅母打发走了。回去的路上她给傅逸生打了个电话道歉，把今天的事告诉了傅逸生。

傅逸生安慰她说：“这不怪你，她早晚都得知道。不过有个好消息是，今天几个肿瘤专家分析了一下，单从那个肿瘤的密度来看，多半可能是个囊肿。”

“真的？太好了！”莫语涵总算松了口气。

不过傅逸生明显没有她那么乐观：“这只是个推测，还不确定，而且就算是囊肿也有恶性的，具体结果还得等手术完才能知道。所以语涵，我们要做好最坏的打算。不过这个结果至少让我们还有希望，现在要做的就是尽快安排妈做手术……我希望那时候你能在场……”

不等他说完，莫语涵说：“你放心。”

几天之后，傅母被送上了手术台。

莫语涵陪着傅逸生在手术室外等了足足五个小时，两个人谁也不说话，但是都知道，彼此的心是悬着的，尤其是莫语涵，各种不好的猜测混着消毒水的味道不断刺激着她脆弱的神经……医院这地方，她真是怕了。

手上传来温热的触感，她抬起头，是傅逸生。

“别担心，那肿瘤的位置比较特殊，这么长时间是正常的。”

莫语涵点点头：“那你也别担心。”

傅逸生笑了笑说：“好。”

其实今天让莫语涵来并不是为了傅母，而是为了傅逸生自己，他真担心万一手术过程中出现什么不好的情况，他会支撑不住。如今看来，叫莫语涵来真是个明智的举动，至少有她在，他就安心不少。

一个小时过后，手术总算结束了，按照医生的说法是手术很成功，至于病人能不能从此好起来，关键还是要等化验结果出来。

傅母醒来的时候，已经被转移到VIP病房。但是显然麻药的效力还没有过去，莫语涵问她话，她就眨眨眼，直到问她手术疼不疼的时候，她才勉强挤出一个笑容，声音嘶哑地说：“比生逸生的时候好多了。”

莫语涵的鼻子不争气地酸了：“您一定会平安回家的。”

都说这个世界上最美好的词是“虚惊一场”，莫语涵和傅逸生是真正体会了一次。一天过后，化验结果出来了，所幸只是一个良性的囊肿，但囊肿压迫声带时间太长，至于傅母的声音能不能恢复如初，那就得看她自己的恢复情况了。即便如此，也是天大的好消息了。

提心吊胆了大半个月的傅逸生和莫语涵终于可以安心睡个好觉了。

晚上，傅逸生开着车送莫语涵回去，莫语涵问起铭泰的事情："老杨那边你打算怎么办？就算他暂时动不了你，但是时不时搞点事情也够你折腾的。"

提起这事，傅逸生也是一脑门的官司，不过最近总算有点眉目了。

"这事你就别操心了，爸培养我这么久，如果这点事都办不好，那真是愧对他老人家了。你等着看吧，铭泰只会越来越好。"

莫语涵想到莫景铭去世前的那段日子，她被感情冲昏了头，笃定傅逸生对自己、对铭泰都是个威胁，甚至还试图背着莫景铭把傅逸生从公司赶出去。她以为父亲到死都不知道这些，可是如今想来，以他的精明、敏锐，不会不知道——无论是对傅逸生本身，还是对她做的那些小动作。所以他选择装聋作哑视而不见，是不是就已经表明了他的态度呢?

原来，父亲竟然比她更信任傅逸生。

想到这里，莫语涵点了点头："我相信。"

到了莫语涵家楼下，傅逸生却不着急离开："你上去吧，我看到灯亮了就走。"

莫语涵转身上楼，听到身后车门关上的声音，她回头看，发现他下了车，正站在她身后不远处。见莫语涵回头，他说："我看着你上去。"

借着稀薄的月光，莫语涵依稀看得到，他还是保持着双手插在西裤口袋中的姿势，夜风渐紧，吹得他衣袖鼓动。

天色已经很晚了，莫语涵有些犹豫："要不……你还睡客房？"

客房里还是他上次离开时的样子，卫生间的洗漱台上还留着他的一套洗漱用品。傅逸生打开水龙头，把冰冷的水泼到脸上。

莫语涵经过卫生间时看到他用凉水洗脸，不禁提醒道：“开关打在左边有热水。”

傅逸生仰起脸从镜子里看着她，下一刻就回身紧紧地拥抱住了她。

她陪着他从青涩到成熟，让他从一个一穷二白的臭小子变成一家大公司的CEO，他辜负过她，可是在他最脆弱的时候陪在他身边的人还是她。

随着岁月的累积，他也渐渐地知道自己终究是无药可救地爱上了这个女人，这种爱不够热烈，也不够新鲜，却细软绵长无孔不入地渗透在他全部的生活中。

他将脸埋在她的肩窝处，近乎呢喃地说道：“谢谢你，语涵，谢谢你，让我爱你。”

41

傅母手术后恢复得不错，离开X市前，还悄悄拉着莫语涵的手说希望莫语涵不要让她等太久。

莫语涵当然知道傅母指的是什么，其实在她心底，有些事情也已经有了结论，她不会让傅母等太久，也不会让自己等太久。

傅母离开后的第二天，顾琴琴约莫语涵吃饭，说什么“丑媳妇早晚要见公婆”，电话里莫语涵也没搞清楚是什么意思，直到约会当天看到陆浩的车的时候，她才明白所谓的“丑媳妇”是谁。

莫语涵上了车，陆浩打趣她：“哟，语涵气色不错啊，这有了爱情的滋润就是不一样。”

莫语涵笑呵呵的：“昨天电话里琴琴说什么丑媳妇要见公婆，我还当是怎么回事，今天就带着你来见我了，不过这辈分好像弄差了哈？”

顾琴琴闻言说：“莫语涵！能不能别总抓着我语文不好的毛病不放？”

莫语涵还没说话，陆浩边开车边摸了摸她的头说：“没事，我不嫌弃你，我就喜欢你这种总坑自己人的做派。”

顾琴琴瞪了他一眼：“你还敢嫌弃我？”

“不敢不敢，爱还来不及。”

这两人眉来眼去你来我往，完全把莫语涵当空气了，莫语涵忍不住搓了搓手臂：“能不能不要这么肉麻？”

顾琴琴一脸幸福模样：“这叫恩爱！”

莫语涵说：“那你有没有听过一个关于‘恩爱’的故事？”

顾琴琴傻乎乎地问：“什么故事？”

“有两只鸟，分别站在零线和火线上，本来它们相安无事，后来那只雄鸟亲了雌鸟一下，结果两只就都变成烤鸡了。这个故事告诉我们什么呢？秀恩爱死得快。”

陆浩哈哈一笑说：“鸟嘴不导电吧。”

顾琴琴附和道：“对呀对呀！”

莫语涵笑：“那两只是舌吻，秀得太过了。”

顾琴琴说不过莫语涵，正气恼，陆浩笑了：“近朱者赤，近墨者黑，这跟某人在一起时间长了，嘴都毒了。”

不用说也知道陆浩说的“某人”是谁。

顾琴琴笑了：“真是这样，现在的你们俩才更像一家。对了语涵，之前我和陆浩见了双方父母，也算是订婚了，婚礼是定在三个月以后。你和傅逸生打算等到什么时候？干脆一起呗？”

“你们这速度赶上坐火箭了，恭喜啊。不过我这里八字还没一撇，你肯定是等不上我了。”

陆浩闻言笑呵呵地吹了声口哨：“看来某人得继续努力咯！”

没一会儿，莫语涵发现车子是往铭泰的方向去的，有点奇怪：“这是去哪？”

陆浩说：“先接上逸生，咱们一起。”

来之前顾琴琴可没跟莫语涵说还有傅逸生，此时莫语涵用目光询问顾琴琴，顾琴琴只是耸了耸肩，做无辜状。不过也无所谓了——自从傅母回家后，她也有些日子没见着傅逸生了，联系都比以前少了，正好见了面可以问问他最近在忙些什么。

车子停在铭泰楼下，等了片刻不见傅逸生出来。

顾琴琴问陆浩：“不会还在忙吧？”

陆浩看了眼时间：“早下班了，我提前打过电话，有事也该处理完了。”

陆浩和顾琴琴正说着话，没注意铭泰大堂里，傅逸生已经出了电梯正往门外走。莫语涵第一眼就认出是他，正想跟前面两人说他来了，一回头却发现傅逸生好像被什么人叫住了。

那两人边说边往外走，离莫语涵他们越来越近，莫语涵这才看清楚，叫住傅逸生的不是别人，正是早就被傅逸生打发走的谭晶晶。

她怎么会在铭泰？

这时候，刚才还跟顾琴琴抱怨傅逸生的陆浩突然话锋一转：“我刚想起来，逸生说让我们先过去，他自己开车过去。这时候他八成已经在路上了，那咱们也赶紧过去吧。”说着陆浩就急急忙忙把车子开出了铭泰。

不明所以的顾琴琴还在追问：“他什么时候跟你说的啊？”

陆浩随口应付道：“就刚刚。”

“这你都能记错，我真是服了。”

陆浩没理顾琴琴，而是从后视镜中看了莫语涵一眼，两人的目光对上的时候，陆浩咧嘴一笑：“别着急啊语涵。”

莫语涵没事人一样：“我急什么？反正也没等多久。”

陆浩这才松了口气，等红灯的时候，偷偷拿出手机给傅逸生发了条短信。

莫语涵把他这些小动作看在眼里，心里却不无失望——看来大家都知道谭晶晶并没有走，只是瞒着她罢了。然而在经历了那么多事情之后，傅逸生还是坚持把谭晶晶留在铭泰，原因是什么？

莫语涵想到当初她和老杨想联手罢免傅逸生CEO职务的时候，据说就是傅逸生带着谭晶晶去做老杨的说客才让老杨中途改变了主意。

想到这里，她不由得自嘲地笑了笑，有些事情上比起谭晶晶，自己好像更像个外人。

不出所料，后来莫语涵他们还是等了傅逸生很久。

当他风尘仆仆地赶来时，顾琴琴问："我说傅总，你不是早就出来了吗？怎么这会儿才到？"

傅逸生抱歉地笑了笑："赶上堵车了。"

莫语涵也笑，从铭泰到这里也就五六公里，就那么一条路过来，怎么就他赶上堵车了？但她什么也没说，毕竟今天的主角是陆浩和顾琴琴。

这个小插曲很快就过去了，四个人还是第一次像今天这样聚在一起，好像回到了大学时代。尤其是顾琴琴，多喝了几杯话也特别多，没完没了地拉着莫语涵回忆大学时候的那些事儿。

中途陆浩和傅逸生出去抽烟。

陆浩这才有机会问他："你今天是怎么了？差点掉链子啊！"

说起今天的事，傅逸生就烦躁："老杨真是得寸进尺，非要让我按照当初口头许给他的数结算利润。"

陆浩听了也挺气愤："他还在纠缠这事呢？这种事情哪有说得准的，再说你们也没签什么协议，他凭什么这么要求？这和明抢有什么差别？"

"他就是想让我跟他补签个协议。"

"哦，今天谭晶晶找你就是为了这事？"

"你看见了？"

"是啊！当时我们就在大门口。"

傅逸生有点担心："语涵……没看见吧？"

"放心，应该是没有，还好哥们儿够机敏。"

"那就好。过些日子吧，早晚得收拾老杨。"

陆浩说："他现在这么欺负人，不会是其他股东那边也有问题吧？"

“老杨到处散播谣言，说我们克扣股东的部分分红，搞得人心惶惶的，以前站在我们这边的人，现在也不好说了。”

其实这才是傅逸生最头疼的事情，毕竟就算莫语涵站在他这边，单凭他们两个人，没有绝对的话语权，老杨还是有机会全力一搏的。

陆浩说：“他们不是要看账本吗？干脆给他们看好了。”

傅逸生摇头：“不行，倒不是不能给他们看，而是我们明知道老杨居心叵测，说不准会拿账本做文章，最后制造点什么事端反过来威胁我们那就更被动了，还不如现在这样。”

陆浩愤愤地说：“干脆我们也放手一搏算了，剩下那几个股东，只要有一个站在我们这边事情就好办了。现在既然已经撕破脸了，那就撕到底呗。”

“还不是时候，这种事情，还是要有完全的把握再动手。”傅逸生将剩下的小半截烟按灭在旁边的垃圾桶里说，“回去吧，出来的时间太长了。”

两人再回去时，发现顾琴琴已经彻底醉倒了。

傅逸生有点意外：“怎么喝了这么多？”

莫语涵说：“高兴呗，拦都拦不住，不过也不是什么坏事，随她去吧，再说了，人家的未婚夫还没说什么呢。”

被点到名的“未婚夫”呵呵笑着：“琴琴就好这一口，不过我们早就说好了，我在场的时候随便她怎么喝都行，反正我不倒就没问题。”

这恩爱秀得确实让人羡慕。

莫语涵说：“看来琴琴也是傻人有傻福了。”

陆浩得到未婚妻闺密的肯定也挺高兴的，他问傅逸生和莫语涵：“你们打算什么时候啊？都老夫老妻的了，干脆早点尘埃落定算了。”

傅逸生眼含笑意去看对面的莫语涵。莫语涵却说：“现在不就是尘埃落定的状态吗？我们这种跟普通人不一样，结婚太麻烦了。”

这一句话，让对面的两个人一时间都没了话。

过了一会儿，傅逸生才说："没事，我可以等你，等到你觉得不麻烦的时候。"

42

顾琴琴的婚礼正在紧锣密鼓地筹备着，莫语涵被顾琴琴拉着当伴娘。为此傅逸生亲自给陆浩指定了一位伴郎。在他们那拨同学中，还没成家的实在不多，陆浩会拖到这么晚，那是他眼光太高，但这位伴郎至今仍是光棍儿一个，确实是因为有点困难——年纪轻轻的头发就没多少了，年轻的女孩子又都在意形象，所以这位叫贾科的同学至今还没谈过恋爱。

陆浩见傅逸生非要推荐贾科做伴郎也很郁闷："我说你这是要搞砸我的婚礼的节奏啊，你说是伴郎，不认识的还当是我爸呢。你这么担心你家莫语涵，干脆你做伴郎好了。"

"那不行，我得在台下看着。"

"受不了你。"陆浩将请柬推到傅逸生面前，"知道你忙，我还特意第一时间通知你，现在看来，有语涵在，这请柬都该省了。"

傅逸生不置可否地笑着打开请柬，上面赫然印着陆浩和顾琴琴的婚纱照。傅逸生端着照片看了良久，越来越觉得两个人笑得很有夫妻相。他这才意识到，原来拍这种照片，要两个人都笑才好看。他想到自己床头挂着的那张，莫语涵倒是笑得很好看，但他似乎就显得过于严肃了。

陆浩不明所以地去看请柬上自己的照片："看什么呢看这么长时间？"

傅逸生收回思绪，合上请柬："不错，很帅。"

"那必须的！我媳妇也挺美吧？"

"瞧你那点出息。"

"唉，你是不知道，我一想到以后和喜欢的人一起生活，就觉得以前那么多年都白过了，怎么没早点认识她早点结婚啊！"

陆浩以前是出了名地爱玩，谁也想不到他还会有今天这番感慨。说实话这让傅逸生挺动容的，因为陆浩说的这些话，他都感同身受。

陆浩说："你也抓紧，别比我们晚太久。"

"这事急不来，语涵的态度你也看到了，还不是时候。"

"她不会是恐婚吧？"

傅逸生若有所思地笑了笑："如果真是这么简单就好了。"

这天莫语涵一大早就陪着顾琴琴去试礼服。

莫语涵最近瘦了点，穿上贴身漂亮的伴娘服更显得曲线迷人。顾琴琴却在短短的半个月内重了四斤，而且这些突生出来的脂肪多数集中在她的腰上。

她看了看镜子中的自己，不甘心地掐了一把一边的莫语涵："到底咱俩谁结婚啊，太不公平了！"

莫语涵避开她的"咸猪手"："说明你心宽体胖日子过得好。"

帮着试婚纱的小姑娘问她要不要改大一点，顾琴琴想都没想就回绝掉："还有俩月呢，到时候我肯定穿得进去。"

莫语涵朝顾琴琴竖了竖大拇指："就佩服你这决心。"

两人聊着聊着又聊到了周恒。

顾琴琴说："这家伙是不是在玩人间蒸发啊？都多久没联系了，和你联系了吗？"

莫语涵突然意识到，周恒的确有很久没有联系过她了，他还是"语涵"的股东，但这段时间也没怎么去过公司。

"也有段时间没和我联系了。"

"不对劲，不跟我联系还好说，不联系你肯定有问题，不会真的谈恋爱去了吧？连个招呼都不打？"

仔细想想，莫语涵和周恒确实是从校庆过后不怎么联系的，最近的一次是有一天早上，莫语涵起来发现有个前一天半夜的未接来电，可当她回给周恒时，周恒却说没什么事，误拨了。当时莫语涵隐约觉得，他其实是有话想对她说，但是好像又改变了主意。

无论如何，说起周恒，莫语涵总觉得心情有点复杂。

“可能就是忙吧，你这么想他你主动点呗。”

“呸，跟一个要结婚的人说这话合适吗？不过我正好要给他送请柬。”

试完了新娘装和伴娘装，帮着试婚纱的小姑娘又问新郎装和伴郎装什么时候试。

提到伴郎，莫语涵才想起来自己还不知道是谁。

她问顾琴琴：“伴郎定好了？”

“嗯，定好了，但我都不知道是谁，神神秘秘的，就给了个礼服尺寸，不知道陆浩在搞什么，不过可以肯定，这尺寸不是傅逸生的。”

莫语涵觉得好笑：“现在我们陆总的套路越来越奇怪了。不过是谁都无所谓，没人规定伴娘、伴郎得有什么关系。”

“就是，所以他卖关子，我也懒得搭理他。哦对了，一会儿送你回去之前我得先把礼服送去铭泰，你不赶时间吧？”

“今天没什么事。”

试完礼服，顾琴琴开车到了铭泰。她本想亲自送上去，让莫语涵在车里等她一下，但刚要推门下车才发现她们前面的那辆车有点眼熟：“咦，那不是傅逸生的车吗？正好，有劳咱们CEO了。”

可是就在这时，前面的车上下来一个女人，让莫语涵和顾琴琴都很意外。

“谭晶晶？”顾琴琴看向莫语涵，“她不是早就被开了吗？”

说实在的莫语涵也很意外，却比顾琴琴平静很多，看来上一次她没有认错人。

她催促顾琴琴：“你还去不去送衣服？”

“我说你怎么一点都不在意？”话说到一半，顾琴琴似乎意识到什么，“莫非你早就知道了？”

“知道什么？无非就是撞见过一次。”

顾琴琴火气上涌：“这傅逸生也挺奇怪的哈，这女人有什么理由非得留在铭泰啊？他自己老婆、孩子因为谁没的他不知道吗？”

这是莫语涵最不愿意提起的话题：“算了琴琴，过去的事就别提了。”

前面的车子已经开走，顾琴琴也发动车子。

莫语涵提醒她：“礼服还没送上去呢。”

“让陆浩那小子来家里拿！我倒要问问他，什么情况啊这是！”

顾琴琴效率奇高，当天晚上就打电话给莫语涵汇报审讯情况：“问清楚了，谭晶晶之前离开铭泰去了光大，现在她是老杨的人，往好了说是代表老杨来对接铭泰的相关事务，其实就是老杨安排在傅逸生跟前的眼线！我也说傅逸生不能那么浑呢。”

听顾琴琴的口气，明显是松了口气。

莫语涵笑：“你信他？”

顾琴琴愣了一下：“你不信？”

“如果是你和陆浩，有一件事他明知是你在意的，但就是要瞒着你，你想知道还要通过多方途径去打听，你觉得长此以往累不累？”

“你这么一说，是有点。啧，但是你家面瘫不就是闷葫芦一个吗？”

“这不是其他的事，你也说了，无论是我离婚还是流产，跟那人或多或少都有点关系，她回到铭泰，傅逸生却只字未提，他难道就不怕我哪天心血来潮去公司时撞见吗？”

“那你打算怎么办？”

“不打算怎么办，所以你跟你家陆浩也说好，就当什么事都没发生过。”

“你确定？”

“嗯，两个人要在一起，不能总是一个人去戳破另一个人，总有人要坦白，也总有人要装傻。我可以选择装傻，但是他至少也该坦白一次。”

听了这话，顾琴琴欣慰地说：“语涵，其实我觉得离婚对你、对你们来说都未必是坏事，我觉得你成长了很多。”

莫语涵笑：“谢谢。”

周恒有好长一段时间没联系莫语涵和顾琴琴，主要是因为他去了趟巴黎，说是出差，其实就是去散心。

回来倒了几天的时差，他来找莫语涵，把礼物拿给她。

“什么事需要在外面待两个月？”莫语涵问他。

“其实也没什么事，正好去那休息休息。”

他把手机里在巴黎拍的照片给莫语涵看：“在那边的状态，大概就是这样。”

莫语涵一张张地看着，照片背景是巴黎的各个角落，有他发呆时的，有行走时的，还有吃东西时的，甚至有睡觉时的。

莫语涵看完所有照片，把手机递还给周恒：“摄影师不错。”

周恒愣了一下，继而笑了：“是很不错，最不错的是，她很喜欢我。”

他看着莫语涵，莫语涵也看着他。

他坦白地说：“你也见过，就是那天撞车那姑娘，说来缘分真是奇怪，我到巴黎的第一天就又遇见了她。”

莫语涵努力回忆了一下，说：“挺漂亮，跟你很般配。”

“那你会祝福我吗？”

“当然。”莫语涵顿了顿问，“那天晚上打电话，是要说这件事吗？”

“什么事情都瞒不过你，那我是不是可以理解为是我们这么多年的默契？”

莫语涵笑，说不上是欣慰还是其他什么感觉，因为这一切的一切都像是一次告别。

“语涵。”周恒叫她的名字，“其实那天我下飞机你让我去接你，我就知道你跟傅逸生又好了。我当时特别绝望，但是也认了，不是我不够努力，是你从未放下过他。但我真的决定放弃并不是因为我累了，而是我希望你能毫无束缚地去追求自己想要的，仅此而已。”

仅此而已。

她清楚地知道这四个字背后蕴藏的是什么，是对自己的残忍和对那个人的宽容。

莫语涵对傅逸生是什么样，周恒对她就是什么样。以已度人，她怎么会不替他心疼？好在，他终于也找到了属于自己的爱情。

“谢谢你周恒，你会幸福的，她比我好多了。”

第十章　单身之旅

43

重新把莫语涵追回身边后，傅逸生倒是尽职尽责地扮演着一个好男人的形象，再忙也会抽时间打打电话，或者陪她吃个饭。但是像今天这样留宿在莫语涵家的情况倒是少数，因为铭泰在城东，莫语涵家在城西，早上开车去公司耗时太长，尤其是这段时间，铭泰内部也不太平，据说老杨已经开始下手，从二级市场收购股份，是何居心傻子都看得出来。

莫语涵自知帮不上忙，也不想这时候去烦他，更何况“语涵”的事情她都处理不过来呢。

浴室里水声不断，傅逸生还在洗澡。莫语涵随手把几件穿过的衣服捡起来打算去洗衣服。这时候，傅逸生放在桌子上的手机响了。

她看了一眼，是个陌生号码。

她叫了傅逸生一声，告诉他有电话，没人回应她。

电话安静了下来，可过了一会儿又响起来。莫语涵担心是公司的事情，边替他接通电话，边往浴室的方向走去。

电话接通，里面立刻传来一个女人的声音："傅总。"

莫语涵愣了一下，但什么也没说，直接推开浴室门，把电话给了里面的傅逸生，自己退了出来。

傅逸生接过电话时，脸色明显不对，但也只是说了句"谢谢"。

莫语涵继续收拾着房间，心却怎么也静不下来。刚才那声"傅总"，虽然只是短短的两个字，但是谭晶晶的声音她怎么会听不出来？

等傅逸生洗好澡从卫生间里出来，她问他："谁啊？"

傅逸生用手上的毛巾擦了擦头发，随口说道："公司的人，汇报工作。"

莫语涵点了点头，没有多问。

可是没过一会儿那电话又打了过来，傅逸生不耐烦地接起，听了一会儿说："有什么事周一再说，这周末我得陪家人，不去公司了。"说完他便挂断了电话。

抬头看到莫语涵，他笑了笑，干脆关掉手机："安心过周末。"

莫语涵也笑，却一点高兴的感觉都没有。

随着顾琴琴的婚礼日期越来越近，她的恐婚症状也越发明显，而且无论莫语涵怎么开导她，似乎都没什么用。

莫语涵绞尽脑汁，想了很多办法，甚至连看心理医生的建议都搬出来了，但是到头来顾琴琴只接受"婚礼前来一次单身之旅散心"的提议。

其实提出这个建议时，莫语涵也是有私心的——说不去计较谭晶晶的事情，但当她看到谭晶晶从他车上下来，当她无意间接到谭晶晶打给傅逸生的电话，即便知道他们之间没什么，可是一想到傅逸生的不够坦诚，她依旧觉得心烦意乱。

所以出去散散心，适当地拉开点距离，或许对彼此都会好一些。

事情一决定，莫语涵和顾琴琴开始商量去哪里玩。后来考虑到婚礼前的时间太紧张了，就决定在国内找个好玩的城市玩一下。至于要不要将这次“单身之旅”告诉男人们，两人商量之后还是决定不说。

顾琴琴不想让陆浩知道她恐婚，是怕陆浩多心，以为她不够爱他。

“干脆就说我们公司封闭培训，反正就是一周的时间不见面嘛，我觉得问题不大。”顾琴琴说。

莫语涵笑：“说得轻巧，我真怀疑某人两天不见人家就该害相思病了。”

顾琴琴也知道，自从自己和陆浩在一起后，除了陆浩出差，他俩真的是一天不见都不行，所以离开这么久，还真保不齐会想他。

她说：“别只说我。那你呢，要告诉你家面瘫吗？”

莫语涵想了想，不怀好意地笑：“不说，让他着急，让他心烦，让他知道自己错了。”

顾琴琴知道莫语涵还是在意谭晶晶的事，毕竟这事搁在自己身上也不一定会比她处理得好，适当地给傅逸生点颜色看看，的确无伤大雅。

于是，一次秘密的单身之旅就这么愉快地定了下来。

出发的前一天，莫语涵直接带着行李入住顾琴琴家。莫语涵到的时候天都黑了，顾琴琴却是穿戴整齐要出门的状态。

“这么晚了你去哪？”

“明天就要飞Y市了，今天陆浩又忙到现在，我去看看他，马上回来。”

“这还没走呢，就黏糊成这样，我真担心你出去会把我一个人扔在外面自己回来。”

“哎呀，接下来的一个礼拜我都是你的，就这么一小会儿给陆浩，你就不要吃醋啦。”

莫语涵不耐烦地挥了挥手：“快去吧，早去早回。”

然而，顾琴琴并没有像她承诺的那样早去早回。

莫语涵一直等到晚上十点钟，还是不见她回来，明天可是一早的航班，顾琴琴不可能不知道要早点回来。

她犹豫了一下还是打了个电话过去，没想到接电话的竟然是陆浩。

“语涵，什么事啊？”

莫语涵愣了一下，问：“琴琴呢？”

“别提了，我们正在医院呢。”

听到“医院”两个字，莫语涵的心立刻提了起来：“出什么事了？”

“琴琴受了点伤，不过不太严重。”说话间，电话里传来一阵嘈杂的声音，陆浩说，“你等一下啊，琴琴要跟你说。”

“喂？语涵。”

听到顾琴琴的精神状态尚可，莫语涵松了口气：“出什么事了？还说早去早回呢。”

“今天出门没看皇历，真够倒霉的！遇到个神经病喝多了，直接把易拉罐从窗子飞了出来！结果倒霉的我就中招了，医生说得缝针，新娘都破相了，这婚礼还办不办了……”

莫语涵还没说什么，就听电话另一边陆浩说：“说什么呢？放心吧美着呢！婚礼如期举行哦，乖！”

顾琴琴敷衍地说：“好了好了，知道了。”

莫语涵也说：“婚礼是大事，哪能说改期就改期。”

顾琴琴说：“知道了。”

“那你今晚什么时候回来？”

“看这架势估计得挺晚了，那个……”顾琴琴放低声音说，“恐怕我旅行的事情要泡汤了，医生说我这伤口还要定期来处理一下，我怎么这么倒霉！”

“什么旅行？”是陆浩的声音。

电话里顾琴琴敷衍地回答他：“蜜月旅行！我跟语涵说几句话，你先去开药吧。”

打发走了陆浩，顾琴琴问莫语涵：“延期肯定来不及了，我不去的话，你还去吗？”

“去，为什么不去？”

44

莫语涵把公司的事情暂时交给周恒，自己登上了飞往Y市的航班。

接机的车是提前安排好的，酒店也是提前订好的。到了Y市一切都算顺利。

不过莫语涵一直都有点晕机的毛病，所以到了Y市的第一天她没有出门，而是在酒店休息。

Y市是顾琴琴选的，莫语涵以前从没来过，眼下没有顾琴琴，她对这里还真是一无所知。好在酒店有现成的旅游攻略，既然来一趟，那上面所有的名胜古迹她都打算去看一看。

在酒店养精蓄锐了一整天，第二天她换了一身休闲的衣服出门。

顾琴琴和莫语涵都不是体力特别好的人，正好Y市是有名的古城，以人文景观著名，倒是适合两个女孩子，而莫语涵的第一站就是赫赫有名的“青阳古城”。

这天天气很好，碧空万里无云，阳光有些刺眼，莫语涵戴着顶遮阳帽在熙熙攘攘的人群中自在地穿行。

街道两边是各类新奇的小商铺，她一路逛过去，对什么都感兴趣。手机被她丢在身后的包里，有没有人联系她，她完全不在意。

她发现，自己竟然很享受这种“失联”的状态。

快到中午时，她觉得有点饿了，不过放眼望去，街边的小店家家客满为患。她找了半天，终于找到一家还有张空桌的小面馆。

她对吃什么并不挑剔，随便点了份招牌面，坐等开饭。

正在这时，她眼前的光线一暗，有人站在她的桌对面问她：“介意拼个桌吗？”

莫语涵愣了一下，难以置信地抬起头来。

她以为是自己听错了，可当她看到望着她笑的傅逸生时，什么脾气都没有。

她真怀疑自己身上是不是被他安装了什么定位系统，他总是能在她意想不到的时间和地点出现在她面前。

傅逸生穿着牛仔裤和休闲的棉布衬衫，背上是个双肩背的休闲皮包。不得不说，脱掉西装的他显得年轻英俊，说他只有二十出头，也没人不信。

被抓包的莫语涵并不打算服软，毕竟一声不吭地跑出来就是有意报复他，现在当什么事都没有那算是怎么回事？

莫语涵直接拎起包起身："不用拼了，这桌让给你！"

从小面馆出来，她头也不回，顾不上闲逛，加快步伐，只为甩掉身后的某人。

走了好一会儿，她再回过头——熙熙攘攘的人群中已经看不见某人的身影了。她松了口气，一回头却看到傅逸生端着两杯柠檬水从隔壁的小店里优哉游哉地走出来。

走到她跟前，他将一杯水递到她面前："大热的天，走了这么久，不渴吗？"

生无可恋地骂了句"阴魂不散"，莫语涵转身朝着另一个方向走去。

知道自己无论如何也甩不开傅逸生了，她索性就当他不存在，该逛就逛，该吃就吃。

这次她特意找了家人多的店，专门和别人拼了桌，这样傅逸生进来也只能坐在别的桌，两人离得远了也就用不着交流了。

莫语涵是这么想的，但是想法总是比现实美好——隔着条过道，傅逸生还时不时地没话找话和她搭讪，以至于坐在莫语涵对面的小伙子都看不下去了。

他问莫语涵："你们认识啊？反正我也是一个人，要不我跟他换换？"

莫语涵正想着这次机会傅逸生无论如何也不会放过，但一回头发现他正在接电话。

她听到他对电话那边说："谭助理有什么要求你按照她说的来就行，有什么问题我负责。"

莫语涵嘁了一声，对对面的小伙子说："我们不认识。"

这顿饭吃得索然无味，什么“名盛小吃”“Y市一绝”，她完全没尝出什么味道来，草草吃了几口就埋单走人了。

从小店出来，她气鼓鼓地打给顾琴琴，电话一接通，不等对面说话，她先发制人：“你出卖我？友尽了知道吗！”

“我也没办法啊，陆浩那天在电话里听到旅行的事了，傅逸生有半天联系不到你就来找我了。我觉得你们俩最大的问题就是沟通，趁这个机会好好谈一谈，你有什么不满意的，直接告诉他。”

顾琴琴说话时刻意压着声音，应该是正在开会结果被莫语涵打断了。莫语涵有点后悔自己的冲动，也就没再说什么挂断了电话。

将手机扔回包里，她继续漫无目的地逛着。

街上除了卖小玩意儿的，还有很多卖民族服饰的店铺。其实从进到古城里，莫语涵就发现很多女孩子都穿着有民族风味的服装，款式特别，但也美得别有风味，而且仔细一看，做工也不错，据说是当地少数民族的妇女们一针一线绣出来的。

莫语涵想买一件做纪念，连着试了几身，拿不定主意，直到试到一身黑底绣牡丹的长裙时，听到身后有人说：“这件不错。”

试衣镜中，她的身后不是别人，正是傅逸生。

店老板听傅逸生这么说，也说：“这个款式只此一件，算是我们的镇店之宝了，但是颜色很挑人啊，姑娘皮肤白穿着就特别合适。”

其实莫语涵也中意这一件，她却指着另外一件不怎么中意的，说：“我要那件，帮我包起来吧。”

从服装店里出来，走了一会儿，莫语涵发现傅逸生不见了，难道是这里人多他没有跟上来？

她想了想，发现自己还在惦记着傅逸生的想法无比可笑，毕竟那么大的人又丢不了，而且她不正是要给他点颜色看看吗？

刚才吃饭时，莫语涵也没吃多少，走了一会儿突然觉得饿了。正巧前面有卖麻辣香干的小贩将一碗碗淋了麻油和辣椒的香干摆成一排排卖。

过往游人有不少买的，莫语涵也凑上前去要了一碗。交钱时她却发现背包口袋不知道什么时候被打开了，里面的钱包不见了，手机也不见了。

她以前从来没有遇到过这种情况，一时间不知道该怎么办，而那卖麻辣香干的小贩就那么盯着她找钱。

她平生第一次体会到买东西拿不出钱是件多么窘迫的事情……

正在这时，一张钞票被递到小贩面前。

“不用找了，再来一碗。”说话的是傅逸生，他把麻辣香干递给莫语涵，“别找了，估计从服装店里出来就被偷了。”

莫语涵想说“你怎么就偏偏那时候不在”，可是又不想在傅逸生面前服软：“就当是我借的。”

听到这话，傅逸生的嘴角分明动了动：“好啊。”

莫语涵没好气地接过麻辣香干，也不跟自己较劲了，毕竟现在身无分文，后面几天怕是不得不依靠傅逸生了。

她突然有点庆幸，还好他跟着来了。

45

吃了点东西填饱了肚子，莫语涵朝傅逸生伸出手：“手机借我用下。”

傅逸生看了她一眼，在包里翻了翻，可拿出来的不是手机，却是纸巾。

趁着她愣怔之际，他替她擦掉了嘴角的辣椒酱。

莫语涵反应过来后，有点不高兴：“到底借不借？”

“借来干什么？找人接你回去？顾琴琴已经被禁足了，周恒忙着谈恋爱顾不上你。你那些猪队友现在都指望不上了，我劝你还是别打这算盘了。再说来都来了，这么早就回去，不扫兴吗？”

的确，莫语涵一想到自己刚从晕机的不适中缓过来，就这么回去，那实在太不划算了。

见莫语涵动摇了，傅逸生趁热打铁道：“其实我也不全是奔着你来的，我早就听说这里不错，每次来又都是公事，最近正好想给自己放个假……不如这样，你玩你的，我玩我的，我们互不干涉，但是我可以借钱给你，等回了X市你再还我，好不好？”

莫语涵挑眉看着他：“你葫芦里卖的什么药？”

傅逸生笑：“就算有人能来接你，最快也得明天才能到吧？你这一天没钱、没手机，还要跟我怄气……我是真怕你出事。”

虽然还是有点顾虑，但这话并不假，而且说实话，她也不想这么早回去。

“那好，但说好了，各玩各的，互不干涉！”

傅逸生点头：“嗯。不过今天不早了，先回酒店吧。”

说着两人朝着古城外走，早有车等在外面。

上了车，傅逸生对司机说：“去莱恩酒店。”

莫语涵诧异地回头看他：“你怎么知道我住哪？”

问出这句话后她又觉得多余了，她那好闺密猪队友顾琴琴肯定什么都交代了。

到了酒店，莫语涵发现，傅逸生的房间就在她的房间对面，不用说，肯定不是碰巧。

想明天不受制于人，今天就得先拿到钱，见傅逸生要回房间，莫语涵拉住他说：“先给我一万块。”

傅逸生扫了一眼隔壁正在开门的房客，这才看向莫语涵：“是不是觉得让别人看到我在门口给你点儿钱很刺激？”

莫语涵愣了一下，待明白他的意思后，脸立刻就红了。

他朝房间里仰了仰下巴，她无奈，只好跟着他进去。

她进去后才发现，傅逸生这边的套房比她和顾琴琴订的那间还要大，而且窗外的景色也比她那边要好。

莫语涵立刻有点不平衡：“我们CEO出个门排场可真够大的。”

傅逸生不理会她话里的揶揄，说：“你喜欢可以住过来啊。”

“那倒不用了，我喜欢清净。”

傅逸生笑了笑，从保险箱中拿出一沓钱，但递给莫语涵的时候，又犹豫了一下。

莫语涵彻底失去耐心了："就一万块，你还想怎样？别想借机跟我提什么肉偿的要求。"

傅逸生彻底被她逗乐了，把钱放在她手上："钱是有了，不过你没手机是个问题。出于安全考虑，虽然还是互不干涉各玩各的，但我建议我们的目的地最好是统一的，这样你方便，我安心。"

不得不承认，傅逸生最后那个"我安心"成功戳中了莫语涵，她也就没有拒绝。

她收起钱，头也不回地说："明天早上九点，大堂见。"

傅逸生看着她离开的背影，不禁勾了勾嘴角。

莫语涵刚离开，傅逸生的手机又响了，是陆浩。

"听说你刚才答应让谭晶晶查账了？不怕他们做手脚了？"

"怕，但是老杨那咄咄逼人的态度你也看到了，而且他开始在二级市场收购股份了，为避免有其他股东被他煽动，所以我说大家想查都可以来查。"

"可是你今天让步，他明天就会有更过分的要求，逼你签补充协议你是不是也要签？还有那个谭晶晶，她以为自己是谁？你还要纵容她到什么时候？别说语涵，我都看不下去了。"

傅逸生脸色一沉，看来莫语涵的确知道谭晶晶又回铭泰了。

其实他原本的计划是很快就打发走谭晶晶，也就没想着跟莫语涵解释。虽然谭晶晶算不了什么，但她似乎就代表着他们过去不愉快的经历，尤其是对莫语涵来说，所以傅逸生是能不在她面前提那个女人就不提，结果弄巧成拙，还得自己来收拾残局。

傅逸生叹气："不会太久，只是现在还不是时候。"

陆浩也很无奈："好吧，你心里有数就好。对了，见到语涵了吧？"

"嗯。"

"那就趁着这个机会，你们俩在外面多玩几天吧。"

“好，有事电话联系。”

第二天一早，莫语涵正要出门，却接到酒店前台的电话，提醒她今天中午十二点前退房。她这才想起来，因为之前想好了只在这停留两天就去周边城市，所以头一天说好不续住。

“是这样，我临时改变主意了，想在这再住几天，可以吗？”

前台很为难：“不好意思小姐，因为现在是旅游旺季，酒店的客房很紧张的，所以之前才跟您再三确认。您后面的客人已经到了，还等着中午入住呢。”

“这么紧张？那除了套房，其他房型还有吗？”

“其他比较便宜的房型就更没有了，不好意思小姐，给您添麻烦了。”

这次出门真的是倒霉透了。挂上电话，莫语涵想到对门的傅逸生，他一出马，应该什么事情都能搞定。但是斟酌再三，她还是决定不去求他，反正她已经找人帮她补办临时证件了，正好换家便宜点的酒店，傅逸生“借”给她的那些钱也能多撑两天。

当傅逸生在酒店大堂看到拎着行李的莫语涵时有点奇怪：“就出去一天，用得着带行李箱吗？还是你又改变主意了？”

说出来丢人，莫语涵干脆不回答他的问题：“手机借我用下。”

这一次，傅逸生爽快地把手机给她，结果见她是打开某网址找附近的酒店，他又立刻抽回手机：“为了躲我要换酒店？”

莫语涵不说话。

傅逸生觉得女人有时候真的不可理喻，再可爱的女人都是。不过因为对方是莫语涵，他还是耐着性子说：“你连身份证都丢了，到时候怎么办理入住你想过吗？昨天不是商量好了吗，怎么又变卦？”

莫语涵也觉得自己有点过分，无比颓丧地说：“我是被逼的。”

“什么意思？”

莫语涵只好把事情的来龙去脉告诉了他。

傅逸生简直要被气笑，直接拎起她的行李箱往回走：“走吧。”

“喂，你干什么？”

“如果你想现在去找别的酒店，我劝你还是别白费工夫了。我之所以住在这，另一个原因就是，这附近的其他酒店全部爆满。”

见莫语涵将信将疑地看着他，他干脆把手机丢给她：“不信？随便你查。”

莫语涵搜到附近的酒店，连着打了几个电话，果然都是客满，而且傅逸生说得对，她没有证件，正规的酒店不可能让她办理入住。

识时务者为俊杰，莫语涵最终还是妥协了，跟着傅逸生回到他的房间。

傅逸生直接把莫语涵的行李拎进卧室，莫语涵却把行李又拎了出来：“我住外面。”

傅逸生觉得有点好笑：“老夫老妻了，至于吗？”

“谁跟你老夫老妻？别动不动就占我便宜。”

傅逸生不跟她计较，笑着说：“行，那也是你睡房间里，我睡外面。”

46

莫语涵重新准备好打算出门时，傅逸生瞥了眼外面的太阳：“今天温度可不低，你确定穿这么多？”

其实昨天莫语涵已经感受过Y市的高温了，但是来之前功课没做好，也没带太轻薄的衣服，而且昨天买的那件她也不喜欢。

正犹豫着，她见傅逸生从身边的纸袋子里拿出一件酒店熨烫好的裙子放在她面前，正是昨天她看上但是碍于他所以没买的那件。

“你……”

傅逸生笑：“这件衣服可是价值不菲，我买它的工夫你就丢了手机和钱包。”

原来昨天她以为自己甩掉他的时候，其实只是他在买这件衣服。

傅逸生抬手看了眼时间：“别愣着了，赶紧换上，早点出门。”

“下一站去哪？”

“按照顾琴琴那攻略上写的，下一站是普云山。”

呵，顾琴琴那叛徒，连攻略都交出来了。

出了酒店大门，就见昨天那辆车早就等在门口。傅逸生就是这样，什么事情都安排得妥妥当当。

等他们上了车，车子便轻车熟路地朝着城外驶去。

莫语涵看着窗外绿树成荫、遮天蔽日，就觉得心里都凉快了不少。

“公司那么多事，你怎么跑出来了？”说话时，她依旧看着窗外，状似不经意地问，这却是这两天里，她第一次这么心平气和地对他说话。

“你不也是？‘语涵’刚起步不久，你却扔下那一大摊子事自己跑出来游山玩水。”

“那你也是来游山玩水的吗？”她明知故问。

“不是。”

“是为了来找我吗？”她终于回过头看向他。

傅逸生也看着她：“为什么这么问？你明知道答案是什么。”

“那为什么来找我？其实没几天我就回去了。”

“因为不放心你。”

“我这么大的人了，还是在国内，有什么好不放心的？”

“但事实证明，我的顾虑并不多余。”

“就没什么想对我说的吗？”

“太多了，但是不知道该从何说起。”

“不打算说了吗？”

“要说。”

“要等到什么时候？”

“快了。”

莫语涵好不容易整理好心情，不想再任性，只想开诚布公地跟他谈谈，可是他好像并不明白她的想法。

难道他千里迢迢追过来真的只是担心她不能照顾好自己吗？就没有

其他原因吗？不想问问她为什么一声不吭地跑出来吗？不想对她说点什么吗？

莫语涵不信，以傅逸生的智商和对她的了解程度，他应该早就猜到她为什么会这么做，也应该早就明白她想听什么。他却选择了回避……

莫语涵自嘲地笑了笑，闭上眼睛，不想再看见那个人，也不想再跟他多说一句话。

车子进入景区内部，经过普云山下一座小镇时，莫语涵叫司机停车。司机不明所以地看了眼傅逸生，但还是把车子停了下来。

莫语涵拎起随身背包："差不多快到了，是不是可以分头行动了？"

傅逸生明白她的意思，说好的各玩各的。

"好啊。"说着傅逸生也下了车，"听说这座镇子也是少数民族聚集区，正好我也想在这逛逛。"

莫语涵冷笑：此地无银三百两。

她没再搭理傅逸生，朝着镇子里走去。

傅逸生在她身后提醒她："晚上七点，在这会合。"

这座镇子正如傅逸生所说的，是个少数民族聚集地，生活着少有的还保留着最古老生活习俗的一群人。但是很明显，这里的旅游业也被开发得很成熟了——家家不闭门户，随时准备着接待来自全国各地的游客，而且游客们甚至可以随意在老乡家中穿行，参观他们生活的环境。

镇子中央还有个露天舞台，为了配合服务游客，每隔两个小时还有民俗表演。

莫语涵逛得津津有味，直到肚子饿了，才意识到自己已经逛了很久。

露天舞台附近有两家吃饭的小店，她随便挑了一家走进去。虽然已经是人相对较少的一家了，但还是得选择和别人拼桌。

莫语涵注意到，角落里有个大学生模样的男孩自己占了一张桌，于是便走了过去："你好，这里没人吧？"

那男孩抬起头来，很斯文有礼地朝她笑了笑："没有，你坐吧。"

莫语涵便坐在了他的对面。

等餐的工夫，外面突然一阵喧嚣，莫语涵和对面的小伙子齐齐看向店外，原来是表演刚刚结束，那些年轻的演员正热情地和游客合影留念。

"这里的人可真好客。"莫语涵自言自语道。

没想到对面那男生却说："好客什么呀，他们出镜是要收费的，也不提前跟游客沟通好，只要见着有人在拍照，就一窝蜂地拥到镜头前，搞不好拍张照就得好几百块。你又不能不给，这是他们的地盘。"

两人正说着话，果然就见那游客不情不愿地给了钱。

"原来如此。"莫语涵了然地点头，"哦对了，你知不知道，从这里出去到普云山还要多久？"

"没多久，两三公里后就是山路了。"

莫语涵想到和傅逸生的约定，又问："那上山下山一趟得多长时间？"

那男孩笑了："说是山，但也就海拔几百米吧，上去再下来很快的，一会儿吃完饭出发，下午五六点回到这里没问题的。你一会儿要去吗？我正好也要去，如果不介意的话可以一起走。"

莫语涵刚才还愁自己不认识路，眼下听小伙子这么说，立刻答应下来。

"对了，你怎么对这里这么熟悉？"

"我以前在这附近支教，很喜欢这里，又因为我家离这不算太远，所以每年暑假都会过来玩一趟。"

说到支教，莫语涵想起傅逸生以前也去内蒙古支教过，于是更来了兴趣，拉着那男生问这问那。

不知什么时候，又有人从外面进来，就坐在他们旁边的那一桌，听着他们聊天。但莫语涵正在兴头上，完全没有在意，直到吃完饭打算离开时，她才看到旁边的傅逸生。而傅逸生也刚好吃完，跟着他们出了小饭馆。

莫语涵假装没看见他，问那男生："对了，聊了这么半天还不知道怎么称呼你，我姓莫，应该比你大。"

"我叫张涛，科大大四的学生。"

莫语涵和张涛一起上路，傅逸生一直不远不近地跟在他们身后。

走出一会儿，张涛也察觉到不对，但是看傅逸生又不像是坏人，而且他的目光就没离开过莫语涵。

"你朋友？"张涛又回头看了眼后面的人。

"不是，别理他。"

张涛若有所思地点了点头，两人继续往前走。然而没走多久，刚才还晴空万里的天陡然间布满了厚厚的云层。好在有风，也算不上太压抑，莫语涵身上的裙子迎风鼓动。紧接着，就有大滴大滴的雨点砸了下来。

这个季节天气还真是说变就变，尤其是在山里。路上的游人都还来不及反应，雨势又突然变大。

好在路边有两栋老乡的砖房，莫语涵和张涛连忙躲到了屋檐下。

抖了抖身上的雨水，她不动声色地回头看了眼身后，傅逸生正躲在离他们十来米远的另一处砖房下。

"放心吧，估计是阵雨，一会儿就会放晴的。"张涛安慰她说。

莫语涵点了点头，突然希望这场雨不要那么快就停。

"天气预报说今天是中到大雨。"傅逸生的声音突然出现在耳边。

他不知道什么时候跑到了他们身边，张涛起初还有点傻眼，但再看没事人一样的莫语涵，就明白个大概了。

他尴尬地摸了摸鼻子，问："你男朋友啊？"

莫语涵还没来得及回答，傅逸生已经替她回答了："前夫，现男友。"

这个回答信息量太大，张涛无比意外："我还以为我们差不多大……"

莫语涵抱歉地看了他一眼，傅逸生只是笑了笑。

过了一会儿，雨势稍微小了点，傅逸生从背包中掏出一把雨伞，边撑开边对莫语涵说：“不知道要等到什么时候，干脆先回到镇子上吧。”

说完，他回头看了眼身后的张涛，把包里的另外一把伞递给他。

张涛觉得自己刚才挺没面子的，死撑着不想接受傅逸生的好意，傅逸生才不管他怎么想，见他不伸手，直接把伞塞进了他怀里，然后揽住莫语涵的肩膀，带着她冲入雨中。莫语涵也只顾得上跟张涛挥了挥手，算作告别。

他们回到小镇上，找了个老乡家避雨。

莫语涵没精打采地看着傅逸生打电话叫司机上来接他们。

其实走了一天，她已经很累了，要不是刚才吃饭的时候张涛说熟悉路可以带她去，要不是为了做给傅逸生看，她大概根本不会去什么普云山。

第十一章　默许浮生

47

车子就停在附近，很快就开了过来。把莫语涵塞进车里，傅逸生便一句话都没再说。

他的脸色阴沉得与车外的天气如出一辙，莫语涵知道，他一定是压着火气，说不准什么时候就会爆发。

果然，不出意外，到了酒店，只有莫语涵和他两个人时，他终于发作了。

“你知道自己刚才有多危险吗？你怎么能随便跟陌生人一起上路呢？你知道对方是什么来路吗？我以前真不知道你就是这样照顾自己的……你究竟是太善良还是太傻？”

他像训孩子一样训着莫语涵，训了差不多一刻钟，终于觉得说了这么多，她应该明白了。

然而，从始至终莫语涵一声没吭，等他的话说完，她也没有任何表示，而是直接绕过他回房间关上了门。

其实，他训她的时候她也在想她怎么就敢呢？就只是为了做给他看？还是，因为知道他会跟着，所以才无所畏惧？

可是，关于这些想法，她不会告诉他。

被关在门外的傅逸生不由得愣了愣，但回想起刚才自己那通训话，突然觉得有点过了，既然是为她好，那就应该换个让她能接受的方式才对，发脾气算怎么回事？这下好了，彻底惹怒了某个小女人，想求和是难上加难了。

看着莫语涵紧闭的房门的某人，哪还有一点火气，而且不但没了火气，还无比懊恼地拍了拍自己的嘴……

莫语涵洗了澡躺在床上，房间里很安静，只有窗外的风雨声，声音很大，比回来时还大。

她听了一会儿就觉得困，不知不觉就睡着了。

她再醒来时，天色已经变成灰白色，路灯亮了起来。风不知道什么时候停了，雨还在下，但已有路人从容地穿行其中，看来雨势并不大。但是无论如何，还真像傅逸生说的那样，这雨下了一天。

48

有牛排的香味从房间外的客厅传来，此时的莫语涵早就饥肠辘辘了。

她下了床，走出房间，果然酒店的送餐车还在。牛排也是刚煎好的，冒着热气，还有蒸鸡蛋肉卷、沙拉、浓汤和红酒……

见她出来，傅逸生招呼她：“饿了吧？过来吃饭。”

莫语涵犹豫了一下走过去坐下，奔波了一天，现在美食当前，绝对不是赌气的时候。

她一声不响地闷头吃饭，发现傅逸生只给他自己倒了一杯酒，而没给她倒。

她也不客气，自己去倒，可明显地见到傅逸生皱了皱眉头。

她停下动作去看那酒瓶……这么贵的酒，难怪呢。

“舍不得？”

傅逸生愣了一下，继而笑了：“那倒不是。”

莫语涵没理他，自顾自地倒酒。其实她是有点渴了，很快就将小半杯红酒喝得一滴不剩。

抬头对上傅逸生纠结的神情，她突然报复心大起，又拿过酒瓶给自己倒了半杯。

她真当傅逸生是爱酒，傅逸生担心的却是……

“你那点酒量还是悠着点吧……”

她的酒量一向不行，之前上学时被顾琴琴起了个“莫三杯”的称号，顾名思义，就是三杯就倒，而且还是三杯啤酒。不过即便如此，半杯红酒也不是问题，只是她刚才喝得太猛，果然这时候连切牛排的动作都没那么利索了。

傅逸生见状只好将自己盘子里还没动过的牛排切成小块，换到她面前。

莫语涵低头看着盘子里的东西发呆，突然觉得挺没劲的。

“吃吧，不是饿了吗？”

她依旧没有动：“其实喝醉了挺好的，活得明白反而累。”

回想过往，她觉得最幸福的几年竟然是最糊涂的那几年，没去想他是不是真的爱她，也没去推敲他到底为什么娶她，她只知道自己最喜欢的人是自己的丈夫，是自己将要携手一生的人，每天想到这些，她甚至会笑着醒来。

但是在旁人看来，那几年却是她最不幸的。

傅逸生说：“但如果已经上了心却想要装糊涂，那比活得明白更累。”

她抬眼看他，原来他什么都知道。

“你真的没话想对我说吗？”

“你想听什么？”

莫语涵愣了一下，泄气地叹了口气：“算了。”

“那些事和那些无所谓的人，真的那么重要吗？”他拉起她的手，

“其实我们分开后，我想过很多，我们之间从来没有出现过第三个人，会走到今天这步，也是我做得不够好。”

傅逸生说得没错，谭晶晶固然可恶，但事实上傅逸生并不在意她，可是这样一个人竟然还是能伤害到他们的感情，是不是说明她还是不够信任他呢?

傅逸生说：“语涵，不知道你还愿不愿意相信，但是我想说，你需要的安全感，需要的坦诚和尊重，我尽我所能都会给你，请你给我时间，也给我机会。”

莫语涵觉得鼻子酸酸的：“这些话你昨天在车上为什么不说？”

“想找个更恰当的时机说。”

“那今天是更恰当的时机吗？”

“差不多吧。”

莫语涵觉得自己被傅逸生说糊涂了，但是也不愿再去细想。

这时候，傅逸生从旁边的办公桌上拿过一个文件袋递给她。她不明所以地打开看，里面放着为她补办的临时证件、一张电话卡、一张银行卡，以及一部崭新的手机。

他说：“你暂时需要的东西应该就是这些，如果你想回X市，随时都可以。”

跟“外界”失联了好几天，此时莫语涵正高兴，听到傅逸生这话不由得愣了一下，什么意思？也没听到他道歉，也没听到他坦白，这事儿就这么过去了？即便她相信谭晶晶掀不起什么大风大浪来，但是这么特殊的人物进入铭泰，即便他再有苦衷，再有自己的打算，那么跟她报备一下，以示尊重，有那么难吗?

想到这里，莫语涵抽出被握在傅逸生手里的手，拿起那个文件袋：“谁说我要回X市？我还要多玩几天，至于你，随你的便吧。”

说完，她还不忘把杯子里的红酒全部喝光，这才转身回到卧室。

雨还在下，但是天已经完全黑了。莫语涵躺在床上找了部电影看，心不在焉地听着门外傅逸生开电话会议。就这样不知过了多久，她又睡着了。

或许是酒精的缘故，这一觉她睡得很沉，而且直到第二天一早，阳光铺满整个卧室时，她才悠悠转醒。

她满足地翻了个身，突然感到手掌下传来熟悉的温度，还有那强有力的心跳声。

她倏地睁开眼，果然就见傅逸生正侧着脸好整以暇地看着她。

她连忙坐了起来："你怎么在这？"

傅逸生也很无辜："昨晚你叫我睡床上的啊。"

"有吗？"莫语涵陷入深深的自我怀疑中，可是怎么也想不起来昨晚是怎么睡着的，睡着后有没有再醒来，难道她真的迷迷糊糊间让傅逸生来床上睡了？

她低头扫了自己一眼，还好，她还穿着昨晚看电影时的那身家居服，看来两人真的只是同床睡了一觉而已。

莫语涵立刻爬下床，边绑头发边问："你什么时候走？"

"撵我？"

"看你挺忙的，可别耽误你的工作。"

傅逸生笑："现在陪你就是我的工作。"

莫语涵回过头来，也朝他明媚一笑："但我，不需要。"说完她转身走进洗手间洗漱。

傅逸生望着她离开的方向，不禁勾了勾嘴角。

莫语涵洗漱完从洗手间里出来，正见到傅逸生靠在洗手间的门框上似乎在等她。

"很急？"

傅逸生不理会她的揶揄，笑着问："今天打算去哪？"

"你不是该回X市了吗？"

"你这过河拆桥的速度够快啊，好歹我也帮你办好了证件，多留我一天不行吗？"

其实莫语涵的气早就消了，而且事情就如傅逸生说的那样，其实他们两人的事情与任何人都无关。但是一想到傅逸生那种胜券在握的表情，她就觉得这事还没完。但即便如此，莫语涵也没想动真格的，所以此时傅逸生提出要和她一起出去走走，她也没再说什么。

天放晴了，心情也跟着好起来。傅逸生不知道从哪里搞来了两辆自行车，两人骑着车沿着海边的公路一路走走停停。

有那么一瞬间，莫语涵仿佛觉得他们又回到了大学时代。那时候有时间、有精力、有热情，唯独没有钱。尤其是傅逸生不喜欢让她花钱，所以她也就渐渐习惯了跟大家一样的穷学生生活。就算是出去玩，也要想方设法地省钱，所以有时候会很累很辛苦，但是那段时光始终是莫语涵记忆里最美好的回忆。

逛了小半天，莫语涵觉得有点渴了，正好前面不远处的路边有个卖水果的阿姨。

傅逸生说："你在阴凉的地方等我一下，我去买点水果。"

莫语涵点了点头，刚把自行车停好，裤子口袋里的手机响了，是周恒。

莫语涵接通电话，传来周恒如释重负的一声叹气："总算接电话了，前两天怎么回事？电话一直打不通。"

"我的手机丢了，刚补办了卡。"

"吓我一跳。对了，你什么时候回来？"

"过几天吧，有急事？"

"嗯，前两天老杨找到我，说想要转让铭泰的股份，问我有没有意向。"

听到这个消息，莫语涵不由得去看不远处的傅逸生。似乎是感受到她的注视，他也回过头来笑着朝她看了一眼。

莫语涵不自在地转过身去，背对着傅逸生，问电话那边的周恒："他为什么这么做？"

"他就告诉我急着用钱，没多说。不过后来我托人打听了一下才知道，原来是他们之前那个政府的项目出事了，据说是银行听到了什么风声，说他们为了项目申请的那笔贷款有问题，决定抽贷，而铭泰这边老杨又被傅逸生限制得死死的，没什么油水，所以他想撤出了。”

“现在撤资？据我所知现在的股价可比半年前要低不少。”

“是啊，所以对我们来说才是个绝佳的时机，我们可以趁机收购铭泰股份，进一步巩固你在铭泰的话语权。”

莫语涵在铭泰的地位早就岌岌可危，为了守住爸爸留下的家业，她没有办法才创立了“语涵”，想着必要时能“曲线救国”。

如今看来，虽然公司的财力还远不足以收购老杨手上所有的股份，但是能收多少是多少，毕竟到目前为止莫语涵还是铭泰最大的股东，她只需要进一步扩大股份占比，比其他股东成长得更快就好。

但是她突然想到了一个问题：“你刚才说银行听到了风声，哪来的风声？”

“说是有人向他们告发。”

“是谁干的？”

“这个就不好说了，但是如果从这件事情的最大获益人开始分析的话，那我们肯定是第一个被怀疑的，但我绝对想不到这一点，也做不到这么绝——这次的事情如果处理不好，光大很有可能一蹶不振，甚至直接完蛋……”

电话那边周恒还在唏嘘商场形势变幻莫测，这边莫语涵却忍不住回头去看傅逸生。

他穿着一件纯白色的棉布休闲衬衫，搭配着牛仔裤、正和路边卖水果的阿姨聊天，老远一看就像个附近高校的学生。

可是谁能想到，就是这样英俊又无害的他，竟然能够在那么恶劣的生存环境下力挽狂澜——从被大股东打压的CEO反客为主，甚至可能操纵了这次事件，将第二大股东赶出公司，并且让一家拥有着几万人的企业一瞬间变得岌岌可危……

莫语涵没有犹豫太久：“就按你说的做，还是要尽快下手。”

“明白，但是这事可能需要你在场。”

“明白，我尽快回去。”

挂上电话，莫语涵走到傅逸生身边，本来想问问他光大的事情，但还没等她开口，那卖水果的阿姨便笑着问傅逸生：“你女朋友啊？可真漂亮。”

阿姨边说边从筐里挑了几个山竹递给她：“吃吧，可甜呢。”

莫语涵一时间没反应过来，还是傅逸生替她接过山竹，然后轻轻一掰，露出里面白胖的果肉。

他递到她嘴边，她尴尬得进退都不是，最终还是很配合地咬了一口。

果然很甜，汁水也多。

阿姨见莫语涵喜欢，似乎更高兴了。她问莫语涵：“什么时候结婚啊？”

“还不着急……”

听莫语涵这么说，那阿姨尴尬地看了傅逸生一眼。

傅逸生倒是无所谓：“等她考察好了就结。”

离开了水果摊，莫语涵还是一副心事重重的样子，正好天色也不早了，傅逸生就叫车来接他们。

回到酒店，莫语涵立刻开始收拾东西。

傅逸生见了似乎也不觉得意外：“终于想回去了？”

“嗯，‘语涵’那边有点急事……哦对了，我还没来得及看机票。”

傅逸生只是看了眼手表上的时间，说：“不着急，还来得及。”

“什么？”

“晚上回X市的航班，票给你订好了。”

“你知道我今晚要走？”

“你也说了，‘语涵’那边有急事。”

莫语涵放下手上的东西去看他，突然有点怀疑，他该不会是听到她和周恒的电话了吧？可是没道理啊，当时隔着老远呢……

莫语涵突然觉得有点丧气，为什么所有的事情好像都在他的掌控之中？

其实傅逸生也是不久前才确定莫语涵会今晚回去的，所以两人在头等舱的位置也不是挨着的。

所幸头等舱只有那么大，她跟他只隔着条过道，在他后面一排。

机舱内冷气开得十足，莫语涵一上飞机就很快感到不适。随便吃了点东西，她便盖上薄毯打算休息，可惜毯子太薄，好久她也没觉得暖和起来。而且有位空姐时不时在舱内走来走去，也扰得她无法入睡。

睡不着，她干脆观察那空姐究竟在忙些什么，毕竟这舱里也就这么几个乘客。结果莫语涵发现，有时候并不是大家叫了什么服务，而是这位空姐主动来问的，而且不管其他人怎么样，她每次必然都会问一下傅逸生需不需要什么服务。

注意到这个规律，莫语涵简直要气笑了。总听说乘客骚扰空姐，还真没听过空姐骚扰乘客的。她默默记下这家航空公司的名字，决定给这不专业的空姐一个大大的差评。

而正在这时，又有人按了服务铃，这一次竟然是傅逸生。莫语涵眼睁睁地看着那位空姐笑容满面地迎过去，亲切地把耳朵贴向傅逸生。

傅逸生说："能再帮我拿条毯子吗？"

"没问题。"

过了一会儿，那空姐就拿着毯子过来了。傅逸生却没有接，而是看向莫语涵的方向："给她吧，她怕冷。"

莫语涵从上飞机的那一刻起就没跟傅逸生说过一句话，那空姐大约以为两人是不认识的，所以此时见傅逸生这么说明显很意外，可接下来就听他笑着说了四个字："我未婚妻。"

不得不说，傅逸生的这一举动让莫语涵心情大好，而更重要的是，自此之后，那位空姐再也没有出现在头等舱内。

三个小时一晃而过，飞机顺利着陆。

下了飞机，莫语涵拎着行李箱往航站楼外走，傅逸生紧随其后。莫语涵想到刚才在飞机上的事还是忍不住揶揄傅逸生："你还真是居家旅行必备啊，没有你我还不能多要一条毯子了。”

傅逸生笑：“知道就好，所以以后走到哪都得带上我。”

“还有个事，能不能别逢人就说我是你未婚妻，我都不知道我什么时候成你未婚妻了……你这总占人便宜的毛病得改。”

傅逸生却说：“这次真不能怪我，你也看出来了，那姑娘好像对我有点意思，我真怕她跟我要联系方式的时候我不知道该怎么办，给她吧你吃醋，不给吧驳人面子，当面给了背后投诉吧，坏人前程，没必要。所以想来想去，只能让她知难而退。”

莫语涵简直要笑了：“你还真是深谋远虑啊……”

傅逸生笑，似乎还说了什么，声音却被突如其来的歌声淹没了。

那歌声由远及近，莫语涵回头看，一群穿着白T恤的人正朝他们走来，他们身上背着吉他，手里拿着手鼓、沙锤，边走边唱着Darin的*Can’t Stop Love*。

We stand here today, together as one

今日，我们一同站在这里

You brighten my days just like the sun

你仿佛太阳般照耀了我的生活

When everything around is like stormy weather

当周遭的一切如同暴风骤雨时

We always survive cause were in this together

我们总是能幸存于此，因为我们在一起

Whoever said that we could never hold on

谁曾说过我们不能长久

don't know I found my star

他是不知道我找到了我的那颗星

Baby you are my star

宝贝，你就是那颗耀眼的明星

……

当那群人走近，莫语涵发现领头唱歌的竟然是陆浩，他身边还有顾琴琴、苏俊、“语涵”的员工，甚至还有周恒……

And now I'm happy I stood up for so long
此时，我高兴地久久站立
Baby this is where our story starts
宝贝，我们的故事由此开始
I can't stop, can't stop this love
我无法停下对你的这份爱，没有办法
No matter what they say I love you
无论旁人如何闲言碎语，我爱你
I can't stop, can't stop
我停不下来，停不下来
……

怔怔地看着他们走近，莫语涵先是错愕，随即似乎明白了什么，立刻去看傅逸生，傅逸生只是笑盈盈地看着那群人。她心里开始有小小的期待，并且这小小的期待还在一点点地放大，还伴随着一点点的不确信。她就跟这周遭围观的游客一样，等着答案揭晓的那一刻。

一曲结束，陆浩走到他们面前，将一份文件递给傅逸生，而傅逸生的手上不知什么时候已经多了个红色皮质的戒指盒。

周遭变得异常安静。在她的注视下，他单膝跪在她面前，无比郑重，却又无比自然地说：“语涵，是你让我知道，爱可以是卑微的等候，也可以是孤注一掷的放手。但是爱最终还应该是圆满，是我和你。所以语涵，你愿意给我一次圆满的机会吗？让我们重新来过。”

莫语涵微微颤抖着手指拿过他手上的东西，戒指盒里躺着的还是他们最初结婚时的那枚戒指，钻石也小到可以忽略不计，放在现在这物价，估计只需几千块钱。

她又翻开戒指盒下那份文件，让她意外的是这竟然是一份股权转让书。

傅逸生竟然要将他原来拥有的铭泰的22.78%的股份，以及最近新收购的6.17%的股份，全部转让给莫语涵。

她总算明白，那价值几千块钱的婚戒加上价值几十亿元的股份，就是他要娶她的决心。

良久，她问他："傅逸生，我猜得没错的话，这应该是你的全部家当了吧？"

"差不多吧。"

"你别以为我不敢签。"

"那你签，签了就是答应了。"

"可是全都给我，你真的不后悔？"

"如果这些就可以换来全世界，你说我会不会后悔？"

莫语涵早已眼眶发酸，她爱过、恨过、防过、算计过的男人纵使在某些人眼里再狠、再奸、再霸道，在她面前也只是个再简单不过的人。她怎么也想不到，他步步为营机关算尽，到头来所求的竟然就是如此。

原来，在爱情面前，他们都是白痴。不过，这或许才是他们最般配的地方。

她想了想说："婚姻又不是买卖，所以除了这些，我还需要一个理由，我凭什么嫁给你的理由。"

傅逸生无所谓地笑："这个容易吧，我有多少个优点，你就有多少个理由。"

这话一出口，围观的人群中传来扑哧一声。

果然是傅逸生，他一向如此。

可是这一次，他却话锋一转，继续说道："但我得想个最好的……"

莫语涵问："什么最好的？"

"我最大的优点，我想，我最大的优点就是……我会成为这个世界上最爱你的人。"

已经憋回去的眼泪又盈满眼眶，莫语涵想调侃他几句，却什么都说不出来。

傅逸生打开那个戒指盒，拿出里面那枚两人都再熟悉不过的戒指，拉过莫语涵的手，轻轻地替她套在了左手无名指上。

莫语涵抬起手看了看，只觉得久违。那戒指她戴了五年，摘掉的时候那下面的皮肤颜色都比其他地方要浅一点，时间又过去这么久，那道浅浅的痕迹虽然淡了，但依旧在，不过此时，正好被戒指严丝合缝地遮盖住。

这让莫语涵想到了傅逸生口中的“圆满”，眼泪终于还是不争气地流了下来。

他站起身来，轻轻地替她抹掉眼泪，缓缓地将她拥进怀中。

周遭爆发出激动的尖叫和欢呼声，莫语涵的耳边却只有傅逸生胸口传来的心跳声，坚定而有力。

她想，就这样吧，幸福地拥抱到天荒地老。

尾声

好事多磨，顾琴琴的婚礼总算如期举行了。

穿着伴娘服的莫语涵始终陪伴在好友身边，看着她或感伤、或激动、或沉默。这婚礼还没开始，新娘就已经感触万千了。

然而对这种失控莫语涵非常理解。五年多以前，她也完完整整地经历过一回，而且在不久之后她还要将那段经历重现，只是那时的心境或许已翻天覆地了。

在婚礼开始前的最后一刻，莫语涵陪着顾琴琴等在红毯的一端，她看到傅逸生从教堂外进来坐到了陆浩父母身后的位置，在人群中望着她。

莫语涵也看着他，她什么都没有想，只是移不开眼。

好一会儿，身旁的新娘子突然紧了紧她的手，她不得已收回视线，整理着情绪。

婚礼进行曲骤然响起……

一切都变得庄严神圣，莫语涵回握了一下好友的手，看着她朝着红毯的尽头缓缓地迈开步子。

这一刻她突然想到一句话："在过往的生命中，我们或许经历过许多段感情，也曾经爱过不止一个人。但是有一天，我们会猝然明白，无论过往多么繁复，唯独有那么一段感情是以'一生'作为单位的，繁华落尽，殊途同归。"

番外一　求子记

结婚两年多了，想要一个孩子的愿望在莫语涵的意识里越来越清晰。

尤其是当傅母有意无意地提起邻居家的小孙子如何可爱的时候，莫语涵也逐渐产生了很强烈的“生殖欲望”。

而事实上，自打复婚以后，她和傅逸生也没闲着，但就是一点动静都没有。

难道是她有问题？之前的那次流产留下了后遗症？

突然间，那些以前没注意到的，治疗不孕不育的小广告，就像雨后春笋一般一夜之间都冒了出来。

正当她陷入深深的自我怀疑中不能自拔的时候，顾琴琴提醒她，要宝宝也是有“技巧”的。

莫语涵和顾琴琴是同年结的婚，但陆大宝已经满地跑了，陆小宝也将在年底出生。对比起来，顾琴琴的经验明显要比莫语涵丰富很多。

回家后，莫语涵立刻上网，搜索所谓的“要娃技巧”，这一搜简直打开了新世界的大门。以前她只知道两次例假中间的日子最容易要到宝宝，却不知道还可以通过测体温或者测排卵来确定哪天成功概率更高。

网购试纸的时候，莫语涵又从网友的评论中找到了些许信心。看大家的评论，好像很多人之前都跟她有类似的经历，但自从有了这试纸之后，快的一个月，慢的三个月，都有了宝宝。这么看来，要个宝宝似乎也没那么难了。

然而，结果并没有她想的那么乐观。

连续失败了两个月后，莫语涵决定总结经验教训，重新制订计划。所以她就将测试排卵的时间间隔，缩短为三小时一次，而且每一次的测试过后，都会把试纸收集起来，仔仔细细地贴在一个小本子上，用来观察试纸显色规律。

每次做这些事的时候，莫语涵都觉得自己好像又回到了学生时代，像准备期末考试一样无比认真。

这一套流程，耗时自然不短，所以“语涵”的员工经常会发现，会开到一半，老板突然消失，电话打到一半，老板又消失……而且这种状况足足持续了一个多月。

这天正好是个周末，莫语涵“补开”完昨天开到一半的会，就接到顾琴琴的电话。自从顾琴琴又一次怀孕以后，陆浩就不许她再去上班了，但她又是个闲不住的人，所以只好隔三岔五“骚扰”莫语涵。

陆浩不在家，顾琴琴约莫语涵一起吃饭逛街，莫语涵也正想和她讨论一下最近的“战况”，两人就约在莫语涵家附近的一条商业街见面。

见面时已是中午，两人边吃边聊。聊到一半，莫语涵的手机突然响了，莫语涵却没有接通就直接挂掉。

“稍等我一下，我去趟卫生间。”

顾琴琴本来以为是什么不方便她听的商业机密，莫语涵要避开她给人家回过去，可是莫语涵离开的时候又没带手机。而且这一等，就是半个小时。

饭菜都凉了莫语涵才回来，手上还拿着个透明的小塑料袋，袋子里不知道装着什么。

“什么情况？吃坏肚子了？”

“没有。”莫语涵把东西放进包里，“接着说，你刚才说还要注意什么来着？”

因为顾琴琴已经怀孕四个多月，体力不行，所以两人吃完饭只逛了一小会儿，就决定去莫语涵家里歇会儿，反正男人们都不在家。

结果刚到家，莫语涵的手机又响了，还是之前那个铃声，还是被莫语涵直接挂断。这一次顾琴琴才看清楚，原来并不是电话，而是闹钟……

“你定那么多闹钟干什么呀？”

“一会儿跟你说。”

又是一轮漫长的等待，当顾琴琴等得快睡着的时候，她听到一声尖叫从卫生间传来。

顾琴琴立刻清醒过来：“又是什么情况？”

莫语涵喜滋滋地朝她晃了晃手上的东西，像中了彩票一样夸张地朝着她比口型，顾琴琴看了半天，才看明白，她说的是：我在排卵……

“难不成你这一会儿一趟的，就是在测排卵啊？”

“嗯哼。”

“天天都这样？”

“必须严谨，不然错过了又要等一个月。”

这还不算什么，最让顾琴琴大开眼界的是莫语涵的那个小本子。

她看到莫语涵从茶几下面拿出一个精致的小本，打开来里面密密麻麻贴满了试纸，而莫语涵此时正将中午那会儿的和刚才的试纸粘上去。

顾琴琴啧啧称叹：“竟然还有这种操作……用排卵试纸贴出来的手账我还是第一次见，傅逸生知道你这么干吗？”

莫语涵瞥了顾琴琴一眼说：“这事他知道干什么，他只需要等通知就行。”

“那你现在是打算通知他了？”

“没错。”粘好了试纸，莫语涵立刻打电话给傅逸生。

这边傅逸生正在开一个很重要的决策会议，相关部门已经汇报完毕，就等着他表态。可是偏偏这时候，他的手机响了。

看到是莫语涵的电话，他还是接通了：“什么事？”

不顾身边顾琴琴诡异的脸色，莫语涵说：“老公，我正在排卵！”

傅逸生闻言，不动声色地问：“确定？”

莫语涵努力压抑着内心小小的激动说：“99%！”

傅逸生扫了一眼会议室里的众人，大家似乎都在等着他，但是傅逸生心里明显已经有了轻重，毕竟有些事能等，有些事不能等。

他一脸凝重地问电话另一边的人：“这么说，时间紧迫？”

“时不我待！机会转瞬即逝！”

“知道了。”挂上电话，他立刻起身，看到满会议室不明状况的人，他稍稍踌躇了一下说，“突然有件重要的事情要去处理，今天的会议先到这里，择期再议。”说着便一刻不停地出了会议室。

看着莫语涵挂上电话，顾琴琴膜拜地说：“真任性……”

莫语涵无所谓地说：“三年抱俩的某人，根本不懂我们的苦衷！好了，我得先洗个澡准备一下。”

“那我是不是该回避了？”

“你说呢？”

“莫语涵，你这是虐待孕妇！”

孕妇顾琴琴灰溜溜地从莫语涵家里出来，边往外走边给陆浩打电话让他来接自己。

其实陆浩早就跟顾琴琴说过下午有个很重要的会，会议要在五点左右才能结束，所以四点钟就接到媳妇的电话，陆浩还有点奇怪：“你怎么知道我们的会议提前结束了？”

顾琴琴冷笑：“心有灵犀呗。”

说话间，她刚走出小区，正好见到傅逸生的车子驶入了小区地库。她无语地摇了摇头："这速度，简直赶上外卖小哥了。"

铭泰离莫语涵家只有七八公里，顾琴琴在小区门口等了一小会儿就见陆浩的车子驶了过来。

陆浩鞍前马后地伺候顾琴琴上了车，两人就往家的方向驶去。可是一路上，陆浩都在想着刚才开会时发生的事情，也没注意到媳妇没精打采的样子。倒是顾琴琴比他细心，发现他似乎有心事。

"怎么了？"顾琴琴问。

"我怎么感觉铭泰刚太平两天又要出事了？"

顾琴琴一听也觉得了不得，谁不喜欢天下太平啊："出什么事？"

陆浩摇头："不知道，就是今天开会的时候，逸生突然接了个电话，还说什么时间紧迫，然后会也没开完就走了……总之是一副如临大敌的模样。"

听陆浩说完，刚才也捏了把汗的顾琴琴此时差点笑疯了："还真是大事，人命关天的大事！"

然而，那天之后莫语涵翘首期盼了一个月，结果还是一无所获。

莫语涵又陷入了深深的自我怀疑中不能自拔，她问傅逸生："你说我要不要去看看医生？"

傅逸生有心安慰她："如果不放心就去看一下也好，免得你整天胡思乱想。"

"你真的赞同？"

"嗯，听听医生的建议也好。"

"正好之前朋友介绍了一个这方面的专家给我，那我赶紧约一下吧。哦对了，这种检查要夫妻都去，当然你的检查简单很多，就是……"

"等等……"一向什么事都不怕的傅逸生一听这话汗都下来了，立刻拉住莫语涵，"那个……我觉得医生是要看，但也不用这么着急。"

“为什么？”

“因为……你看我们有计划地要宝宝才没多久，搞不好就是方式方法不得当，不如再努力一下，实在不行再去，省得浪费医院的资源。”

“可你刚才还说……”

“刚才是刚才，现在是现在！”

不等莫语涵把话说完，她整个人已经被傅逸生扛进了卧室。

越是得不到的东西就越是觉得美好。不知从什么时候开始，莫语涵发现自己越来越喜欢小孩子，邻居家那两个只会调皮捣蛋的双胞胎熊孩子，如今在莫语涵眼里都可爱得像天使一样。

至于顾琴琴那一岁半的儿子大宝就更不用说了，莫语涵简直当自己的亲儿子来喜欢。只要一有时间，莫语涵就会去顾琴琴家看看小家伙。

莫语涵到的时候，小家伙正在试图把花盆里的土全部运到客厅的地毯上，而顾琴琴和保姆正追着孩子擦手，小家伙也因此又哭又闹，不过见到莫语涵，他立刻破涕为笑。

莫语涵把带来的零食和礼物拿给大宝看，大宝很喜欢，正要去拿，却被莫语涵收了回来：“大宝啊，乖乖地和小张阿姨去洗手，洗完了给你吃。”

果然，大宝很听话地跟着保姆洗手去了。

顾琴琴生无可恋地瘫在沙发上看着莫语涵：“你看到我家的这样，还打算要孩子吗？”

“为什么不？你看大宝，多可爱。”

说到这事，莫语涵挺惆怅的，什么方法都用过了，可就是不奏效。

顾琴琴心里想着终于也有傅逸生不在行的事了，但面上还是要顾及闺密的情绪：“或许是你太紧张了，要么就是你让他太紧张了？据说精神压力大也不容易怀上。”

大宝已经洗好手回来，莫语涵一边逗弄孩子，一边没精打采地问了一句："有关系吗？"

"当然有啊，不然为什么很多人会在蜜月旅行的时候怀上宝宝呀？就是因为蜜月期间大家都很放松。"

莫语涵若有所思地想了想："我看上去很紧张吗？"

"你不是很紧张，是太紧张了！隔着空气我都能感受到你紧绷的情绪，我不信傅逸生感受不到。"

"那该怎么办？再蜜月旅行一次？"

"那倒用不着，你只要别总想着要孩子这事就行，该怎么着就怎么着，享受当下。最好是在那什么的时候制造点浪漫的气氛，有助于升温。"

莫语涵对制造气氛这事儿一点都不在行，好在顾琴琴是个中高手。

顾琴琴得意地一笑，拿出手机："我的独门秘籍都发给你了，回去再看吧。"

帮着顾琴琴带了半天大宝，莫语涵才离开。回到家后，她想起来顾琴琴似乎发了什么独门秘籍给她，打开手机一看，是两个某宝的链接，但是这宝贝……

莫语涵的手像被烫了一下似的，立刻关掉了网页。

几天之后，傅逸生一进家门就发现气氛不对。

他平时回家，家里都是灯火通明的，可是今天明明是莫语涵叫他早点回来的，回来后却发现家里黑漆漆的好像没人一样。但是往楼上走，他注意到卧室的方向有灯光，而且空气中还有种很奇怪的味道。

随着他走近，那味道越来越浓，到卧室门口时，他可以确定，应该是某种玫瑰味道的熏香。而当他推开门的一刹那，他差点以为自己走错了地方。

卧室里光线很暗，傅逸生抬头看，是因为水晶吊灯上缠满了红色的纱幔，而且为了配合这红色，卧室里的床品、窗帘也全都换成了这种暧昧的颜色，莫语涵的梳妆台上点着一支婴儿手臂粗细的红色蜡烛，可以确定，那味道就是从那里散发出来的……

傅逸生站在门口观望的工夫，听到房间里传来莫语涵的声音：“老公……”

他松了口气，往房间里走，刚走两步，头顶上方一个暗影迅速飞过，有什么东西直逼他的面门而来，他想躲但没躲开，好在不痛不痒虚惊一场，原来只是一条没缠好的纱幔掉了下来。而这时候，莫语涵从卫生间门后探出脑袋，手里还拿着个毛茸茸的东西。

傅逸生刚想问问这是怎么回事，莫语涵整个人从门后出来，他这才看清楚，那毛茸茸的东西不是别的，而是她的“尾巴”。

傅逸生想问的话也不用问了，这时候再看不明白他还是男人吗？不过，氛围有点奇怪。

莫语涵发现他既不惊喜也不激动，好像还有点不知所措，这跟顾琴琴说的完全不一样。莫语涵本来也觉得这不是自己的风格，此时见傅逸生这样，自己都觉得尴尬。

两人隔着几米远就那样怔怔地站着，他衣冠楚楚，她……不提也罢……

后来还是傅逸生先反应过来，扯了扯领带，脱掉西装外套，依旧有点不自在地说：“我还真有点热了……”

她用心良苦，他好歹得鼓励配合。可是偏偏她做戏不做全套，停在这里让他接，他也难……

想到这里，傅逸生笑了。而莫语涵觉得他在笑她，所以更窘，恨不得直接消失。但这在傅逸生看来，其实还挺可爱的。

他索性找了个地方坐下，再环视这房间，看得出来，没少下功夫。

他朝莫语涵勾了勾手，又拍了拍身边的位置示意她过来坐：“你这从哪弄的？”

见傅逸生放松下来，莫语涵索性放弃了，摘掉头上那对儿兔耳朵走过去：“琴琴推荐的网店里买的……”

傅逸生笑：“他俩玩得挺大啊，难怪每天陆浩那小子上班都没精打采的。”

傅逸生这么说，莫语涵也笑了，想到自己折腾一天，回头还得再折腾回去，也是够了。

说话间她把那对儿兔耳朵放在傅逸生身后的梳妆台上，一不留神，竟然被上面那蜡烛点着了。

两人发现时，兔耳朵已经烧了起来。傅逸生忙拿西服去盖，而莫语涵也第一时间冲进卫生间去接水。

莫语涵端着水盆出来，又被掉下来的纱幔绊倒，眼看着就要脸着地了，还好傅逸生挡在她面前。两人一起倒地，莫语涵端出来的整盆水齐齐泼在了傅逸生身上。幸好刚才燃起的小火苗已经被傅逸生扑灭了。只不过蜡烛一灭，房间里更暗了。

人在看不见的时候，其他感官往往会更敏感。比如，傅逸生觉得，刚才那似有若无的玫瑰香气此时更浓了，还有隔着他湿掉的衬衫，莫语涵的体温也感受得更清晰了，偏偏某人还不知死活地在他身上蹭来蹭去。

“这破衣服……好像被钩住了，我动不了了。”莫语涵嘀咕了一句。

“哪儿？”

傅逸生顺着莫语涵的手摸过去，应该是他的皮带扣钩住了她身上的蕾丝。

“你别动。”他抱着她翻了个身，让她在下他在上。

两人去解那被钩住的地方，解开的时候，傅逸生的皮带也解开了……

身体渐渐有了反应，他想，今天她演的这出大戏，他总算接上了。

事后两人躺在地板上休息，莫语涵枕着傅逸生的手臂望着天花板，早上被她用纱幔缠过的水晶吊灯此时在月光的映衬下就像一只巨大的中国结，喜庆又吉祥。她的心情却怎么也好不起来。

她问傅逸生：“如果，我是说如果，我们一直没有孩子呢？”

傅逸生收紧手臂，将她搂进怀里，说：“语涵，你想想，孩子能陪你多久，十八年？二十年？反正不久之后，他还会离开你。但是你有我，我可以陪你三十年、四十年、五十年，而且不管有没有孩子，我都会一直爱你。所以孩子这事，我们顺其自然吧，有可能是我们和他的缘分没到，也有可能就是我们和他没有缘分。”

莫语涵只觉得眼睛发酸，她把脸埋在傅逸生的胸前，齉声齉气地说：“还好，有你。”

266天之后，莫语涵顺利生下一个小姑娘，傅逸生为她起名“傅初”，音同“付出”，也是作为丈夫和爸爸的傅逸生对语涵和小傅初的一个承诺。

番外二　傅初

稀薄的晨光透过窗帘的缝隙照射进来，不算太明亮，但暖意融融。傅逸生总是在这个时候醒来，他睁开眼，像往常一样将身边的人拉进怀里，让她枕着他的手臂。

感受到响动，莫语涵也只是在他怀里蹭了蹭，找了个舒服的姿势继续睡。

傅逸生弯起嘴角，稍稍向后倾了倾身，试图与她拉开点距离，可以好好地看看她。

看着她清秀的眼眉、小巧的鼻子和此时正微微抿着的嘴，傅逸生脑子里立刻出现了那个粉雕玉琢的小人儿，那孩子与她妈妈有九分相像，要说哪里不像，可能全身上下也只有头发了。

莫语涵的头发又细又柔软。人说头发与性格相通，这话多少有几分道理。而那孩子的头发跟他的一样，又粗又硬，洗过后额前那几缕总是硬挺挺地支着。

想到女儿，傅逸生就不自觉地笑了起来。

他悄悄抽出手臂，起身出了卧室，去卫生间洗漱。小傅初的卧室门已经打开，他听到保姆在叫她起床。一会儿就见卫生间的门锁转动了几下，门被推开。

“爸爸早！”小人儿边打了个哈欠边说。

傅逸生嘴里含着牙刷，含糊地笑着回了句“早”。

洗漱台的高度已经到了小傅初的鼻尖，但是完全不用担心她够不着。傅逸生饶有兴致地看着她搬了角落里的体重计放到洗漱台前，然后光着小脚丫站上去，踮起脚拨开水龙头。

傅逸生将挤了牙膏的儿童牙刷递给她，她就有模有样地开始刷牙。

关于照顾小傅初，傅逸生夫妇有很明确的分工——傅逸生负责照顾小傅初，莫语涵负责配合照顾。不是莫语涵不喜欢照顾孩子，而是傅逸生说她们两个都是需要人照顾的，把小孩子交给大孩子，一样让人不放心。所以只要傅逸生有时间，小傅初的大小事情都由他来操办，从小时候的换尿布、喂奶，到现在的吃饭、穿衣服甚至梳小辫，傅逸生一点都没落下。

洗漱好吃过早饭，傅逸生送小傅初去上幼儿园。

到了幼儿园见到小刘老师，要和爸爸道别时，小傅初问：“爸爸你晚上什么时候来接我？”

傅逸生这才想到下午有个很重要的会议，不一定能按时结束，于是说：“如果爸爸来不了就叫妈妈来接你好吗？”

小傅初偷偷瞄了一眼小刘老师，乖巧地点了点头。其实她也不知道为什么，她总觉得他们小刘老师好像更喜欢爸爸，而不怎么喜欢妈妈。

晚上莫语涵从顾琴琴那里出来直奔幼儿园，因为“业务”不熟练，估算错时间，到了幼儿园门口她才发现来早了。她就停好车子到幼儿园门口的玩具店里逛了逛，最后给傅初挑了几本绘本。随便翻了翻故事，莫语涵忍不住感慨现在小朋友看的东西也挺长知识的。

很快就到了放学时间，小刘老师领着孩子们从教室里出来。傅初的公主裙很显眼，莫语涵一眼就看到了。她下车朝着傅初走过去，傅初看见她连忙跟小刘老师道别，可是小刘老师又拉着傅初交代了两句才放人。

莫语涵问傅初："老师跟你说什么了？"

"老师让我告诉你车子以后不要停在门口，妨碍我们放学。"

莫语涵看了一眼自己的车，离幼儿园的门口可还有挺远一段距离呢，而且有什么话那老师不能直接跟她说，怎么每次都要孩子传话？

"你们老师好像很不喜欢我。"

傅初从后视镜中和妈妈对视："你知道就好。"

莫语涵瞥了她一眼："难道是因为你不听话？"

傅初翻了个白眼："你可长点心吧。"

她这些话都是从哪学的？莫语涵只觉得头疼，看来有必要控制一下傅初看电视的时间了。

她把刚买好的绘本递给傅初，傅初果然很喜欢，还甜甜地说了句："你比小刘老师好看多了！"

虽然不懂傅初为什么会把自己和小刘老师比，但莫语涵心里还是挺高兴的，还暗自庆幸自己礼物选得好，讨了小姑娘开心，可是她想不到，就是这份随意置办的礼物，才是她悲剧的开始。

晚上，傅初看完绘本很困惑地问莫语涵："螳螂妈妈吃了螳螂爸爸才生下螳螂宝宝，那妈妈你生我的时候有没有吃爸爸？"

莫语涵又开始头疼了："你看你爸不是好好的吗？"

她想快快结束这个话题，小丫头却对这个话题产生了很浓的兴趣。她跪在床边双手托着下巴想了又想："那妈妈你怎么生出我的呢？"

事实上有关这个问题的答案，她和傅逸生早就开始准备了，只不过现在还没有准备好。她想了想，既不能误导孩子，也没办法一两句话就讲明白，于是只好用万能答案了："这个问题嘛，爸爸比妈妈更在行，你去问问爸爸吧。"

在书房工作的傅逸生抱起女儿亲了亲，这个问题还真有些难度，但是难不倒他，既不能瞎说，也不能不说，所以他给了个模棱两可的答案，让孩子自己琢磨去，毕竟小孩的想象力可比大人丰富多了。

傅逸生说：“只要勤奋耕作，再贫瘠的土地也会长出果实的。”

果然，小傅初眨了眨眼睛，好像不太懂。

“不明白？”

“嗯。”

“等你长大就明白了。”

小傅初似懂非懂地点了点头：“对了爸爸，下周我们班有家长公开课，是小刘老师讲，你会去听吗？”

“那傅初要在课上回答问题吗？”

“当然了，我可是班长。”

“那爸爸尽量抽空去，但是不能保证，实在不行只能妈妈去。”

“可是……”

可是小刘老师不喜欢妈妈。但是小傅初直觉这事说出来爸爸可能会伤心。

“爸爸，我能问你个问题吗？”

“你说。”

“你觉得小刘老师漂亮还是妈妈漂亮？”

傅逸生不知道女儿为什么突然这么问，但还是自认为无比“客观”地回答说：“当然是妈妈。”

小傅初似乎松了口气，跳下地说：“其实我希望妈妈去。”

“这样啊，那你就去跟妈妈说，妈妈会同意的。”

幼儿园的公开课莫语涵已经不是第一次听了，跟小学语文课的形式差不多，只是时间更短，内容更浅显一些。

莫语涵在家长席上找了角落的位置坐下，看着小刘老师又讲又演将近半个小时后，终于到了下课前的提问时间。

“那下面就请小朋友举一个你身边关于勤奋的例子。”

小朋友们纷纷举手回答，什么“努力吃饭”“帮小朋友折手绢”“早上跟小刘老师问好”等都成了“勤奋”的例子。

莫语涵觉得挺有趣的，有点后悔没让傅逸生来听一节课，否则或许会让他对小朋友有全新的认识。

正在这时，她看到傅初看向她，似乎是想举手回答问题却又不敢。她鼓励地朝她仰仰下巴，小丫头终于咬咬牙举起手来。

“那傅初来举一个例子吧。”

傅初站起身来，像模像样地清了清嗓子说：“我爸爸说只要勤奋耕地，再贫瘠的土地也长得出果实来。我爸爸就很勤奋，所以妈妈生出了我。”

一瞬间，台下一片哗然。小朋友们自然是不知傅初说的是什么，可是小刘老师和在场的家长却或尴尬或笑或议论着……

莫语涵长这么大也没遇到过这么丢脸的事，她都希望这只是个噩梦了，什么“公开课”，什么关于“勤奋”的例子，最好统统没出现过！

偏巧这时候，她的手机响了，她本来已经成了众人的焦点，手机一响，大家看她就更明目张胆了。莫语涵气得想挂电话，但一看来电人，她接通了。

电话那边傅逸生说：“语涵，我事办完了，用我去接你们娘儿俩吗？”

莫语涵压低声音咬牙切齿地说：“傅逸生，我跟你没完！”

傅逸生本来是在外地出差，急匆匆赶回家，就是想家里的两位了，可是这电话打得让他有点摸不着头绪，难道是傅初惹莫语涵生气了？

果然，两人进门时，他就见莫语涵脸色铁青，而女儿低着头可怜巴巴一言不发。

莫语涵看都不看他，说：“你跟我来一下。”

他安抚地拍了拍孩子的小脑袋，跟着莫语涵上了楼。

原本还不知是什么大事让莫语涵这么生气，后来听她一说他不由得笑了。

“你还笑？！你是怎么教孩子的？还有，你说谁贫瘠？”

“肯定不是你啊，不然怎么能生出这么个活宝来？”

“少来这套！”莫语涵气极了对他又踹又打，“这次你害我丢人丢大了！”

他任由她打了一会儿，也不见她解气，于是一下握住她的手腕。

莫语涵奋力挣扎：“你干什么？”

傅逸生笑：“正好傅初也大了，是不是可以考虑给她个弟弟或者妹妹了，当然，顺便证明下，某人不贫瘠。”

“傅逸生你这个……”

她后面的话还没来得及说出口，她的嘴巴已经被一双温软的唇堵得严严实实。

在门外偷听的小傅初，也不明白上课回答个问题有什么错，竟然引发了这么大的家庭矛盾。

听到里面摔东西的声音，小傅初眼泪都出来了：“爸爸！爸爸！都是我的错，你不要打妈妈啦……”